典藏本
二

WEIXINGXIAOSHUOXUANKAN
40 NIAN
DIANCANGBEN · ER

微型小说选刊
40年典藏本

微型小说选刊杂志社　选编

百花洲文艺出版社
BAIHUAZHOU LITERATURE AND ART PRESS

图书在版编目（CIP）数据

微型小说选刊40年典藏本. 二 / 微型小说选刊杂志
社选编. —— 南昌：百花洲文艺出版社, 2024. 12.

ISBN 978-7-5500-4982-6

Ⅰ. I247.82

中国国家版本馆CIP数据核字第2024F37L63号

微型小说选刊40年典藏本·二

微型小说选刊杂志社　选编

出 版 人	陈　波	
总 策 划	张　越	
责任编辑	万思雨　　熊元梦	
书籍设计	方　方	
制　　作	周璐敏	
出版发行	百花洲文艺出版社	
社　　址	南昌市红谷滩区世贸路898号博能中心一期A座20楼	
邮　　编	330038	
经　　销	全国新华书店	
印　　刷	江西千叶彩印有限公司	
开　　本	889 mm×1194 mm　1/32	印张　10.5
版　　次	2024年12月第1版	
印　　次	2024年12月第1次印刷	
字　　数	240千字	
书　　号	ISBN 978-7-5500-4982-6	
定　　价	48.00元	

赣版权登字 05-2024-274

邮购联系　0791-86895108

网　　址　http://www.bhzwy.com

图书若有印装错误，影响阅读，可与承印厂联系调换。

出版前言

20 世纪 80 年代，微型小说如同一股清新的春风，在中国文学的原野上悄然兴起。历经四十余载的改革开放浪潮，微型小说这一文体稳步发展，愈发成熟，创作队伍日益壮大，诞生了许多令人瞩目的微型小说佳作，已成为中国文坛不容忽视的一个文体。

《微型小说选刊》（原刊名《中国微型小说选刊》）于 1984 年在江西南昌创刊，是国内首家专门选载和刊登微型小说作品及理论文章的文学刊物。2024 年，我们迎来了《微型小说选刊》创刊四十周年。四十年来，从双月刊到月刊，再到半月刊，《微型小说选刊》始终坚守着荟萃微型小说精品、专注微型小说理论研究、促进微型小说文体发展的使命，选载和刊登了数以万计的微型小说佳作。为了丰富微型小说的文体内容，繁荣并鼓励微型小说创作，《微型小说选刊》一直致力于"书刊互动"，策划并出版了一系列有影响力的微型小说图书。微型小说选刊杂志社每年会编选一本当年度的"中国微型小说排行榜"，近年来还先后策划出版了"微型小说写作课系列""新笔记微型小说系列""微型小说名家系列"等一批受到文坛和市场关注的图书。

值此《微型小说选刊》创刊四十周年之际，为了总结并展示中国微型小说四十年来的创作成果和《微型小说选刊》

四十年间所刊载的微型小说佳作，微型小说选刊杂志社特别选编了这套《微型小说选刊 40 年典藏本》丛书，共 4 册。

　　《微型小说选刊 40 年典藏本》于 2024 年 4 月开始编选，历时五个月，于 2024 年 9 月基本定稿，后由于部分作者联系不上，无法取得授权，又进行了调整，收录作品最终确定为 400 篇。该丛书编选的原则是以作品说话，不厚名家，不薄新人，精选具有时代特色、反映社会变化、经得起时间考验的佳作，力求展示微型小说创作的繁荣和百花齐放，展示活跃在当今文坛的微型小说作家的创作。考虑到不少经典作品已经被很多选本选载过，如许行的《立正》、汪曾祺的《陈小手》等，这些作品已被广大读者所熟知，因此此次未予收录。

　　全书的编排顺序依据入选作品在《微型小说选刊》上的刊载时间，同时，在作品的数量上，每位作者最多只选 3 篇。由于时间紧迫，编者在编选之时难免会有遗漏，敬请广大作者和读者海涵。

目 录

暗　夜

宗利华

　　他敲开了那户人家的门。不是因为饿，他带了足够多的食物，也不是因为渴，他所藏的那个山洞旁边，有一汪山泉，尽管天旱，水却没断。那么他究竟为什么呢？就在他敲响门的那一刻，他自己也没有找出理由。

　　或许，是为了那份难以忍受的孤独。

　　有时候，人面对的最大杀手是孤独，因为它要伤害的，是人的意志。

　　屋里的说话声停了下来，一串脚步声靠近了。

　　其实，那所谓的门，只是一道半门。一张脸露出来。

　　尽管在黑夜，他还是一下子就在这张脸上寻出了农民的沧桑。

　　他问，我可以进来吗？我迷路了。

　　男人上下打量了他一番，说，你稍等一下，让娘儿们穿上衣服。

　　屋里就窸窣一阵子，男人说，你进来吧。

　　他走进了屋，屋里很暗，燃着煤油灯。只觉得脚底咯噔一下，原来，地面比门槛低了许多。四下一打量，便生出感叹来，这还算是一个家吗？屋里几乎什么东西也没有，与他栖身的山洞没有多大区别。墙角卧有一个炕，靠北一面支着一张八仙桌，地上是一张四方桌，桌上竟摆了酒，一柄锅铁壶，两个酒盅，两副筷子，一碟香椿咸菜。

这对夫妻刚才是对饮着的。

而且，女人也许和男人一样，浑身上下只穿一件裤衩儿。

这真是山野间的有趣处。他忽然就羡慕起来。

他看了一眼女人，便不再去看她。在他一生中，他已记不起到底拥有过多少女人，而且一个个都是响当当的人物。一个山村农妇，自然引起不了他的兴致。

男人说，喝一盅？

他将背包放下，觉得这建议符合他的心意，于是坐下，嘴上说，那太麻烦了。

女人边拿酒盅边说，麻烦什么？谁遇不上一点儿挫折事？

嗓门奇高，却并不做作，他听出了一种淳朴。

在生活中，他已经培养起了高度的警惕性，那些女人没有一个能说出这样的话来。她们只是有着永远也满足不了的物欲，她们更关注的是钞票，是房子或汽车的钥匙。

他端起酒，饮尽，突然辣味沿着嗓子就上来了。

他一皱眉头。男人扑哧一声笑了，不习惯吧，不是喝这种酒的肚子。男人告诉他，这种酒，八毛钱一斤，用地瓜干换也行。

他一声叹，如果那帮子人知道他喝这种酒会笑掉大牙的。

他们喝人头马，XO。一瓶能顶这男人喝一辈子还多。

他取出一个罐头，几根火腿肠。男人也不阻拦，让女人开了，切了，端上来。女人只着一件凉衣，一俯身，双乳便瓜儿般摇着。他瞥一眼，迅疾挪开，再去看脸，却也看出了另一种美丽。

天太旱呀！男人皱了皱眉头，骂一句，狗日的不让人活的架势。

女人顺着说，花生连种子也收不回来了，地瓜，再不下雨，也白搭了。

他问，没别的收入？

女人答，就地里这些东西。

孩子呢？

男人就叹一声，女人却眼睛一亮，拿那封信来呀，让他叔叔念念。

男人就起了身去拿。

信是从他居住的那个城市寄来的，而且那个建筑队的老板他认识。

信上说：爹娘，我这里一切都好，你们保重身体，到秋后我开了工钱就回家。看完信，他心头一揪，他很清楚，那个老板，也已经卷了钱不见踪影了，谁给他开工钱？

女人叹口气，说，他刚上高中，学习很好，因为他爹去年生了一场病，花了一千多块钱，他就不上了，去打工了。

他手里的那张纸沉重起来。

他想说，让孩子去找我吧。是的，他有这个权力，他的许多亲戚都是因为这种权力，身居要职。

可是，他马上就意识到，那只是从前的事了。

他扭头看看桌上，没买电视机？他马上就觉得这问题问得真可笑。

男人一笑，说，有台收音机，打开听听？

他不置可否。男人就打开来。

女人嘟囔说，吵死人了。

男人继续笑，听听新闻嘛，你们女人就是不关心国家大事。

他却没在乎两口子的对话，他在听收音机里的一则消息，说，本市某局一位局长贪污受贿并挪用公款上千万元，公检法正合力侦破此案。

男人就骂一声，狗日的，几千万呀！还不枪毙？

他就一哆嗦，点头，该毙，该枪毙。

他突然觉得自己该走了。

二人都挽留，他不肯，坚决走了。

他回到了那个山洞，整晚没有合眼。

再一日，几个粗壮汉子找了来，其中一个说，护照什么的都办妥了，车在山下，咱们直接赶往机场。

于是，几个人就走下山来。

他突然就立住了。

他想起了那对夫妻。

他静静地站了一会儿。

然后说，你们去问问他，谁是狗日的？谁该枪毙？给我弄残了他再说！

（载《微型小说选刊》2001 年第 24 期）

了悟禅师

凌鼎年

自了悟禅师到海天禅寺后，海天禅寺的平静就被打破了。

僧人们无论如何都不明白，法眼方丈怎么会要求了悟禅师住下来，更不理解他为什么会容忍了悟的反常行为。

别的不说，这了悟自从在海天禅寺住下后，竟从来没扫过一次地，从来没关过一次门。若轮到他值勤值夜，其他和尚总有些放心不下，为此，众僧都不喜欢这位新来的了悟禅师。俗话说"先进庙门三日大"，比了悟先进庙门的，自认为比他有资历，也就不把了悟放在眼里，时不时斥责他，骂他是懒和尚。了悟不气不恼，一笑了之。过了几天，众僧突然发现了悟在门口贴了一副对联：上联为"空门岂用关"；下联为"净土何须扫"。

众僧看呆了，一时竟无法驳斥了悟的这种奇谈怪论。有人去禀报了法眼方丈。法眼方丈听闻后，微微颔首，面露赞许之色。他传话下去："了悟对禅的理解，已非你辈皮相之见，好好向他学道吧。"僧人们都认为法眼方丈在袒护了悟，甚至认为方丈有私，多少有些不服。

法眼方丈终于向众僧们说出了压在心底的一件事：半年前的一个黄昏，他匆匆赶回海天禅寺时，因山雨刚止，河水暴涨，木桥已被冲毁，有一年轻山姑为无法过河正发愁呢。

法眼方丈见此，考虑再三，他卷起裤管，折一树枝，以树枝当手杖，一边探底，一边蹚过了河。法眼方丈想：男女授受不亲，僧人戒色首先要远离女色，自己这样做，既给她做了示范，又不犯寺规，也算尽到普度众生之责了。然而，那位山姑不知是没有领会法眼方丈的暗示，还是胆小，依然站在河对岸干着急。天渐渐暗下来了，一个山姑过不了河，那该如何是好？正这时，走来一其貌不扬的和尚，和尚上前向山姑施礼后，就抱着山姑过了河，和尚一过河即把山姑放下，此时满脸通红的山姑一脸羞涩地向和尚道了谢，和尚说了声"阿弥陀佛，善哉善哉"，就一声不响地继续赶路了。

法眼方丈忍不住上前问："这位师傅，出家人应不近女色，你怎可抱一个姑娘呢？"那和尚哈哈大笑说："我早把那姑娘放下了。你怎么反而老放不下呢。"法眼闻之大惭，始悟遇到得道高僧了，就极力邀请了悟禅师到海天禅寺住下。

这件事对法眼方丈震撼很大，他深感了悟禅师道行深厚，有心好好观察，让他熟悉海天禅寺后，再做打算。

不久，清兵南下，发生了"扬州十日""嘉定三屠"等惨烈之事，善男信女逃难的逃难，避灾的避灾，寺庙的香火一下冷落了许多。海天禅寺落入清兵之手是早晚的事，胆小的僧人离寺避到了乡下，了悟却天天在大殿念经打坐，仿佛不知大军压境之事。

一个阴霾之日，清军一个大胡子将军率军士冲进了寺庙，其他僧人全逃了避了，唯了悟禅师依然不慌不忙，不紧不慢地念他的经，对大胡子将军的到来熟视无睹。大胡子将军见这和尚竟敢如此蔑视自己，气不打一处来，厉声喝问："好大的胆子，竟敢如此目无本将军，你知道不知道本将军杀人如麻。"

了悟也没正眼瞧大胡子将军一眼，朗声回答说："将军你大概还不知道寺庙中也有不惧死的和尚吧，既然死都不怕了，还有什么好怕的呢。"

　　本来大胡子将军想大开杀戒，一把火烧了寺庙，但听了了悟的回答，兀自一怔，却又不得不佩服这位僧人的豪气与胆识，考虑到佛门的影响，遂下令撤退。

　　海天禅寺就这样幸免于兵灾。

　　法眼方丈因此有了把方丈之位传给了悟的念头，了悟闻知后借口自己乃闲云野鹤，执意谢绝了法眼方丈的美意，终于又云游四海去了。临走时，他留下一偈语："泥佛不渡水，金佛不渡炉，木佛不渡火，真佛内里坐。"遂头也不回地走了。

　　法眼方丈与众僧们都默默念着这偈语，各自参悟着。

　　　　　　　　　　　　　　　　（载《微型小说选刊》2002 年第 1 期）

红与梅

闫耀明

红与梅是大学同班同学。

上师范大学那会儿，红与梅都追求过班长国。红热情开朗，追求国毫不掩饰，不是追着堵着与国说话，就是给国买好吃的。而梅不然，梅是心事重重的女孩儿，她不动声色地给国写情书，还偷偷地给国织了一件毛衣。为此，红和梅这一对好朋友差一点儿反目。

红与梅的努力都白费了，国对她们俩都没有那个意思。

红就骂，该死的国，让他打一辈子光棍去。

梅就轻轻地叹一声，悄悄地把眼角的泪抹去。

大学毕业后，红与梅被分到学校当老师。红在八中，梅在十一中。后来两人都成了家，而且住在一个单元，一个楼层，门对门。红的丈夫是机关干部，虽然单位没啥实权，但开支由财政拨款，旱涝保收。梅的丈夫是医院大夫，而且是外科手术大夫，让许多人眼热的好职业。红还和大学时一样，泼辣能干，而且脾气不好，常常和丈夫吵架。

一吵架，红就跑到梅家，向梅诉苦。

在机关里把他待懒了，屁大个小官，动不动就摆官架子，回到家手一下不伸，像多大个领导似的。红哭着说。

哪天我非去找国不可，然后一脚把他踹了。红又说。

国干得不错，现在已经是市教委副主任了。

梅就和风细雨地劝红。可不敢说气话，其实你丈夫懒是懒一点儿，可他知道心疼你，就行呗。况且他不抽烟不喝酒的，现在这样的老公上哪儿找去？你呀，别太苛刻了。

梅一劝，红就好多了。可没多久，两个人还吵。正在气头上的红啥都敢说，指着丈夫的鼻子尖说哪天我非去找国不可，然后一脚把你蹬了。红的话很冲，把丈夫的脸气得煞白。吵完了，红就往梅家跑。梅就再劝她。

红说，我们过的这日子，倒是不寂寞。你看你们两个人多好，总是平平静静和和气气的，真让人羡慕。

梅不说什么，淡淡一笑。

忽然有一天，梅过来与红告别。

红大吃一惊。你怎么会搬走呢？搬哪儿去？

梅没有说，仍是淡淡一笑，走了。

疑惑不解的红这时才知道，梅离婚了。梅离婚的原因是她与国相好了，他们在幽会的时候正好被梅的丈夫撞个正着。

梅和丈夫没吵没闹，离婚离得平平静静，连红都不知道。

红很惊讶。红发现自己和梅同学多年又门对门住了多年，还不是十分了解梅。

梅的事对红影响比较大，红的脾气也好多了。但有时忍不住还会跟丈夫生气、吵架。吵完了，红就还往梅家跑。但在走廊里红站住了，她想起来对门已经不是梅的家了。

这时红想到已经好久没有梅的消息了，不知道她现在怎么样了。

梅的日子过得好吗？红每次这样想，心里都很堵，都要轻轻地叹一声。

（载《微型小说选刊》2002 年第 1 期）

麻　雀

徐社文

说几只麻雀毁了一个朝代，你肯定不信。

元朝末年。这一日傍晚时分，天阴沉沉的。有三间茅草房坐落在三面环水高墩上。屋里一位白发苍苍的老妇人正手捻一炷香，面对泥塑的观音喃喃自语："大慈大悲的观世音，保佑我儿这回能投得明主，不枉他十年寒窗苦读。"

老妇人走出茅屋，来到串场河边，举目向北眺望，一会儿又忧愁地望望天。天越来越黑了，风也起了。

远处河面上亮起一束灯光，灯光越来越近了，老妇人看见船头站着的儿子，一颗心放下了又揪起了。"娘，我回来了！"面有微须的中年人敏捷地跳上岸。"施公子，别泄气，我愿意再接你十回百回！"船工掉转头，渐渐地消失在茫茫的夜色中。

一声接一声炸雷，暴雨倾盆而下。施公子凭窗而立，长叹一声："朱元璋也罢，郭子兴也罢，都说是大英雄，助他们成就了帝王之业，于百姓又何益呢！""咔嚓嚓"，又一声惊雷。一旁默默地看着儿子的老妇人道："这雷怪啊，莫非真的要改朝换代了。端儿，你走的这些日子，娘听说北面草堰场也出了个英雄，叫张士诚，已聚集了好几千号人。要不你去投他试试？"

"草堰场，张士诚。"施公子眼中一亮，旋即拨亮了油灯，在书案上铺开了地图，凝神注目起来。

张士诚正在破庙里指点着几个士卒晾晒着稻谷，有人通报说有个施公子来投效张王。张士诚吩咐领进庙里坐，自己仍在吆喝着士卒把稻谷晒匀，别让鸡鸭偷吃了，这才进庙。

张王与施公子寒暄已毕。

张王道："孤挑起义旗，天下的英雄都投奔我，将来争了天下，保证弟兄们吃香的喝辣的，老婆孩子都有份。"

"嘘——"外面几只麻雀落在稻谷上正在低头啄食，张王猛然一喝，惊得麻雀四下逃散。

施公子吃惊地望着张王。

"孤是直肠子，有话直说，你既然投奔我，可有什么见面礼，是田亩还是银票，我也好安排个职位。"张王只顾他说。

"嘘——"张王又一声大喝。仍然是刚才几只麻雀，竟然充耳不闻张王的金口玉言，只是低头啄食。

"毛毛虫，死哪去了！"一个士卒慌忙赶走麻雀。

施公子面露失望之色："张王，学生既无田亩，也无银票，有的是计谋。"

那几只该死的麻雀注定要毁掉张王的万里江山，这时又落在黄灿灿的稻谷上，在张王面前更是肆无忌惮地啄食着，嬉闹着，张王怒不可遏，抄起大刀冲出庙门砍得几只麻雀魂飞毛落。

施公子轻叹一声，起身欲走。张王回转身来："先生既有计谋，孤倒要请你占上一封，看孤建国之地选在什么地方好。"

"占卦我不会，但从地理位置上看苏州很合适。学生告辞了。"施公子头也不回地走出庙门。

还是茅草屋里。老妇人问："端儿，你为何叫他在苏州建国？"

"獐（张）离开了草，爬上树（苏），还有活吗？"施公子哈哈大笑。

"一个连麻雀吃几粒谷子都不能容忍的人，哪能容得了千军万马，又怎能容得了鸿鹄之志！"

果然张王到苏州后，节节败退，没多久，城破人亡，这是后话。

那一夜，一部流传千古的经典之作写下了第一行，书名是《水浒传》。

（载《微型小说选刊》2002年第3期）

午夜热线

芦芙荭

"如果我给你四十万块钱，你同意和我离婚不？"

赵闻是在凌晨三点四十二分对他妻子说这句话的。

那天晚上，赵闻躺在床上，辗转反侧怎么也睡不着。后来，妻子醒了，问他身体是不是哪儿不舒服，赵闻突然说出了这样一句话。

赵闻的妻子并没有弄清这句话的分量，以为赵闻又是犯了文人发神经的毛病，嘀咕了一句"你说呢"便翻过身睡了过去。

赵闻没说。

赵闻这个想法产生于上周那个周末的午夜。当时，赵闻被市电台邀请去做"午夜情感热线"的嘉宾。赵闻是个作家。虽然依然穷着，却浪出了一些虚名，赵闻被请去的目的就是帮助那些打进热线的听众解开情感的疙瘩。赵闻很是健谈。由于知识丰富，反应能力也特强，他能在短时间里，将那些哭着笑着、喜着忧着、意乱情迷地打进热线的听众说得无话可说，又心服口服。

然而，就在这天晚上的午夜情感热线的节目即将结束时，他接到了一个叫欣欣的女孩打来的电话。欣欣说她是个拥有上百万资产的女孩，为了爱情她和一个自以为靠得住、却一无所有的男孩结了婚。结婚的时间不长，她发现他却在外面与歌厅里的坐台小姐一块儿鬼混。女孩一边哭着一边强调："我也是人人见了都说漂亮的呀，他那样做是为啥？"听完女孩的哭诉，赵闻当时心里就想起了一首歌，"带着你的嫁妆，一起到这里来"。

也就是从这天晚上开始，他便一直在做一种设想，假设那女孩真的带上她的近百万的嫁妆来了，他给妻子四十万块钱，妻子会不会同意和他离婚。

四十万呢！赵闻想。

第二天，赵闻按那个女孩留给他的电话号码，又拨通了女孩的电话。赵闻这次不像在午夜热线时那样，对对方进行劝导，而是一开始就千方百计地表现出一副优秀的样子引诱女孩。赵闻想象自己是一个非常优秀的渔翁，只要一撒网，女孩便像一条美人鱼，就被他网住了，接下来，赵闻就像久旱逢甘霖，频频给女孩打电话。大约过了半个月，赵闻终于按捺不住了。他觉得自己无论如何也得去见见这个女孩。他找了个冠冕堂皇的借口，踏上了开往女孩住的那个城市的列车。

赵闻在走之前没有给那个叫欣欣的女孩打电话，他要给她一个惊喜。

事情如我们想象的那样，赵闻按照女孩事先在电话里留下的地址，很顺利地找到了女孩的家。

赵闻进了门，突然发现这是一个很像医院的地方，一张台桌后面坐着一个穿着白大褂，长得十分娇美的女孩。

赵闻对那女孩笑了笑，刚想开口询问这儿是不是有个叫欣欣的女孩时，那女孩却先开口了。

"是赵闻吧？"赵闻说："你怎么知道我的名字？"女孩说："我们通过电话，并且不止一次。我知道你会来找我的。"

"你是欣欣？"赵闻没想到眼前的欣欣比他想象中的欣欣还要

美。他有点儿难以自控，想立即扑上去抱住她。这时，那个叫欣欣的女孩却示意他在台桌前的椅子上坐下。

女孩说："咱开始看病吧！"

"看病？"赵闻有点儿莫名其妙。

女孩说："我是一名心理医生，自我们通过电话后，我就发现你患有幻想症，我想，我有能力治好你的病的。""这么说，以前的一切都是假的，是个骗局？"赵闻说。"是的，你是第四十二个上当的，不过，前面的四十一位在我这儿接受治疗后，已健康走向社会了。""有病！我有病吗？"赵闻说。

（载《微型小说选刊》2002 年第 4 期）

冬天的生活

杨崇德

晒黄了稻穗，晒红了辣椒，晒黑了救人的手脚后，太阳的威力就大不如上半个年头了。这时，寒冬也就来了。

寒冬在这里的乡村是有盼头的。庄稼人忙完田里割完山里的以后，要的就是这段时光，到外面挣点儿副业，一来可以走出山寨见见世面，二来为年货找个支撑。

卷子已经多次邀人准备外出了。好不容易约出了第一批人，具体日期就定在今天，是去马家溪烧木炭，卷子几乎年年去那，一个月下来，总会挣上千儿八百的，这里人都认为很划算。卷子临走前不放心他那满园子白菜，于是早早地来到菜园，给白菜们松土追肥。

卷子的女人叫梨花。梨花是个好女人，就是奶子大了点，这是卷子娘自己说的。梨花奶子大，就让村里男人馋。特别是梨花走起路来更加不得了，胸部像抬轿子一般，一蹦一蹦的，柔软有弹性。梨花的脸属于中看的那种，鸭蛋状，萝卜白，谁见都想多看。卷子娘在世时就有点儿放心不下，好在梨花不理睬村里男人的痞话，也不喜欢逛院子。卷子娘今年去世了，临死前，只对卷子说了一句话：好好对待梨花。梨花是那年跟母亲来这村算命时与卷子定的亲，卷子虽算不上是村里的能人，但他憨厚老实，加上是个劲王，梨花也就没了二话。梨花第二次来卷子家时就成了卷子的人。村里人都说卷子有女人运。

梨花带着 6 岁的儿子去菜园摘菜，卷子正在给白菜动土。梨花说，不去，行吗？卷子说，为啥不去？不去，咱们吃啥？能挣多少挣多少。梨花没有说话，顺手给儿子摘了个半黄的柑子，拉着嘴在剥皮，儿子的口水就流了出来，扯了梨花的衣角将柑子夺过去，一个劲儿地扒柑子皮。卷子望着梨花那诱人的胸，不说话。梨花说，菜地护完了吗？护完了就回吧，我有样东西给你。卷子不明白梨花的话，帮着摘了些辣椒、豆角，抱了儿子跟在梨花后面往家回。

到家后，梨花要儿子自个儿到院子去玩，便和卷子进了家门。一进门，梨花不是忙于弄早饭，而是进了房。梨花在房里喊死鬼的时候，卷子正在灶屋里洗手。卷子这时也想起了梨花有样东西要给他，于是连手都没擦就进了房。卷子看见梨花坐在床上望着自己，以为真的有东西要给他，便走过去。此时，梨花已变得像只虎，把走近的卷子拽在床上。梨花很快就脱掉了上衣。卷子摸着梨花的两个大奶子说，你给我的就是这玩意儿？刚刚起床几个钟头，又来了？梨花说，我怕冷，像要感冒似的。卷子一把推开紧抱着自己的梨花，说，今天你怎么了？快去弄早饭呢，我还要赶路。梨花缓缓起坐在床头，对卷子说，就不能不去吗？我宁愿少用点钱，过年吃白菜也值。

当然，梨花没能用她那对漂亮的奶子把卷子留下。卷子也没有理由让自己放着挣钱的好时光留在家里陪女人，他需要用他的力气为自己的女人和儿子创造美好生活。

年关的前几天，每个人都似乎变得精神起来，人人也都在向自己的家靠拢。

卷子是这个村最后一个回家的副业人。卷子的心情当然是好的，他比去年多挣了好几百。走在回乡的山道上，卷子遇上了正在爬坡的村长贵毛。村长贵毛戴了一顶呢子帽，搂着衣服在出气，瘦长的黑脸上有几滴汗珠。别看村长贵毛的脸瘦黑瘦黑的，可很压人，在大会台上讲了几十年的话，就是和农民不一样。卷子下坡时，早早地就发现了村长贵毛，因此，当卷子喊着村长时，村长贵毛惊了一下，但他马上又严肃起来，甚至在接受卷子敬烟点火的过程中也不给卷子一丝笑脸，这让卷子更加佩服村长。村长贵毛吸着卷子的香烟呼咚呼咚地往上爬，卷子则一身轻松地下山坡，虽然他肩上还挑了副行具。卷子有的是力气，更何况他是在回家，又要过年了。

卷子到家时，唯一感到过年前的气氛是院子里有人在杀年猪，有猪叫声。家里的门半掩半开。梨花睡在床上。卷子说，还在感冒？梨花不说话。卷子将一沓钱掏给梨花，正想说点什么，却被梨花甩得满床都是。梨花哭着说，从你走的那天起，我一直都在感冒，我怕冷，任何药都不见效，只有你才能治……

卷子搂着梨花，这时，门被推得嘎嘎响，是那 6 岁的儿子，口里还含着什么。卷子问儿子，在吃什么？儿子说，是贵毛爷爷买的糖，并说，爹，你为什么不给我买糖？

门外有阵风吹进来，卷子觉得有点儿冷。

（载《微型小说选刊》2002 年第 5 期）

离　婚

邓洪卫

　　也正是那年的春天，吴同发现妻子有了外遇。

　　那天晚上，吴同打电话告诉妻子，自己要加班写材料，很晚才能回家。吴同是单位里的笔杆子，领导有什么材料都要他写。单位里的事儿不多，可要写的材料不少。因此，吴同就经常要加班给领导写材料，一写，就到深夜，有时能写一宿。

　　可那天，吴同的笔很顺，本来预计写到下半夜两点的材料，十点多钟就完成了。吴同收拾好东西就下了楼。到楼下的车库里，吴同怎么也找不到自己那辆崭新的自行车了。多年以后，吴同总觉得自行车的被盗是以后家庭不幸的征兆。

　　丢失了自行车的吴同，只好步行回家了。

　　吴同的家是三间老式平房。那天吴同走到后街的拐弯处，就看到自家的屋里没有一丝灯光。吴同想，妻子怎么这么早就休息了呢？这时候，吴同看到自家的门开了一半，从里面溜出一个人来，那人随手把门带上，匆匆地拐上了前街，很快消失在夜色里。

　　吴同看那人的背影，好像是妻子的顶头上司。

　　吴同的脑子"嗡"的一声，像一下子钻进了上千只蚊子苍蝇。身体也忽悠一下，被抛进了万丈深渊。吴同知道，自己原本幸福的婚姻将面临解体。

　　那天，吴同没有回家，而是又回到了办公室，在沙发上躺了一夜。那一夜，吴同怎么也无法合眼。满脑子只有两个字：离婚！

我一定要离婚！

我不能失去男人的尊严！

天明儿我就去离婚！

可天快亮的时候，吴同离婚的心开始动摇了。

局里将提拔一个科长，过几个月就见分晓。局长曾经表示吴同是重点培养对象，这时候闹离婚，一定会对吴同的政治前途有影响。唉，还是等几个月再说吧。

几个月后，吴同果然当上了科长。吴同知道，这时候如果提出离婚，别人会怎样看他，还是再等几个月吧。又过了几个月，吴同觉得科长的位置比较稳固了，就又想到了离婚。可这时，妻子已经怀孕八个月，眼看就要分娩了。吴同长长叹了一口气，想，还是等孩子生下来再说吧。

孩子终于生了下来，是个男孩。让吴同欣慰的是，孩子的眉眼像极了自己。

孩子到了一周岁，吴同又想到了离婚。可吴同一看到孩子，就犹豫了。吴同想，离婚了，孩子怎么办？妻子肯定不会把孩子让给他的，而自己又实在舍不得孩子，再等等吧。

这一等，就是近三十年。

这三十年里，吴同无数次地想到过离婚，又无数次地打消了这个念头。孩子正在上学，吴同怕影响孩子的学习成绩。还是等孩子考上大学再离婚吧。终于，孩子考上了大学，吴同又想，还是等孩子工作了再谈离婚吧。这三十年里，吴同时时感到有挥之不去的痛苦像一头怪兽在啮噬着自己的心，吴同对自己说，离婚吧，不然我会疯的。吴同经常一个人来到旷野上，发疯一般地狂奔，跌倒了，爬起来再跑，直到精疲力竭地仰躺在地上，像死了一样，一动不动。有时，吴同还会对着天空一遍遍地狂喊：我要离婚！直到把自己的嗓子喊哑。有许多次，吴同被大雨浇得浑身湿透却全然不顾。

如今，孩子工作了，吴同该提出离婚了。可他怎么也不会想到，这时候，一向身体很好的妻子却病倒了，诊断书上赫然写着：肝癌晚期。

吴同一下子蒙了。

接下来，吴同把妻子送进了医院。几个月后，妻子的病情恶化。

这一天，妻子已经到了生命的最后一刻，病房里挤满了亲友。妻子用微弱的声音说，请你们都出去一下，我对他说句话。亲友们都出去了。吴同俯下身来，吴同听见妻子用微弱的声音对自己说，谢谢……你对我……的照顾，我感到很……幸福。说着，妻子苍白的脸上露出一丝笑容。吴同却哆哆嗦嗦地从衣兜里掏出一张纸来说，这是离婚协议书，我已经代你签过名了，你摁一下手印好吗？妻子的眼睛瞪大了，笑容一下子僵在脸上。

好一会儿，才缓缓地抬起手，可抬了一半，猛地垂了下去……吴同愣了一会儿，放声大哭。外面的亲友听到哭声都涌进来。他们看吴同哭得那么伤心，都劝。可吴同哭得更厉害了。在场的人都流下了眼泪……

从殡仪馆出来，吴同从兜里掏出那张纸，扯碎了，扔在空中。

这时，吴同看到不远处的路边，有一辆崭新的自行车，在阳光下闪闪发光。

吴同觉得它跟自己三十岁那年春天丢失的那辆车一模一样。

可是，怎么会呢？那辆车，已经丢失近三十年了，即使找到，也已经破旧不堪了。

（载《微型小说选刊》2002 年第 6 期）

复活

　　玛格丽特夫人25岁那年，在旅游途中遭遇空难而亡。一缕香魂缥缥缈缈，在阿尔卑斯山峰顶间飘来荡去，无所依傍。突然，她隐隐看见一座雪峰上坐着个白胡子老头，长长的白胡子随风摇曳着。老头的胡子真白呀，白得像峰顶的积雪，老头的胡子真长呀，长得像茂盛的植物藤蔓。玛格丽特夫人恍然觉得，白胡子老头就是上帝。她迫不及待地想在上帝身边停下来。山风一阵紧接一阵，吹得她如白云一样乱跑。她兜了好几个圈子，终于好不容易抓住了上帝一根飘逸的胡须，徐徐跪倒在上帝膝前。

　　你好，我的孩子。上帝笑眯眯地问候她。

　　玛格丽特夫人柳眉倒竖，杏眼圆睁，恶狠狠地说，你这个臭老头，可把我害惨了。

　　怎么啦，我的孩子？上帝仍旧一副笑脸。

　　你少装糊涂。玛格丽特夫人撒开手，站起来，刚要双手叉腰，忽然一阵山风又将她抛上云端。

　　上帝轻挥袍袖，将她舒卷回来，轻轻地说，有什么话你就直说吧，我的孩子。

　　玛格丽特夫人望着上帝慈祥的面容，眼泪汹涌而出。她哽咽着问，凭什么，我才25，才25岁呀。

　　上帝难过的神情如雪峰一样清晰。玛格丽特夫人听见上帝低

典藏本
二

低地叹息一声。上帝柔声说，是太早，我的孩子，可是，这不能怪我呀……

那怪谁？玛格丽特夫人性急地问。

怪你自己。人一生的福禄是有限的，你虽然仅活了 25 年，但已经耗费了 100 万美金，这是你一生的福禄啊。上帝断然说。

玛格丽特夫人无言地垂下头，任上帝怜悯地摩挲着她的头顶。她头上、颈上佩戴的珠宝熠熠闪亮，照着上帝的脸，又从上帝明净的脸上反射到她的脸上。她突然感到珠宝的光芒虚假得不可思议。就是这些珠宝，让她透支了福禄，英年早逝。

天和地仿佛凝固了，空落出一段长长的沉默。只有山风肆虐着，长一声短一声令人心悸的狂吼。良久，玛格丽特夫人抬起泪眼，哀哀地问，还有挽回的余地吗？

有，上帝微笑，只怕你不愿意。

我愿意，只要让我活着，干什么我都愿望。玛格丽特夫人嚷起来。

我可告诉你，你复活以后，只能过最穷最苦的日子，一丁点儿福禄都不会再有了。你没有珠宝，没有跑车，没有别墅，没有爱你的丈夫，没有甜心儿子，总之，没有了从前的一切。上帝停了一会儿，和蔼地问，告诉我，我的孩子，你真的愿意吗？

我……愿……意。玛格丽特夫人喃喃地说。

去吧，上帝吻了吻玛格丽特夫人的额头说，在香榭丽舍大街的街心花园里，有一具，你去找找吧，找到了，你就复活了。

真的吗？玛格丽特夫人一阵狂喜，俯下身子，疯狂地亲吻着上帝的脚趾。真奇怪，上帝赤脚踩在雪峰上，脚趾依然温暖如春。

去吧，我的孩子。上帝最后拍了一下她的头顶，然后猛地不见了……

玛格丽特夫人躺在一个老流浪汉的怀里，苏醒过来。她惊异地盯着老流浪汉。老家伙大约 60 岁，脸上的褶皱像一层一层的坡地，满腮焦黄的胡须凌乱地翻卷着，围绕着一个黑洞似的大嘴，牙齿黑得都快瞧不出来啦。

琼，你可醒了，老家伙兴奋地说，快，再喝口热咖啡。

玛格丽特夫人不知道老家伙为什么喊她琼。老家伙端着一个搪瓷缸儿，还一缕一缕冒着热气呢。搪瓷缸儿仿佛一辈子没洗过，白白的底色被不明底细的黄黑颜色遮掩得差不多了。她一阵阵作呕，股霉烂了的药渣子味儿从她喉管里翻涌出来，她一下子窒息了。她再次苏醒过来的时候，躺在街心花园的长椅上，身子重重地压着老流浪汉。随着老家伙身体的起伏，她的脊背一下又一下地撞击着长椅生硬的铁棍。准确地说，她是被躺椅硌醒的。

怎么样，琼？老家伙见她醒过来，更加猛烈地摇动着，得意扬扬地问。

上帝呀！玛格丽特夫人的一声哀号，极力推拒着。然而，她一点儿力气也没有，根本抵挡不住。老家伙终于完了事，丢给她一个脏污的面包，逃也似的跑了。饥饿似一双双虬劲的大手，拼命揉搓她的肠胃。她慢慢坐起来，闭着眼睛把面包吃了。

玛格丽特夫人怯怯地走在繁华街头，无处不在的玻璃橱窗从各个侧面映照出她的容貌：一个比老流浪汉还要埋汰许多的老乞婆。她尖叫一声逃开了。

傍晚时分，秋风乍起，一片片落叶旋转着，弥漫在玛格丽特夫人周围。她不由自主地抱紧了双肩。鸟儿都归巢了，她还没找到过夜的地方呢。不知不觉间，她看见亲爱的丈夫牵着可爱的儿子，悠闲地在别墅前的花园里散步。

汤姆……玛格丽特夫人凑上去，忍不住大声呼唤起来。

儿子嗷地叫了一声，往父亲怀里躲。丈夫掏出点什么，恶狠狠扔过来。空中划过一道含糊的弧线，当啷一声落在她的脚边。是一枚硬币。丈夫冲她怒吼：捡起来，快滚。

玛格丽特夫人眼巴巴地看着丈夫和儿子，一步步走远。她真不知这样的夜晚该怎么度过。思虑再三，她慢吞吞地往香榭丽舍大街的街心花园挪去。

（载《微型小说选刊》2002 年第 9 期）

生命切片

徐慧芬

这一刻，他觉得自己的心脏仿佛冷却了。他勉强伸出微微颤抖的手，擦去积在眼窝里冰凉的泪水。不是害怕，这种病，他是早就知道有两种结果的。手术成功，可以多活几年，手术失败，直奔黄泉。

是愤恨、委屈、忧伤产生的悲凉。今天这个日子，有可能从此踏上不归路的日子，他的身边应该是有亲人的。妻是早已与他分手了，但是那一双健健康康的儿女呢？那一对也已为人父母的儿女呢？却以"忙"为借口，将老父丢给了外人，一个小保姆，连在父亲床前站一会儿都不肯。在一次次上门搜刮老头钱财的时候，在一趟趟求老头替他们开这个那个后门的时候，他们"忙"过吗？现在老了，退了，病了，他们也忙了！他恨恨地想，势利啊！畜生哪！一条狗也还懂得些回报呢！

直到上了手术台，麻药起了作用，他的心情才平息了下来。

当他睁开眼，发现温暖的阳光透过玻璃窗投射在床上的时候，他才意识到，自己又活了过来。

手术十分成功。外科主任向他道喜，并向他介绍一位中年医生："这是刚刚从国外讲学回来的大专家，新中国培养的第一代医学博士，我们特地把他从机场直接接到这儿来救老局长的命，退休老人的命也值钱哪！"外科主任亦庄亦谐。

他吃力地睁大眼睛盯着这位救命恩人：方脸、剑眉、大鼻，似乎面熟。微突起的上颌，有手术缝合过的痕迹。

蓦地，他的心一阵痉挛，一种恐惧使他不由自主地闭上了眼睛。

直到他再一次睁开眼，周围已不见了白大褂，他才强迫自己回首往事——将一个他曾丢弃的婴儿与这个有着非凡能力的救死扶伤者联系起来。

是的，不会错。遗传的相貌做证，兔唇缝合后的疤痕做证。

40多年前，他与一个女大学生偷食禁果，有了一个孱弱的生命，在犹豫了一段时间后，终于将母子遗弃。30年前，一对患病的老夫妇辗转多处，打听到他这个生父，领着10多岁的养子找上门，求他认领，因为这对患病夫妇将不久人世。他那时事业正在上升阶段，在沉默了一会儿后，"理智"让他严肃地告诉找上门的人，是他们搞错了。现在，命运似乎跟他开玩笑，硬把他不要的儿子送到眼前来。

整整半个月，他受着煎熬，到他熬不下去的时候，他终于决定在见到死神前，先在他遗弃的儿子前，说清自己的罪孽。

医院草坪的一角，一张石桌前坐着两个人。一个头发雪白，一个头发花白，相对坐着像在下棋，然而面前没有棋盘。一个老泪纵横，一个眼圈微红。

倾泻之后是长久的静默。终于，儿子拍了拍父亲的肩膀，轻轻叮嘱：当心身体。

他缓缓抬起头，嗫嚅道："我想问一句，如果当初你知道你要挽救的是一个曾遗弃你的人，你还会赶来吗？"医生沉思了一会儿缓缓说道："这是不用问的，救死扶伤是人道，是医生的天职。"

"那么，我还想问一句，在我行将就木之前，你是否会宽恕我这个罪人？"他的眼中有一种渴望，声音却轻微。

医生沉默了，慢慢站了起来，又坐了下去。

"这个问题，我的看法是这样的，"医生想了一会儿说，"每一个人，一生中难免会犯这样那样的错误。有的错如擦伤点皮，可以原谅；有的错如伤筋动骨，不容易原谅；有的错是粉碎性骨折，无法复原，那就用不上'原谅''宽恕'这些词的。"医生平静地打着比方，述说着自己的观点，像在给医学院的学生上课。

他活到60多岁，做了近30年的官，还是第一次听到这些让他彻底醒脑的话。一针见血，虽痛，然而痛快。他的脑子已被人捅了个洞，丝丝光亮开始漫进。望着儿子，他想，所幸的是，他离开我这么个自私的人，塑造得如此之好。

夕阳映过来的时候，两人站了起来，握着手分开了。

他被儿子救活后又活了多年，临终前，他立了遗嘱，一切遗产捐献本市一家孤儿院，遗体供医学院解剖。

（载《微型小说选刊》2002年第9期）

胜利者

　　大师微合双目躺在逍遥椅上，弟子的嘴巴凑到大师耳朵旁边：大师，富商张登门拜访！

　　大师皱皱眉头，不胜厌恶。

　　这是第六次了，以前都是管家或者贴身亲随送帖子的，这次破天荒亲自相邀。

　　不会又是他老娘大寿或者小妾生孩子，请我去装门面吧？

　　这次他说……

　　说什么，吞吞吐吐！

　　要和您手谈！

　　大师一瞥，欠起身体，眼睛睁大了些，就像从阴云中透出光亮来，手中的扇骨次第合拢，冷笑道：不知天高地厚，这些商人以为有些臭钱，就可以为所欲为，居然想和我下棋！你没有告诉他，和我下棋每场需要一百两银子吗！

　　弟子通告了他，富商张认为支付出场费的形式很公平，可以体现大师的智慧和价值。

　　大师获得些许安慰，重新躺下：这件事全权由你安排，要请本地几位德高望重的乡绅，做一个旁证，让富商张知道他在班门弄斧；要签署一张约定，白纸黑字不可食言，商人都是狡猾的。

　　合同之说，富商张想到了，说明无论他输或者您赢都会按规定支付您银子，双方不许拒收或者拒付，否则加倍惩罚。

比赛在大师下榻的客栈举行，按照大师的吩咐，造了很大的声势，人们知道当今的国手来到本地，要和富商张较量，一个依靠智慧，一个依仗财富。

富商张在手下的陪同下早早来到客栈庭院中。石桌石椅古柳香茗。大师姗姗来迟，似乎用这种傲慢显示对富贵者的不屑和藐视。

富商张和大师想象得有些差距，富商张像翩翩儒者，明眸皓齿，气度不凡。大师与富商张想象中的形象也有些距离，大师大腹便便，脑满肠肥的样子，看不出他是享誉江北的国手。

双方落座，富商张先手，他抿一口碧螺春，随意于棋盘上点落一子。真是石破天惊！此种开局大师见所未见闻所未闻，他知道在这个看似狭小的黑白世界，却蕴含无限的想象空间，拘谨的条条框框中包容宇宙一样的博大和无形。这是没有物质的建筑，是没有形体的艺术，往往无知中潜伏着杀机，笨拙中蕴藏着智慧。

大师小心应对。两人你来我往，不待侍从续水，胜负已成定局。大师的紧张转化为轻松愉快，与富商张谈笑风生插科打诨。之后的九场比赛毫无精彩而言，富商张不堪一击，大师来不及表现，富商张即落花流水投子告负。

富商张的情绪没有丝毫的沮丧，斯文且适宜地恭维大师，不瘟不火恰到好处，让人舒服得想闭目酣睡。富商张向外挥挥手，客栈大门开启，几个挑担子的大汉鱼贯而入。

富商张微微一笑，冲惊讶的大师说道：这是您赢得的千两银子，被我命人全部换成铜钱，在整个村镇示众一天，以显示您的高超技艺，现在这是您的了。不过我告诉您一点，方圆千里谁人不知我纵横商海所向无敌，但是对黑白棋子一窍不通。所以您赢的不是我，而是……哈哈。

大汉们在富商张的示意下把所有的铜钱倾倒在客栈的庭院中间，就像小山一样。大师刚要说话，富商张抢先道：我们事先有约定，不可以拒付或者拒收，否则将双倍受罚，如果您甘愿受罚，可以把钱捐献寺院，哈哈。

大师从此名声锐减。

（载《微型小说选刊》2002 年第 11 期）

收到三千封读者来信 凌鼎年

　　龙川仞原本在中短篇小说领域是有点名气的作家，只是后来下海后，他的名字与作品才从文坛销声匿迹。

　　下海整十年，龙川仞从一个身无分文的穷瘪三成了腰缠数百万的大款。下海十年，龙川仞感慨万千道：官场与商场是最黑暗最腐败最肮脏的地方！

　　龙川仞累了，钱也有了，他突然有了重回作家队伍的想法，他自己觉得如果自己现在再提笔，那素材太多呢。这十年，吃喝嫖赌、坑蒙拐骗，哪样没见识过、经历过。那些窝在书斋里的文化人就算再让他多活个三五十年，也绝对不会有如此人生经历的。

　　龙川仞写下了《商战十春秋》，后来一想不好，这将涉及许多商场上朋友的隐私，这些人财大气粗，不少是通天人物，得罪了他们麻烦多多，算了。他改成了《情场沉浮录》。好，这标题有卖点，写它个四五十万字是轻松，一天算它写五千，也就是三个月左右的时间，拼了！

　　但龙川仞万万没想到十年不写，这笔再拿起来竟似有千斤重。商时战时那么好使的脑子，此时除了喝喝喝、干干干，除了酥胸、大腿，竟理不出一个头绪来。妈的，爬格子竟比商战还累。

　　龙川仞知道自己如今的屁股已很难坐得住了，考虑再三，他把题目改成了《我的情感超市》，他想用第一人称写，增加点可信度，让读者读起来感到亲切些。

也是巧，龙川彻动笔前恰好碰到了一位多年前的文友文旺，没想到文旺已成了《超级短篇小说选刊》的主编。文旺听说龙川彻又要写小说了，以不容置疑的口吻说："写篇1500字内的，我给你发头条，再配照片，再配简介，再配评论，再配创作谈，怎么样？"

龙川彻碍于文旺的情面，就把素材浓缩了再浓缩，写了篇不多不少1500字的超级短篇小说，还写了篇《生活永远比文学作品复杂精彩》的创作谈。还配发了当红评论家马奉沙的评论《令人耳目一新的笔法》。

文旺真是够朋友，一拿到龙川彻的稿，便撤下了别人的稿，以最快的速度发了出来。

龙川彻一看自己人模狗样地出现在《超级短篇小说选刊》的封面上，心里有了几分得意，这种感觉在商场上已久违了，比起那些媚态香艳小姐的恭维、讨好，感觉就是不一样。

晚上，龙川彻拿出《选刊》重温了一下自己复出文坛后的第一篇作品，严格地说，这是一篇集讽刺、调侃、幽默、荒诞于一身的作品，写了主人公"我"与多名女副手、女办公室主任、女秘书、女打字员、女司机、女服务员权色交易的故事，虽然细节都略去了，但从日记体的简言简语中，读者仍然可以感受到"我"如何利用手中之权，风流快活，腐化堕落的。

龙川彻刚看完，电话响了，是一位女读者甲打来的，女甲说："请问龙作家，你写的是小说，还是生活实录？"

龙川彻刚打发女甲，电话又响了，是男读者甲，男甲说："龙作家，我想拜你为师，你情场的经验太老到了，我佩服得——"

龙川彻连忙挂断电话，可电话又响了，是女读者乙，女乙说：

"龙作家,你才气逼人,竟能写出如此与众不同的小说。我明天就来拜访你!"

这之后,电话铃响个不停,快把他家的电话打爆了。后来,龙川仞只好把电话线拔了。

第二天,门铃响个不停,原来信件投递员叫他下楼去拿信。乖乖,一下来了一百多封。第三天,来了三百多封,第四天来了五百多封。投递员每天要单独为他装一个大邮包。

第七天下午,派出所的两位民警上门来了,他们怀疑龙川仞在搞什么邮购欺诈活动,要不然咋这么多信。又一会儿工商局的来了,他们来查龙川仞是否在搞非法传销。再一会儿,公安局的也来了,他们怀疑这儿是否与违法活动有关系。

龙川仞向他们解释说:我只是发了一篇超级短篇小说,就收到了三千来封读者来信,这些全是全国各地的读者来信。

公安局的、派出所的、工商局的一个个都满脸的不相信,似乎在说:你哄小孩子啊。确实,打死他们,他们也不会信,一篇1500字的小文章,会引来三千封读者来信。

龙川仞知道再解释也白搭,就让他们自己去翻看这些信件了。

这几天,龙川仞一家大动员,他与妻子、女儿专事拆信、分类,其中赞扬的占百分之三十,批评的占百分之二十,探讨的占百分之十,讨教的占百分之十五,想与龙川仞谈情说爱的占百分之八,向龙川仞索书借钱的占百分之四,还有干脆破口大骂的占百分之三……

公安局贾警官拿起一封信,只见上面写道:"古人云:出于实践,深有体会。你一定是根据自己的切身经历写的。我敢打赌,你一定是个玩女人的老手,是个官场败类……"

钱工商展开一封信，那清秀的笔迹这样写道："写爱情小说你得好好向孙柳老师学习，你看他笔下的爱情多美多纯多动人，虽然理想化了点，但那是宣传真善美呀，哪像你把伤疤揭出来让大家看……"

派出所的翁民警也拆了一封信，那信很简短："龙作家，你才是真正的作家，凭着作家的良知，写出了你的观察，你的思考，你的悲愤，你的谴责……"

贾警官、翁民警、钱工商都用异样的目光看着龙川仞，好像看怪物一样，因为他们实在觉得太奇怪、太不可思议了。

（载《微型小说选刊》2002 年第 12 期）

遭遇本·拉丹

马金章

牟谣是一个不喜欢读书看报的姑娘,可那天,她在滨河公园,却买了份《大河报》。在报上,她遭遇了制造"9·11"恐怖事件的本·拉丹。

当时,牟谣把报纸丢在连椅上,本想继续让身边的男孩喝酸奶,可那罐酸奶却翻倒在草坪上了。男孩的花猫的鼻尖上有乳白色的液体,她知道是它弄翻的,生气地要打花猫,男孩却护住花猫:阿姨,不要打它,不要打它,它好可爱哟。

牟谣喷火的目光射向卖报人的背影。卖报者是个五十来岁的驼背男人,他背上凸起的驼峰将黄马甲背部正中的"大河报"三字顶歪了。她十分颓丧地用脚尖拨拉一下酸奶纸罐儿,纸罐儿里残留的汁液冒着气泡流出来。她感到自己原本坚如磐石的心随着气泡的破灭一点点破碎了。

刚才,当在草坪上玩皮球玩累的男孩坐在她身边时,她将手伸进挎包,摸着那罐酸奶,微笑着说:石磊,你一定渴了?

被叫作石磊的男孩睁圆了明澈如水的大眼睛,他打量着面前这位面目陌生、打扮时髦的漂亮阿姨说:阿姨,我不认识您,您怎么知道我的名字呢?

牟谣拿酸奶的手不由得一颤,她镇静了一会儿说:阿姨常在这儿乘凉,你常在这儿玩是不是?我听别的小朋友叫你石磊,你的名字，很好听，阿姨就记着了。

男孩笑了。男孩坐在皮球上，花猫在男孩屁股下绕来绕去。牟谣将手又伸进挎包，掏出那罐酸奶说：石磊，你一定渴了。阿姨有罐酸奶，给你喝。

石磊摇摇头：妈妈说，不能随意接受别人的东西。

牟谣怔了一下，随即解释道：不是阿姨送你酸奶，是求你帮阿姨一个忙。

石磊不解地望着这位漂亮的阿姨。

真的，你先拿着这罐酸奶，阿姨如果讲得对，你就喝，不对，还给我。

牟谣沉痛地说：本来，我也该有个聪明漂亮的孩子的，可是，他却没能来到人世。牟谣说这话的时候，感到下身被抽空了般地疼痛，她的胳膊上，条件反射地泛起一层细细的鸡皮疙瘩。两滴泪珠从牟谣眼角痛苦地爬出来。

石磊摇着她的手：阿姨不哭，阿姨不哭。我喝阿姨的酸奶还不行吗？

石磊似乎懂了，只有喝了这酸奶，阿姨才心安。

牟谣看到，石磊红樱桃般的嘴唇凑近了吸管。这一刻，她的心一下提到了嗓子眼儿。她眯了眼，不愿看到这孩子吮吸的一幕。

谁知，孩子将举起的酸奶又送到她面前：阿姨先喝。

她惊悸地摇摇头：阿姨不渴。

阿姨的嘴唇干裂了，肯定比我渴。

牟谣伸出舌尖舔了一下布满干皮的嘴唇，干裂的嘴唇丝丝地痛。她看着石磊明净漂亮的眸子，心一下软了，泪水险些从眼中涌出来。她接过石磊递过来的酸奶，干裂的嘴唇噙住了吸管，她佯装吮吸的样子：阿姨喝过了，你喝。

这时，卖报人推着自行车，一边走一边拖腔拉调地喊：

> 看报看报，
> 当天新闻当天报。
> 美国飞机，飞到了阿富汗，
> 真不得了，
> 要动真家伙了……

卖报人不愿放过任何一个有希望买报的人，他在牟谣身边放慢了脚步。她想赶快支走他，就掏出1元钱，买了份报纸。可当卖报人走开后，嘴馋的花猫却拱翻了那罐酸奶。

花猫伸出红润的舌头，一下一下舔它被酸奶弄湿了的皮毛，舔着舔着，花猫便浑身抽搐起来。牟谣意识到了什么，吓白了脸，起身要走。

石磊在她身后喊：阿姨，你的东西。

她慌忙接过石磊递过来的挎包和报纸。

阿姨走了一会儿，花猫便伸直了腿……

回到家，牟谣在惊魂未定中看到了那份《大河报》，看到了那个包着头帕、留有山羊胡子的阿拉伯人本·拉丹。

刚刚过去的一幕如同一个噩梦：本想毒死石磊，报复玩弄了她，致使她怀孕流产，又抛弃了她的石磊的爸爸石鸣——你不是不要我生吗，你不是不要孩子吗，我就叫你的儿子石磊见阎王……谁知，自己的复仇计划，却让那个卖报人搅了，让这个本·拉丹搅了。如果没有本·拉丹，卖报人会兴致怎高地兜售那份报纸吗？

从此，牟谣每天买一份《大河报》，看美国人和国际反恐组织怎样追捕本·拉丹。她心里甚至一次次感到恐惧，我不是本·拉丹，我不能成为本·拉丹呀。

　　她大病了一场。病好后，已是隆冬季节了。这天，她鬼使神差地来到滨河公园。她又看到了石磊在玩皮球。

　　这时，那个驼背的卖报男人又出现了：

　　　看报看报，
　　　当天新闻当天报。
　　　多国维和部队，
　　　已开进阿富汗……

　　在今后的日子里，她在为自己曾经产生的罪恶欲念默默忏悔时，却庆幸地想到，读报真好啊。

（载《微型小说选刊》2002年第12期）

原来如此

西部大开发给久旱的秦城市带来了雨露，精通德语的小丁也终于有了崭露头角的机会。第一次与德商洽谈，小丁作为翻译，为公司招商引资立下了汗马功劳。合同签订后的小结会上，总经理对小丁大加赞赏，并当众奖励他5000元现金。

小丁心里荡着蜜。一连几天，走路昂首挺胸，脸上总是洋溢着自鸣得意的笑容。一向挖苦他为榆木疙瘩的老婆，也是上班走时亲下班回来吻的，好像爱不够似的。

小丁思忖：……原来如此。说自己是翻译，其实自己压根儿就没有按总经理的话说，而是按照自己的思路与德商自如地交流，只是总经理听不懂，没有察觉罢了。总经理那水平，自己用十分之一的精力就应付了。只不过自己不会阿谀奉承，吃、喝、玩、遛、拍五样，一样都不精通，特别是最讨厌在上司面前点头哈腰的哈巴狗式的人物。要不，凭自己的实力，也能弄个一官半职的。

又一次招商引资会在即，总经理打电话把小丁叫到办公室。如此这般地进行了交代。小丁说知道了。

招商引资会那天，小丁倾心于谈判，把总经理的教导早忘到爪哇国去了，他使出百分之百的解数，和德商叽里呱啦地比画，出尽了风头，市电视台的摄像记者围着他转，总经理站在他身后，好像是陪衬似的。终于，由于他的努力，又一宗生意谈成了。

在庆贺宴席上，德商非要和小丁坐在一起不可，小丁也不知天高地厚，真的坐到了德商的近前，也就是总经理的座位上。小丁有点儿得意忘形，旁若无人似的频频与德商举杯。总经理心里的怒火直往外冒，但当着德商的面，又不好发作，还得假惺惺地赔着笑脸。那种煎熬劲，要多难受有多难受。

生意谈成了，小丁等着发奖金。可时间一天一天过去了，总经理丝毫没有发奖金的意思，甚至见了小丁的面，也不正眼瞅小丁一下，不像以前大老远见到就打招呼。小丁觉得蹊跷，便找关系铁的同事讨教。同事说他不应该那样，应该怎样怎样。

他猛拍脑袋，如梦初醒地说：唉——我怎么那么蠢！

次年又招商两次，小丁还是当翻译。第一次，小丁尽量把总经理让在前面，总经理说一句，他翻译一句。他只用了百分之十的精力。虽然生意没谈成，但总经理很满意。总经理说小丁有进步，并鼓励他，就这样干。第二次，小丁给总经理拿着包，端着茶杯，总经理刚一坐定，他就把包放在总经理的左侧，把茶杯放在总经理的右侧，恭恭敬敬地闪到总经理的右后侧翻译。这次，他只用了百分之五的精力。总经理额头汗津津的，他的确很卖力，很希望把合同签下来，但由于交流的障碍和总经理的固执，这次又以失败告终。虽然又失败了，但总经理并不惋惜，他还豁达地说：失败了不要紧，失败是成功之母嘛。

几天后的一个上午，小丁凑巧和总经理一块坐电梯，总经理器重地拍着小丁的肩膀，慈祥地说：小丁呀，你越来越成熟了，我看可以考虑你的升职问题了。

小丁嘴上说"谢谢总经理的栽培"，但心里很纳闷儿，自己没什么业绩，总经理是调侃呢，还是确实想提拔自己呢？但从总经理的神态看，好像不是捉弄人。唉——管他呢，自己的命运掌握在上司手里，就由他去吧。小丁照常按部就班地蹬个破自行车上下班。

时隔不久，总经理在全公司职工大会上宣布：小丁任公司副总经理，主要负责与外商谈判。小丁不敢相信自己的耳朵，这官来得太容易了。

第三年，秦城市以丝绸之路古文化艺术节的名义，又搞招商引资。小丁凭借自己的外语口才和谈判实力，比较顺利地谈成了两笔大生意。这次，总经理没出面。

合同签订后，市里举行了记者招待会。小丁说：本公司招商的成功，应该归功于我们的总经理。因为我完全是按照总经理的意图进行工作的。总经理笑容可掬地坐在一旁，额头上亮晶晶的，但没出汗。

有记者问小丁，您一下子从工人升为副总经理，又与外商谈生意，屡谈屡成功，这里面有什么诀窍吗？他莞尔一笑，答道：我的体会嘛（似乎有点儿卖关子），那就是……那就是……要处理好百分比的关系，具体地说，只有四个字，那就是——原来如此。

啊？记者们一脸茫然。

（载《微型小说选刊》2002 年第 22 期）

方太太的鼻孔

几年前，方太太刚从农村搬进县城，与我同住在一个大楼一个层面一个单元。方太太在某公司上长白班，我在某工厂上长夜班，这样，我每天夜班下班回家时，就会与方太太天天早晨在又长又窄的楼道里准时地狭路相逢。

"你下班了？""是，您上班去吗？""对，我上班去呢。"

每天迎面相逢，方太太总是谦恭地主动向我打招呼。那时，听说她的先生在某局机关开小车，是个专业司机。

就从那时起，我注意到了年轻的方太太的鼻子。

方太太长着一个悬胆鼻，是那种正面望去看不见两鼻孔的美鼻。据相面书上说，看不见鼻孔的人谦恭谨微，不露财。方太太的鼻子笔直，看不见鼻孔，甚至连一根鼻毛也看不见。所以，在相面书的蛊惑下，我更相信方太太是一个谦恭谨微的好人。

我与方太太天天早上像钟表一样准时地在楼道里相会，也许受男女授受不亲的古训影响，我与方太太之间总是相安无事，相互间不卑不亢、不瘟不火、礼仪周全。

这样，大约一年不到的时间过去了。

忽然有一天，我竟看见了方太太的鼻孔！

乍一看去，就像一只展翅飞翔的鸟儿，忽隐忽现地在方太太的悬胆鼻尖底下。

方太太与我擦肩而过,我却对方太太偶露峥嵘的鼻孔感到莫名的惊奇与新鲜:怎么我竟看见方太太的鼻孔了呢? 回家定神一想,便很快为自己找到了答案:八成是方太太穿上了高跟皮鞋,她一下子"长"得和我一样高了,所以我就能看见她的鼻孔了。

　　第二天再与方太太见面,只见方太太脚下根本没穿什么高跟皮鞋,然而方太太的鼻孔依然像一只展翅飞翔的鸟儿。望着方太太的背影,我第一次感到了惘然。

　　这时,我听说方太太的先生在政治上得到了进步,不久前已担任局机关小车班的班长了。我顾不得研究方太太的鼻孔,只从心底里为小车班班长感到高兴。

　　这样,又大约一年不到的时间过去了。

　　忽然有一天,我竟看见方太太的鼻孔又大了些许!

　　乍一看去,就像两片迎风初绽的豆瓣。

　　这回,我没往方太太的脚下考虑,而只是略微打听了一下。果然不出我所料,就这两天,那个小车班班长已荣升为局总务科副科长,不再是专职的车夫了。

　　方太太的那两片"豆瓣"在我的眼前足足晃了将近一年,直到我熟视无睹为止。

　　又有一天,我再次发现方太太的鼻孔的直径又陡然扩大了不少,就像一对兔子的眼睛。女人的鼻孔与男人的鼻孔就是不一样,里面的鼻肉居然是猩红猩红的,特别干净。男人的鼻毛又浓又密,一点也不好看。男人的鼻孔一旦尽情展开,里面黑乎乎一片,让人看着讨厌。

　　方太太仍像以前那样和我一问一答,只不过方太太似乎比原来更忙了些,所以她的应答也像她的步履一样行色匆匆,有时我还想对她多说一句什么问候的，话刚到嘴边，她就风一样从我的身边刮过去了。

我就再次聪明地意识到那个副科长的职务又有了什么升迁。一打听，果然如此，早在半年前，那个副科长已转为正科长，并于昨天再次获得提拔，让县委组织部一纸任命状提升为副局长了。

事实再次证实了我的道听途说的准确性，就从第二天起，我家的楼下就多了一辆乌黑发亮的小轿车，司机出身的副局长现在也有专门的司机为他开车了。我在一边为副局长的进步感到高兴的同时，不知为什么却又一边为方太太的鼻孔感到遗憾：要是方太太的鼻孔不这样尽情地向世人展览该有多好，因为相面书上说露出鼻孔就是露财呢！好几次我与方太太狭路相逢时，我想提醒方太太，可是我最终没能做到，因为自此起方太太似乎比原来更忙了，有时她旋风般地从我身边刮过时，竟连回应我一声问好的时间也没有。

如此又过了一年半载。

这一年半载里，我对方太太那双像兔子眼似的鼻孔也早已熟视无睹，见怪不怪。世界上有些事情乍一看好像有点儿令人看不惯，但时间一长，便有了一种见怪不怪、习以为常的感觉。方太太的鼻孔给我的就是这种印象。

然而，当忽然有一天，方太太的那对兔子眼一般的鼻孔突然在我眼前消失，并消失到连像一对鸟儿翅膀也看不到的程度时，我当然就又有了另一种莫名的大惊小怪的感觉。

"你……下班了？"更让我受宠若惊的是，这天，方太太居然还主动和我打起了招呼。

"是，是，我下、下班了，你、你上、上班去呀？"激动使我情不自禁地结结巴巴起来，同时。我还想努力地寻找一下方太太那两只兔子眼般的鼻孔何以突然消失的原因。可是，方太太不接受我的寻找，她的下巴抵着胸脯，慢吞吞地从我身边走过去了。

我再次预感到有什么事情要在方太太身上发生。

然而，不等我再费心猜疑与打听，当天的纸质媒介便向我做了有力的证实：方太太的先生，即那个某局的副局长先生，就在昨天夜晚，就在我们这幢大楼底下，他换坐上一辆红白相间的顶端装有警灯的吉普车，去了一个众所周知的地方。这天下班后，我竟破例没有上床休息，而是睁大两眼望着窗外无垠的蓝天，天幕上，出现的竟是方太太那对兔子眼般猩红猩红的鼻孔眼……

（载《微型小说选刊》2002 年第 24 期）

新微型小说

这篇微型小说的结尾是：农历正月十六凌晨，庄五发现孙女小红死在后院的茅坑。

我之所以一开始就把这篇小说的结尾告诉你，是想告诉你这篇微型小说不同于你以往读过的微型小说，是新微型小说。它一开始就把结尾告诉你，说明它没有出人意料的结尾。因此你在下面的阅读中不要有那种准备和期待。当然你也休想获得一看开头就猜到结尾从而对作者嗤之以鼻的满足。

马陀其实只是个过路的盐商。在即将走出沙漠的那天傍晚，马陀遭遇一伙沙漠劫匪的殴打和抢劫。一个好心的和尚用袈裟裹住马陀赤裸的身子，丢下几块铜钱便匆匆离去。手拿指南针走上盘山公路的马陀又一次迷了路。马陀在伸手不见五指的山路上走着走着，跌倒了，睡着了。马陀醒来时发现自己躺在一个三角形的草堆上，山民们正围着他跪在龟裂的盐碱地上。他的身边放着一个木盆，里面供着酒酿、馒头和山芋。马陀从山民们虔诚的目光中判断，自己被他们误作神灵了。饥寒交迫、末路穷途的马陀于是将错就错。在这个饱受自然灾害的美丽山庄，一个名叫马陀的禅师开始了他占卜算卦的生涯。从庄东到庄西，马陀的占测被一一印证。马陀的占测只有凶险没有吉利，只有灾难没有幸福。马陀像巨大的龙卷风盘旋在山庄上空，美丽的山庄从此乌云笼罩，风声鹤唳。农历正月初九，马陀站在草堆上指着庄五家的院子说，不出一个星期，庄五家就会死一个人。庄五家立即成为全庄关注的焦点。庄五家一共六口人，谁来承担和应验马陀的占测成了山民们争论的话题。大家一致认为，庄五和庄老太凶多吉少。他们俩从 20 世纪就开始咳嗽了，咳到现在都没有死。现在终于要死了，庄五和庄老太哪个先死呢？

我再一次告诉你，这篇微型小说的结尾是：农历正月十六凌晨，庄五发现孙女小红死在后院的茅坑。庄五和庄老太都没有死，我没有骗你，我没有那样的恶习，因为我正在写的是新微型小说，它没有出人意料的结尾。

太阳就要落山了。小红和小黑在院墙外面的树林里用石头垒假山。爷爷坐在水井旁咳嗽，奶奶躺在床上咳嗽，爸爸在牛棚里喂牛。一个木匠在后院用芦席搭的工棚里打棺材，母亲从工棚里把木匠用下来的木屑装到厨房生火。天很蓝，山很静，空中回荡着木匠的锯木声和爷爷的咳嗽声。

小黑问小红："你猜，爷爷死，还是奶奶死？"

小红说："奶奶死。"

小黑说："爷爷死。"

小红说："奶奶不能下床了。"

小黑说："爷爷咳出血了。"

小红突然推倒垒好的假山说："告诉你一件事，不要告诉任何人。"

小黑说："小狗才说。"

小红说："不能说，说出来我会死的。"

小黑说："胡说，没有老怎么会死。"

小红说："我不说，我不说。"小红说着就往山下奔去，小黑追下山去。

你不要看到小黑追小红就想到是小红怎么死的。你甚至会猜测小红死亡与小黑有关。没有关系。实际上小红怎么死的并不重要，只要她死了就行，只要她应验马陀的占测就行。我们没有必要制造另一个没有圈套的圈套。说实话，写到这个地方我是有点悔意的。如果我一开始不告诉你，是小红死了，你们怎么也不会想到是小红死了，你们看到结尾会大吃一惊、拍案叫绝，高呼作者万岁的。但我现在写的是新微型小说，我就不能留恋往日微型小说结尾被读者叹为观止的那种快感了。

农历正月十五，离马陀测算的日期还有一天，全庄人都沉浸在紧张、恐惧和兴奋之中。庄五早晨醒来发现自己还活着，既意外又担心，意外自己居然没死，担心自己不死，灾难会降到下一代身上。庄五到厢房一看，老伴也活着，更担心了。自从马陀的预言诞生，庄五的心里一直就很烦。木匠打棺材已经打了一个月了，还没有打好，都是上好的木料。自己则一直没有证实马陀的预言。离正月十六还有十几个小时。如果自己这期间还不死掉，这个灾难就可能降到儿孙身上。饱经风霜的经历告诉他，命运深不可测。这么一想，庄五趁人不注意就从后山投河自尽了。但是山民们把庄五救了上来，庄五被儿子锁进屋里。

月挂树梢。

小红从房间溜出来，蹑手蹑脚地跑到后院。工棚门半掩着，小红走过去。母亲双手伏在棺材上，木匠叔叔站在母亲的身后，像拉锯一样，来回拉。母亲的喘息像狗。母亲转身准备换个姿势，看见了站在月光下的小红。

这篇微型小说的结尾是：农历正月十六凌晨，庄五发现孙女小红死在后院的茅坑。

我没有骗你吧。

（载《微型小说选刊》2003 年第 2 期）

青叶流香

滕　刚

　　1984年5月，石龙受一则虚假广告的诱惑来到龙沙镇，打算发一笔横财，结果被骗得血本无归。1984年6月，石龙再次来到龙沙镇，是因为看中了赵铁匠的女儿铁梅。铁梅一再警告他，你不要跟我结婚，跟我们龙沙姑娘结婚你会得胃病的，石龙不相信。石龙第一次来龙沙就知道这里的男女老少都有胃病。关于龙沙人都有胃病有许多传说，但是没有哪种传说能够解释龙沙人为什么都有胃病。像很多爱情故事描述的那样，石龙被爱情冲昏了头脑，恋爱不到两个月，便和铁梅成了亲，成了龙沙镇的女婿。

　　石龙结婚那天，一个名叫桑林的学者带着一个专家团来到龙沙镇，据说这已经是来自国内的第七个专家团了。石龙对这些整天研究龙沙水土、饮食结构的专家不屑一顾。像所有幸福的新郎一样，石龙每天踏着龙沙镇的青石板路优哉游哉。龙沙镇青石板路两边，是一排排青砖瓦房，每个院子门口都有石狮和台阶，台阶上都放着药罐，药罐里都煮着一种叫作青叶的药，那是从龙沙后山上采来的专治胃病的药，石龙非常喜欢这种青叶散发出来的香味。

　　石龙噩梦般的生活是婚后一个月发生的。那是一个很普通的晚上，晚风吹拂，青叶流香。石龙和妻子在院子里共进晚餐。他们首先谈了有关桑林他们的话题，谈得很开心，后来就谈到中秋节，谈到这个传统佳节在男方家过还是在女方家过。双方争执不下，为了一句话，为了一句在石龙看来确实有些原则性错误但无关大局的话，他们发生了婚后第一次口角。口角仅仅进行了一个回合，铁梅把筷子往桌上一扔，就不说话了。不说话就是不说话了，一连三天铁梅不说一句。石龙急死了，他开始以为她在耍脾气。他用各种方法逗她说话。他给她讲笑话，他骂她蠢猪，他故意砸坏她最珍爱的电吹风，他揍她，他跪下来求她，他打自己的耳光，他倒立、翻跟头，他哭，铁梅就是不说话。第四天上午石龙发现铁梅还不说话，急得要疯。他终于想起恋爱时铁梅对他的警告。他决定去问问邻居们这是怎么回事，怎么办。虽然石龙喜欢龙沙镇，喜欢这里的青石板路，喜欢闻这里的青叶香味，但他跟龙沙镇人很少接触，他并不了解龙沙镇人。当他由东到西连串七户人家，发现每户人家都不说话，他十分恐惧，他不知道发生了什么事。他问路边一个专门替人看手相的老人。老者惊讶地说："你不知道啊？"石龙惊讶他的惊讶。老者说："你不知道龙沙人的习俗啊？你要她开口，你必须陪她不说话，这样第七天她就会开口。"石龙于是也不说话。第七天早晨铁梅终于开口说话了。石龙长长出了口气。铁梅说："你以为这件事就这么结束了？早着呢！"石龙惊呆了。这句话半小时后就应验了。铁梅不吃早饭，不吃中饭。铁梅晚上不吃晚饭时，石龙知道要发生什么了。有了第一次经验，石龙从一开始就想制止事态进一步发展。他对妻子说："你打我可以，骂我可以，不说话也可以，你不吃饭不行，损害了身体无法挽回的。"铁梅说："奇怪，我不吃饭跟你有什么关系？"当铁梅第二天上午不吃早饭，从柜子里取出青叶到门口煮时，石龙急得要疯了。他不知道怎么办，他由西向东连走七户人家，家家都在斗争，都不吃饭。石龙又去问老者。老者说："你不知道啊？"石龙说："我知道了。"石龙绝食了。第七天上午铁梅吃饭了。石龙说："红军长征到达陕北时，饿的时间太长了，一顿分几顿吃。你一定少吃点，不要吃坏了胃。"铁梅说："你说什么东西？你以为这事就此结束了？早着呢！"石龙到嘴里的饭没能咽下去。当晚铁梅不睡觉，而是坐在潮湿、阴冷的地上，这是石龙万万没有想到的，石龙急得哭了。石龙夺门出去，由东向西走了七户人家，发现邻居们都坐在地上。石龙急得要疯了。石龙找到老者，老者没说话，拿起毛笔，在泛黄的宣纸上写了十个字："三七二十一，台风自然退。"石龙将老者的手迹揣进怀里，回家往地上一坐，开始陪铁梅不睡觉。第七天晚上，铁梅终于睡到了床上。铁梅说她没事了，但石龙一夜没睡。这一夜石龙胃疼得要命，疼得又呕又吐。铁梅为他按摩胃部，心疼地说："我是自己惩罚自己，你着什么急呢？我要你不要娶我吧。"第二天上午，石龙在龙沙医院被确诊患了萎缩性胃炎，医生给他开了二十一剂青叶，医生说："这药苦，但很香。"

石龙去供销社买了一个药罐子。石龙拎着药罐路过龙沙大桥时，看见桑林手拿放大镜正在田野里匍匐前进。桑林对站在他旁边的石龙说："到现在还没有发现致病病菌。"一股气从石龙胃部顶上来，石龙长长吁了口气。

（载《微型小说选刊》2003 年第 3 期）

大名鼎鼎的越狱犯哈雷

谢志强

  大名鼎鼎的越狱犯哈雷在一片街头的小吃铺被两个捕快捉拿了。他正在吃一碗洋葱面，吃得有滋有味。他说：我填饱了肚子就随你们走，当初，我就是肚子饿得受不了犯了事。哈雷早料到有这么一天，他喝尽了面汤，撸了一把留着胡须的下巴——那是街头巷尾张贴的通缉告示描绘的越狱犯形象的突出标志。他说：我们走吧。那口气，倒似两个捕快是他的保镖。哈雷的名气靠的是越狱赢得，再牢固的监狱，不出几天，便没了他的踪影，狱卒不知为他遭受了多少惩罚，可是监狱里查不出他逃跑的痕迹。这回，他被关进了一间特别的牢房，窗户容不下一个脑袋，墙壁一律采用花岗石，而且用料厚实。哈雷几次三番越狱，狱长已被削职，当了一名普通的看守。他发誓要挽回名声地位。锁了牢门，他对哈雷说：这回，你变成小鸟也飞不出去了。

  哈雷的手和脚都被戴上了沉重的镣铐。他挑衅地冲着铁栅门的看守笑笑，说：过两天，我想出去散散心呢。看守说：咱俩打个赌，你有本事出去，我在家里摆一桌酒席，替你接风。哈雷说：现在，我先睡个安稳觉，到时候，我保准登门拜访。

  看守说：你不是属鸭的吧，肉煮烂了，嘴还硬呢。哈雷说：想象可以冲出牢笼，等着瞧吧。哈雷合上了眼，他想，谁能阻止我想象的翅膀呢。看守隔一阵，来看一趟，哈雷竟打起呼噜。其实，哈雷真的睡着了，不过，他的梦里，出现的是一座一座的监狱，不知过了多久，他苏醒了，一身轻松，他望着高处的蜂窝似的小窗户，他知道又一天开始了，他的脑子里被一座一座监狱占据着，都是他蹲过的地方。

他开始怀疑自己的想象能力了，他担心热闹的街市、茂密的森林、辽阔的蓝天不再进入他的梦境，而他凭借的就是这些，难道一次一次蹲坐监狱，逐渐斩断了他的想象翅膀？他再看见铁栅门对面看守的面孔的时候，他懒得瞧了，那得意的表情像无数根绳索捆绑着他，他痛苦地凝视着残酷的现实——压抑的花岗石墙壁。他索性摊手摊脚地躺着。除了睡眠，他还能干什么呢？睡眠能够提供无限的机会。还是睡吧。临睡之前，他听到了一声鸟鸣，或许是一只笼中的鸟的婉鸣，却很悦耳，他倒愿意想象它在一片叶茂的枝头上歇息。而且，他听到羽毛在风中扑扇的气流声。

于是，第二天，他站在了一片森林里，那是城外不远的田野。他庆幸自己的想象还没有枯竭。不过，他想到了约定，看守承诺的一桌酒席，确实，饥肠"咕咕"。他撸了撸胡须，打算替胡须间的嘴巴了结一桩事情，他往城里走。城门一侧，又张贴出通缉他的告示，悬赏奖金高出上次。只是，士兵只查出城人，谁能料想一个越狱者还愿自投罗网。他径直前去看守的家。他闻到了那里飘来的肉香。看守正在显示自己的烹饪手艺。

哈雷步入大院，远远地拱手道谢：让你破费了，实在抱歉。看守正忙活，喊：沏茶，哈雷，你稍候，我再露两手。呷着酽茶，哈雷甚至想哼一段小曲，可他克制了冲动。只一会儿，看守解掉围裙，说：好了，来酒。两人对坐。看守说：你的身价看涨嘛。哈雷说：要不，我补偿你。

看守说：你放心，我可没布设陷阱，我清楚，再坚固的牢房也关不住你了，我只是想向你请教请教。哈雷一仰脖，哧溜，一盅酒热热地落肚，他说：谁能料到，我在你这呢。请讲。

看守说：你现在在哪里？哈雷说：不是在你府上吗？看守摇头，说：你又回老地方啦！哈雷乐了，欲说不可能。但是，他忽然察觉他坐在两天前进去的那个牢房里，他的脑袋顿时缩小了，像是掉进了一个深不可测的枯井。

看守已经隔着铁栅门冲着他微笑。一连数日，他的梦境里出现的全是牢房。牢房主宰了他的脑袋，他已失去了梦见其他事物的能力。牢房是他的大脑了，他又装在自己的脑袋里，后来，他连梦都不做了，一个一个夜晚，像是一个空穴，时间消失在里边，没了进展。看守又恢复了原职，狱长颇为得意，说：天底下唯我能降伏你，这是我俩的秘密。

（载《微型小说选刊》2003 年第 3 期）

陆地上的船长

谢志强

早晨，太阳刚刚升起，他便站在晒谷场上，一只手叉在腰间，一只手一挥，像一个指挥千军万马的将军，他喊：起锚，出航！

爹叹了一口气说，疯子的船又出海了。

我好奇地看着他。我没见过海，没见过航船。他迎着照进山坳里的阳光，穿着整齐的制服，很威武，很气派。阳光勾勒出他的剪影。

晒谷场周围是一块块水田，绿莹莹地连向山岭。接着，他开始踱步。我观察了好些天，他从晒谷场的东头慢慢地走向西头，沉思的样子。

我发现，他绝不多走一步，接近晒谷场的边缘，他又折回身，继续走。他的皮肤黝黑，不是山民那种黑，是海风吹出的黑，爹告诉我。我想象大海无遮无拦的阳光。

他走得那么准确。爹说他那条船跟晒谷场差不多大。那么大一条船，我想，一个移动的晒谷场，周围的绿田不就像平静的海水吗？

爹说，别去打扰他，可怜的船长。一个失去了船的船长。我对他生出敬意，他的身材魁梧，把那一身制服撑得板板正正，好像挂在衣架上那样。

太阳不知不觉地升起，有一竿子高了，他仍重复着踱步——那是他在甲板上散步。我希望他脚下的晒谷场能够航行。他踱步的时候，晒谷场仿佛在飘移。他的制服衣襟在山风里抖动。

可是，天阴下来了，不知哪里钻出来了乌云，发酵似的膨胀，遮住了太阳。他停下脚步，四处张望，甚至双手圈成两个圈，罩在眉眼前。父亲说那是他的望远镜。

爹示意我们——村里的几个小伙子都来了，他们想嚷嚷——不要出声。其实，我真想赶过去，登上他的船。

他举起双臂，说，全体注意，风暴来啦，各就各位，保持航速！

我们乐了。他焦躁不安地跑起来，跑到船头——晒谷场的东头，用脚踢摊在地上的稻谷，说赶快采取措施，海水漫进舱里了。

他开始寻找什么，大概是桶之类的东西，舀海水。他忙乎着踢稻谷，金色的稻谷飞起。我的娘撩起围裙揉在手里，对我爹说，你去劝劝他，这样糟蹋粮食。

他喊：快，水泵，都躲起来干吗！他四顾着，像是寻找想象中的船员。我们沉不住气了，真想赶过去帮他一把。

他冲着我们喊：胆小鬼，你们丢下船逃走呀！你们过来，我命令你们过来。大海可饶不了你们！

我瞧了一眼爹。爹低声说：别过去，他疯病发了，发过一阵就会好转呢。

我真想过去支援他，他需要帮手。我见他像热锅上的蚂蚁那样，在晒谷场上疯狂地奔跑。我真不忍他那么孤独，可能我们过去，能够安慰他——他是我们家族中唯一见过大世面的人物了，我曾替我这个二叔自豪，可是，他回来的时候，人家指着他的脑袋说他受了刺激。

他终于停下来，哭腔哭调地说：沉了，沉了，我们的航船，沉了。你们都逃吧，鲨鱼不会放过你们。

据爹说，他那条船，在一场海上风暴里航行了一天一夜。最后，接近了一个无名小岛，触了礁。

太阳钻出乌云。他的声音低下来，说沉了，沉了。似乎在念咒语，我看着环绕着小山村的山岭，好似晒谷场在下沉、下沉。

他走出晒谷场，朝我们走来——登上小岛他的神色又恢复了正常，像经历了一场海上风暴。现在，他的表情呆滞、淡漠。他根本没看我们一眼，仿佛我们不存在，他穿过我们，径直走进他的屋子。

我们踏上了他的航船——晒谷场，整平了踢乱的稻谷，我学着他的样子，在场上走，想体验当船长的感受，还是我出生以来看惯了的小山村——晒谷场。可是，刚才（每天他都要演绎一场出航的仪式，只是今天意外，出现了阴天）那场"沉船"的风暴就发生在这儿。大海无情，我想着遥远的大海，我长大了一定要去见识大海！

（载《微型小说选刊》2003 年第 4 期）

晚　点

男人慌里慌张地领着女人跑上站台时，火车还没有进站。

男人听到一个手拿对讲机的值勤人员说，这班车要晚点一个小时。

男人的脸就灰了，说，车又晚点了，怎么老晚点。

小站很小。仅有一排平房，墙体上刷的油漆大部分脱落了，脱落的地方露出水泥底子，像一幅抽象派的油画。

已是晚秋，风很凉。女人竖起上衣领子，对男人说，不行，咱回吧，待在这里俺心里不踏实呀。

男人说，别怕，没人会找你的，你毕竟不是三十年前的你了。

三十年前，男人和女人都很年轻。在一次全县大会战的劳动中，男人和女人认识并相爱了。但女人的爹娘要用女人换回一个儿媳妇。男人家里是弟兄三个光棍，既没有姐妹可去换女人，也没有足够的彩礼去满足女人的爹娘。两人的事自然就没有盼头。但男人不信邪，约了女人私奔，女人犹犹豫豫地答应了。

一个夜晚，两人相约跑出了家门，来到了这个小站。那时的小站也是这个模样，但在两个年轻人的眼里还是非常新鲜的。他们在小站见面后，都很激动，因为他们就要在一起了，谁也没法阻挡了。他们已经商量好去黑龙江投奔男人的一个姑妈。

本来两人的计划是天衣无缝的。男人已经事先问好了开车的时

典藏本
二

间，并提前买好了两人的车票。他们来到这里几乎正好是火车进站的时间。只要十几分钟，他们就可以双宿双栖了。

但是列车给他们开了一个极其残忍的玩笑——车晚点了，晚了整整一个小时。

就在他们相偎着互相取暖时，女人家里的十多口人都找了过来。他们把男人打了个半死后，将女人五花大绑地弄回了家。

男人被抬回家后，休养了一个月才下地。这时，女人已经被爹娘匆匆地嫁人了。

男人又打了几年光棍，因为分了责任田，光景日渐好起来。男人虽已年近三十，但人长得魁梧，就有人上门提亲。但男人都拒绝了。后来，男人出人意料地去另一个村子当了"倒插门"，做了上门女婿。那些年，在农村，男人不到万不得已是不会走到这一步的，因为"倒插门"意味着"小子无能、改名换姓"，这是件丢祖宗脸的事。但男人宁可与家里人断了关系，也义无反顾地去做了"倒插门"。

后来有人才明白过来，女人正是嫁到那个村子去的。

有人开始担心，担心两人再出什么事。但很多年过去了，两人都各自有了儿女，并没有什么事情发生。

日子一晃，男人与女人就都老了。男人的媳妇先去了，得的是肺病。后来，女人的丈夫也被一场车祸夺去了性命。

再在街上碰面，男人和女人的眼神就开始焕发出一种已经消失了几十年的光彩。两人差着辈分，男人得管女人叫"婶"，为了避嫌，两人几十年未说过一句话。

但男人不想再失去这一生中最后的机会，他大着胆子与女人约会，提出了想破镜重圆的想法。女人犹犹豫豫地同意了。

但两人的事情再度遭到了强烈地反对。是双方的儿女，不是儿女不开化，而是因为差着辈分，传出去太难听。

男人和女人耗了半年多，与儿女们也斗争了半年多，但最终未能如愿。男人与女人再次走上了三十年前私奔的旧途。

远远地，火车已经拉响了汽笛。站台上骚动了起来。

男人抓住女人的手，有些兴奋地说，车进站了。

车终于停在了站台上。但这时，女人的儿子、媳妇、闺女、女婿都来了，将女人强行架走了。

火车吐出一些人，又吞进去一些人，鸣着汽笛开走了。男人看着远去的火车，待了半天。良久，他喃喃自语，这次晚点，晚了我一辈子呀！

男人就天天来火车站等火车，但男人并不上车，他只关心车是否晚点，一边望着铁路的远方，一边焦急地看着手表。站上的人赶他走，但赶跑了几十次，几十次都接着回来了。站上的人就不再管他了。

男人成了站台上一道持久的风景。

（载《微型小说选刊》2003 年第 14 期）

好人坏人

魏金树

上小学的儿子合上书本，向爸爸提出一个问题："爸爸，什么叫好人，什么叫坏人呢？"

爸爸想了一下，说："我先给你讲几个故事，讲完后再回答你的问题，好吗？"

"好哇好哇！"一向爱听故事的儿子高兴得直跳高，"爸爸你快讲吧，我最爱听故事了。"

爸爸端起茶润了一下嗓子，然后就向儿子讲起来："我讲的第一个故事，主人公叫 A，这天 A 乘公交车去办事，从始发站到终点。后来车上的人越来越多，以致连过道上都站满了人。这时上来一位孕妇，乘务员大声喊：哪位同志给这位女士让个座？孕妇周围坐了许多人，却全都装聋作哑，谁也不肯挪动位置。这时坐在最里面的 A 站了起来：请到这儿来坐吧。要知道，当时他离下车还有半个多小时的路程，他这一让座，则意味着可能一直挤在过道中摇来晃去了，但他没有丝毫的犹豫。你说，A 算好人还是坏人呢！"

"当然是好人！"儿子说。

"我讲的第二个故事，主人公叫 B。有一片住宅小区经常停电，后来经电工检修，才发现一部分线缆被人剪去了。电工又重接了线缆，没想到不久线缆又让人半夜偷走了，接连几次，闹得小区的居民怨声载道。后来经派出所连续几个昼夜蹲点，终于将这个盗贼逮住了。这个盗贼正是 B。按说他偷的线缆也卖不了几个钱，却搅得四邻不安，影响了这么多人的正常生活，你说 B 是好人还是坏人呢？"

"当然是坏人！"儿子说。

"我讲第三个故事，主人公叫 C。公园里，一个小男孩不慎掉进湖里，湖边围了许多人，却没人跳下去。这时 C 也经过这儿，他一看见有人落水就跑了过来，连衣服也没脱就'扑通'一声跳了下去……这时已是初冬季节，水已很凉了。结果孩子得救了，而他却着了凉，接连好几天发高烧——你说 C 算好人还是坏人呢？"

"应该算好人。"儿子说。

"我讲的第四个故事，主人公叫 D。D 有一次到一幢住宅楼行窃，他估计主人已经上班去了，便从阳台开着的窗子翻了进去。没料到的是，这家还有一位老人，老人见有贼进屋便喊了起来。D 当即慌了，他顺手抄起一个墩把向老人头上打去，登时便有鲜血流出来，老人昏了过去。D 不顾老人死活，打开门落荒而逃。你说 D 是好人还是坏人呢？"

"应该是坏人。"儿子说。

爸爸顿了一下，又总结说："A 给孕妇让座，是助人为乐；B 偷盗线缆，是损人利己；C 跳水救人，应该算见义勇为；D 入室打劫，则是典型的强盗行为。我要跟你说的是，事实上，我说的 A、B、C、D 却是同一个人。你说这个人是好人还是坏人呢？"

儿子一下子愣住了，说："这怎么可能呢，他们怎么可能是同一个人呢？"

爸爸看着儿子，认真地说："这的确是同一个人，这个人曾是我的朋友。因为他平时爱做好事，所以人缘极好；因为他见义勇为，单位还专门表彰过他；因为他偷窃线缆和入室抢劫，被警察抓获，至今还在拘留所里。"

爸爸又说："实际上，好人和坏人都是相对的。世上本不存在什么好人，当然也不存在什么坏人，你明白了吗？"

儿子似懂非懂地点点头。

（载《微型小说选刊》2003 年第 15 期）

木头伸腰

何雨生

市长以前是位小有名气的作家，所以上任伊始，对市里的文教工作便非常热心，十分支持。这不，在他的倡议下，市里轰轰烈烈地举办每年一届的"桃李杯"全市作文大赛，他亲自担任了大赛评委会主任一职。

他这个主任可不是名义上的或象征性的，他身先士卒，放着有空调的办公室不坐，深入基层，跟他亲自挑选的一干精兵强将一起奋战在批阅作文的第一线。冷了喝口白开水，搓搓手，跺跺脚；饿了啃一口干面包，任劳任怨，以身作则。功夫不负有心人，市长终于在这次大赛上发掘出一个好苗子。

作文是市里最偏远的一个叫桑木桥小学（那里素有市里"大西北"之称）的学生写的，光看题目就很别致——《木头伸腰》。市长情不自禁地读出声音来："你可曾听说过木头伸腰的声音？我们坐在教室里，有时会听到阵阵'咯吱吱''咯吱吱'的响声，仿佛屋梁上有许多魔鬼在狂笑，我们很害怕，大人们说那是木头伸腰的声音……"

市长激动地拍着那篇作文，禁不住舞之蹈之："听听，听听，多么鲜活的语言，多么新颖的想象力！真希望多听到这些来自民间的声音！"见有人扑闪着眼睛在发愣，市长便老到而又富有情感地介绍起来："乡下的房梁都是木头的，其中有的树木在做梁条时还未停止生长，所以有经验的木匠在盖房时在两根梁条之间总要预先留出一点空隙，以便木头伸伸腰，长足劲儿。据说黑松林那儿有座东寺庙，你悄悄地走到正梁下面，乍一抬眼，一条缝便清晰可见……"

众人纷纷为市长渊博的学识所倾倒。结果，这篇《木头伸腰》以绝对优势夺得本届"桃李杯"作文大赛唯一的一个特等奖。

颁奖大会热烈又隆重，与会代表对这样一件功在当代泽被后世的活动报以经久不息的掌声。会上，市长发表了热情洋溢的演讲，称这次大赛使我们聆听到真正来自底层的心声，其间他又举了那个《木头伸腰》的典故。

不过，唯一遗憾的是，那个唯一获特等奖的小作者不知什么原因缺席了，未能到现场来领奖。

会后，本次大赛赞助方之一的国际大酒店举办了盛大的招待酒会，宾主双方觥筹交错，其乐融融。席间，秘书匆匆赶来告诉市长：桑木桥小学校舍因年久失修，房梁断裂，今天上午坍塌了两间教室，死伤十多名小学生……

（载《微型小说选刊》2003 年第 20 期）

谁能让我忘记

说起来，已经是很多年前的事了。

怎么忘得了呢？

高考结束了，我闲在家里，苦苦地等待。我在等待大学的录取通知。哪个大学无所谓，只要肯录取我，它就是中国最好的大学。

我很焦急。比焦急更让人闹心的，是无聊。那可真叫无聊。连小说也读不下去。心里有事嘛。

现在我才知道，无聊，其实是人生的一种痛。

那个我视如命根子一样的录取通知书终于来了。

我让自己的心情很尽兴地激动了一会儿，才慢慢打开那封金光闪闪的来信。

信上没多少字。很严肃，公事公办的态度。

我把信上的字，一个一个地数了一遍。又一个一个地数了一遍。周围没人，陪伴我的，是偶尔的几声鸟叫，几声蝉鸣，还有一株小白酒草，两株苍耳。

我心里悬着的石头落地了。我踏实了，舒服了，不知道自己姓啥了。我是早晨八九点钟的太阳了。我将光芒万丈悬挂在刘家庄的上空了。

我没有急着回家。没有。我知道，我的父母也都在烟熏火燎地盼着这个好消息。我的想法是，反正他们已经盼了很久，再多盼一

典藏本
一

会儿也没关系。

我走到村外，去看望那棵老槐树。我在老槐树下站了很久，默默地流泪。看见老槐树，我的泪水就止不住了。

我听见了自己在老槐树下读书的声音，往日的声音。它们没有走远，它们有着露珠一样的鲜活和清亮。

我不是看望老槐树。我是看望我自己，往日的自己。

好消息传到家里，家里的气氛立刻就变了。

爹放下饭碗，怔怔地看着他的儿子。那不是一般的看，是发了狠的，是用目光在拧。

爹的目光把我的脸拧红了。爹自己的脸也红了，红烧肉一样闪着油光。他忘记了午睡的习惯，背着手，身子一挺一挺地出了家门。

妈也放下了饭碗。她坐在炕沿上，一会儿撩起衣襟擦擦眼，一会儿又撩起衣襟擦擦眼。她说："我的沙眼病又犯了。"

爹把他的唾沫星子喷遍了刘家庄的每一个角落，然后又兴高采烈地接受着每一个角落里喷向他的唾沫星子。爹的得意忘形，让我觉得有点儿不自在。

也不能全怪爹。刘家庄在地球上定居了上百年，什么时候长出过大学生？

好在，两天以后，爹就清醒过来了。

爹频频地到集市上卖西瓜。爹看西瓜的眼神很慈祥，很博爱。那是他儿子的路费、学费和生活费，不好好看看，行吗？

我跟着爹，到集市上去卖过一次西瓜。仅仅一次，我再也不想去了。

那天很热，热得发了狂。我的手指甲都冒汗了。集市上的人，却很少有来买西瓜的，好像吃了西瓜就会着凉似的。太可恨了。

我脸上的泪像汗水一样欢快地流淌着。爹看见了，他皱了皱眉头，弯下腰，从筐里挑出一只最小的西瓜，一拳砸开，递给我。

我说："爹，你也吃。"

爹说："我不吃，我吃这东西拉肚子。你吃你吃，叫你吃你就吃，哈。"

西瓜有点儿生。不甜，有一股尿臊味。我吃得很潦草，匆匆忙忙就打发了。扔掉的瓜皮上带着厚薄不均的一层浅粉色的瓜瓤。

爹狠狠地瞪了我一眼，走过去，将瓜皮一块一块捡起来。他用手指头弹弹瓜皮上的沙土，又轮流把它们压到嘴巴上，像刨子一样刨那些残留的瓜瓤。

那些日子，妈像换了一个人似的。她很少说话。她喜欢盯着鸡屁股看。不光看，还经常去抠。抠得一丝不苟。好像我要去的地方，不是大学，而是鸡屁股。

爹说："别理她，你妈跟鸡屁股有仇。"

妈的确跟鸡屁股有仇。那一天，她又去抠芦花鸡的屁股。按她的说法，这个挨千刀的货，屁股里夹了一只蛋，两天了，还没生下来。是锈住了吗？妈很生气。她把自己的手指头变成了挖掘机，在芦花鸡的屁股上开工了。她成功地从芦花鸡的屁股里挖出了一泡黄水和几小片鸡蛋皮。

我走出家门的那一天，可怜的芦花鸡死掉了。

公共汽车开出很远了。我回过头，我没有看见爹妈，也没有看见刘家庄。我看见的，只是几块西瓜皮和一只死去的芦花鸡。

（载《微型小说选刊》2003年第22期）

石　头

滕　刚

张三来到病房时，母亲正在给父亲喂药。母亲转身对张三说："你得请假了。"

张三说："嗯。"

母亲说："你爸昨晚突然不能下床了，身边得有个男人，万一要下床什么的，我哪里弄得动。"

张三说："嗯。"

张三走到父亲身边，对父亲说："我请假。"

父亲笑，很过意不去的样子。

张三刚在床边的椅上坐下，护士推着轮椅进来说："7床，做B超。"张三见大家都望着他，才想起把父亲抱上轮椅是他的事。他走到床对面，用手托住父亲的背，把父亲扶坐起来，把父亲的两条腿挂在床边，然后望着父亲，想着怎样把父亲从床上抱上轮椅。他知道以他的力气把父亲抱上轮椅几乎是不可能的。他想请护士或母亲帮他，但又不好意思开这样的口。他转身见大家都望着他，知道没有任何指望，便用左手托住父亲的背，右手托住父亲的腿，猛地把父亲抱得悬了空。他转身把父亲往轮椅上放时，双手坚持不住，突然松开，咣当一声，父亲滑坐在轮椅上。张三连说："我没站好，我没站好。"父亲说："不要紧，不要紧。"母亲说："他今天不错了，他平时连一袋米都拎不动。"

母亲正要推轮椅，护士指着张三说："他去。"张三愣了一下，推着轮椅跟护士来到 B 超室。护士推开 B 超室的门，指着里面的那张床说："把病人抱上去。"张三一惊，想不到又要抱父亲。他想去叫母亲，又觉得不妥。他想不出其他办法，硬着头皮把父亲推进 B 超室，左手抱住父亲的背，右手抱住父亲的腿，抱了几次才勉强抱起来。他本想把父亲慢慢放上床的，但是他的双手怎么也抱不住，"扑通"，父亲仰倒在床上。坐在电脑前的女医生惊讶道："你干什么？"父亲说："他没劲，他没劲。"

张三坐在 B 超室门口的椅子上，想到等会儿还要把父亲从床上搬上轮椅，不知如何是好。他恨自己平时没有锻炼身体，早知道要抱父亲，他一定会锻炼身体的。如果因为自己没劲，把父亲弄个三长两短的，怎么对得起父亲。他正在发呆，护士说："好了。"他一惊，赶紧把轮椅推进 B 超室，双手抱住父亲。父亲双手抱住张三的颈部，拼命把身体往上提。他知道父亲在配合他，知道父亲在减轻他的压力，他鼻子一阵发酸，咬紧牙齿，发动全身力气把父亲抱了起来。他转身把父亲往轮椅上放时，腿一软，和父亲一起栽倒在地上。他赶紧喊道："爸爸。"父亲说："不要紧，不要紧。"护士说："你这人怎么回事。"父亲说："不要紧，不要紧，他没劲。"护士帮他把父亲扶上了轮椅。

张三推着轮椅来到病房，正要抱父亲，父亲对母亲说："你帮帮孩子他一个人搬不动。"母亲说："一个大男人，人都抱不动。"张三叉住父亲的双臂，母亲抱住父亲的双腿，把父亲抬上床。张三走到床头，仔细打量父亲的头部，看看父亲有没有受伤。父亲笑，很过意不去的样子。

张三坐了会儿，走出病房，来到护士办公室，问刚才那个护士："请问小姐，我爸还要做哪些检查？"

护士说："多啊，CT、磁共振、多普勒、同位素扫描。"

张三说："你们可以到病房去做，我们可以多给钱。"

护士说："你见过谁到病房做 CT 的？"

张三说："你们这里有男护士吗？"

护士说："你什么意思？"

张三说："没什么意思，我问问。"

张三坐在走廊中央的长椅上不知所措。他知道还要抱父亲，他知道再抱父亲肯定要出事，但他又想不出其他办法。家里除了父亲，就他一个男人。他想请朋友过来帮他，又觉得不妥。他拿起手机给在健身房上班的老七打电话："老七，怎样在短时间内让自己有力气？"

老七说："那要看你干什么。"他说："抱人。"

老七说："抱人？抱什么人？"他说："抱我父亲，我父亲在医院生病，我必须抱他。"

老七说："举重。"

张三说："举重？现在到哪里去举重？"张三正欲去病房，母亲从病房出来对他说："你爸睡着了，你回去拿点钱来，明天手术，我怕钱不够用。"张三下楼打了个的，直奔家里。张三刚到家门口，手机响了，母亲说："你快过来，你爸不行了。"张三大惊，立刻打的回到医院。张三在楼梯上就听见母亲撕心裂肺的哭声。

他走进病房看见父亲身上已经罩上了白色床单。他奔到医生办公室，问正在洗手的陆医生："我父亲刚才还好好的，怎么突然？"陆医生说："是心脏病猝死。"张三说："我今天几次抱他，都没抱好，最后一次还让他跌了跟头，会不会跟这个有关？"

陆医生说："我不知道你在说什么。"

办完丧事，张三就决定赶紧锻炼身体。他一刻都不能等了。他还有母亲，有祖母，有岳父岳母，他们随时都可能住院，随时都需要他去抱他们。但他走遍城里的体育用品商店，没有找到理想的锻炼器材。头七这天早晨，张三看见几个民工在门前的小山下抬石头，他眼前一亮，跑到山下，抱起一块石头往山上跑去。

（载《微型小说选刊》2004 年第 15 期）

民工看病

曾　颖

民工赵大的肚子痛了三天了。睡在工棚里，他恨得牙痒痒的：不就是吃了几个冷馒头，喝了几口自来水，咋就翻江倒海没完没了的了？

赵大暗暗骂着自己的肚子，想着因为肚子作怪而被扣去的工钱，心也隐隐地痛了起来。拖了三天疼痛都没消失，他知道自己确实病了。他决定找点药来吃，他知道邻床的福娃子箱里应该有药。因为福娃每次从家乡来的时候都会到镇医院开些各式各样的药，他姨父是医院院长，医生们不诓他，总给他开又便宜又管用的药，针对未来一年中有可能发生在他身上的各种病，一种病一包药，分门别类地装在各种塑料袋里，并且在袋口上写上"感冒""消炎""镇痛""外伤""痔疮"等字样。福娃说：出门在外，背着这些东西心里踏实些。

赵大找到福娃，福娃一看他一脸虚汗，自然知道他的来意，如果换别人，福娃肯定不会理，因为他觉得自己根本没有能力助人为乐。但赵大与他是同乡，这种关系非同一般，福娃于是抽出藤条箱，在箱里一通翻，翻了半天，他不无遗憾地发现，装"镇痛"药的口袋早就空了，那玩意儿似乎是这工地上最受欢迎的药，每一回都最先用完。

福娃子很遗憾地对赵大说：你咋不生痔疮呢？这药我倒还是有

一些！

　　赵大也很遗憾自己没生痔疮。他又转悠到比他年纪大的老丁身边。老丁以前在乡下当过几天民办教师，算是有点见识。他曾经用锅墨帮人治喉痛，也用壁虎酒为别人治过红疮。

　　老丁对赵大说：肚子痛，我们乡下有个土方，就是用玉米棒子烧成灰，兑水喝。

　　赵大说：这地方哪找玉米棒子哟？

　　老丁说：还有一个方，你到石灰池旁舀一点清石灰水喝下去，镇痛也有效。

　　赵大想了想，觉得有点儿玄，不敢试。于是决定出门到民工街去看看。

　　民工街原不叫民工街，因为周围工地的民工爱来这里看录像喝酒，于是便成了民工街。这街上有两家小诊所，面向民工服务，收费也不贵。

　　赵大来到第一家诊所，发现门脸已拆了一半，旁边卖甘蔗的女人说：这里已经拆迁了，买药你到前面老江湖的店里去吧！

　　他到老江湖店里，老江湖正因为有关部门要求他把诊所扩大一倍而生气呢！因为有关部门说他的门面太小达不到文件上规定的标准，要他限期整改。他正打算将旁边的杂货店盘下来，搞成性病诊所，只有这样才扛得住成本。赵大进店时，他因刚和杂货店老板谈判失败而生着气呢，也没把赵大当回事，随意甩出两包药，开价四十元。这可是赵大一个星期的工钱，吓得赵大落荒而逃。

　　赵大拖着疲倦的身子走着。在河边公园里，草丛里谈恋爱的小情侣们嗡嗡嗡的情话让他直犯困。他决定睡一会儿。

　　在梦中，他听到救护车的警笛声和人来人往的嘈杂声，他想起来看看热闹，但怎么努力都睁不开眼。

等他睁开眼时，发现自己睡在一间白色病房里，邻床的人对他说：你可真能睡，一睡就是三天。

护士说他得的是急性肠胃炎，不大的病，但拖得险些要了他的命。她说医药费用了 2000 多元，快让家人来结账。

赵大觉得自己的肚子不痛了，但头痛得厉害。他想说自己没钱，又不敢。他想说自己没打算医治，是医院强行给自己医的，但又确实说不出口。

他呆呆地坐了半天，决定逃出医院。他知道，只有这样，自己今年的工才不至于白打。

他轻轻扯下吊针，偷偷溜出病房，悄悄地从门诊大厅穿过，飞快地溜出医院大门。在医院大门口，他心里过意不去，就冲门诊大楼用力地鞠了个躬。

第二天各大报纸上纷纷曝出新闻：又一个被抢救的民工逃出医院，社会呼唤道德良知。

电视里，医院院长很痛心地说：每年他们要承担几十万元这样的损失。

看电视的赵大把头埋得很低，他知道，那几十万里肯定就有自己那一份。从这一刻起他在心中暗暗发誓：这辈子再也不吃冷馒头，再也不生病了！

（载《微型小说选刊》2004 年第 16 期）

妓女作家

美眉姚红写了好几篇小说都没打响，她看了《文坛登龙术》一书后，顿时醍醐灌顶茅塞顿开，暗访妓女，写成了《102个妓女的故事》新作。该书出版发行，引起争议，有人骂作者是"妓女作家"。姚红不恼，姚红不但不恼，还心里暗暗高兴，过去写的小说都打不响，就是没有引起争议。为了进一步引起争论，姚红接受记者采访公开说："我就是妓女作家！"一时间，舆论哗然，一边倒，纷纷对姚红口诛笔伐。在姚红受不住的时候，省作协的文艺评论家卜安道发表文章，说姚红是妓女作家无可非议的，有工人作家、农民作家、小资作家，妓女也是个群体，也应该有她们的作家。卜安道的论点无可辩驳，一锤定音，姚红成名了，走红了！

姚红十分感激卜安道，是他在她受不住的时候，给了她支持，催红了她。姚红来到省作协拜谢卜安道，卜安道也十分感谢她，也是因为有了她，卜安道声名大振，被誉为"新潮评论家"。姚红说她准备在圣诞节这一天到新华书店门前签名售书，请卜老师前往助阵，再鼎力支持一把。卜安道有一种上贼船易、下财船难的感觉，但盛情难却，他还是答应了。

于是，在圣诞节这一天，在新华书店门前，人们看到了妓女作家和新潮评论家联手坐在那儿签名售书的盛况。姚红青春靓丽，一副洋妞打扮，一脑袋麦穗般金黄的长发，眼皮湛蓝色，口唇艳红，

典藏本
二

嗲声嗲气；卜安道虽西装革履，却不新潮，他人过中年，显得持重，他坐在那儿，一副正人君子的样子。买书的人多，看热闹的人更多，都对妓女作家和新潮评论家的关系想入非非。

姚红出名了，也发财了。姚红首先想到要报母恩。母亲生她时，是剖宫产，又得了产后风，母亲为了她，丢了工作，后又为养家，给人家带小孩。给母亲一笔钱，不要母亲再劳累了。姚红来到母亲家，看到母亲正在伤心流泪。原来，带小孩那一家把母亲辞了，主家说："我们不知道你养了个妓女作家，别把我们的孩子也带坏了！"姚红听后一怔，说："妈，我的书卖得很火啊，这家人太落后了！正好，我养你！"说着，就掏出钱给母亲，母亲不接，说："小红，妈也受不了，这钱脏！"

姚红来到哥哥家。哥哥也是待她最亲的人，父亲去世早，要不是靠母亲给人家带孩子养家，哪能供兄妹俩上学？！哥哥辍学找工作挣钱供她上学。哥的恩情怎能不报？姚红进门见嫂嫂正在和哥哥干仗，嫂嫂吵着要离婚！见她进来，嫂嫂就甩门走了。哥哥狠声说："你什么不好做，去当妓女作家！"哥哥不听她说，也恼恨地出门走了。

姚红就剩最爱她的人郭大勇了。她和大勇恋爱，坚持不成名不结婚，大勇支持她。现在成名了，该和大勇商量着结婚了。姚红见着大勇，大勇吐了她一脸，说："你要让我再看见你，我就杀了你！"

姚红傻了，迷惑不解！众叛亲离，为啥和红红火火的售书场面反差这样大？她想了好半天，才想明白，人们是把妓女作家和妓女混同了，把她看成了妓女。这需要分清，为她正名，她想到了卜安道。

一个更深夜静的晚上，她敲开了卜安道书房兼卧室的房门。卜安道对她深夜来访，感到惊吓。听说是要他写文章把妓女作家和妓女分开，为她正名，卜安道严肃地说："这是个很清楚的问题，用不着嘛！"

"卜老师，您说清楚好吗？您是不是也把我当成了妓女？"

"怎么能肯定呢，写工人题材的作家，不一定是个工人，写农村题材的作家，也不一定是个农民，这是个常识嘛！"

"那您为什么不能再写篇文章为我正名呢？"

"我说的是不一定啊！"

"那就是我也有可能是妓女？"姚红急了，"卜老师，我还是个处女，我现在把身子给你，让你检验，请你为我写篇文章！"姚红说着脱衣。

卜安道吓得赶紧拦住。

"我不漂亮吗？"

"不不……"

"我不性感吗？"

"不不……"

"那你为什么不要我？"

"处女膜是可以修补的！"卜安道急不择言。

"你还是把我看成了妓女，你也把我看成了妓女！"姚红气哭了，哭着说，"我非要你检验，我非要你为我正名！"说着又去脱卜安道的衣服。"你这不就是个妓女吗！"卜安道推开她，抓起电话报了警。

姚红只会一个劲地哭喊："我不是妓女！我不是妓女！"法医鉴定：姚红有可能得了突发性精神分裂症，需要送精神病院治疗。

（载《微型小说选刊》2004 年第 16 期）

琴 王

游 睿

他很会拉琴。村子里的人都称他为琴王。

他的琴声太动听了。

琴弦拉动，一串串嘹亮的音符就接踵而出。他的琴声里，有清晨撩人心扉的第一声鸡鸣犬吠，有山间清澈见底的潺潺流水，有阳春三月的花开遍地和莺歌燕舞，还有万里碧空的蓝天白云和艳阳高照。听他的琴，让人变得澄澈。

很少有人见过他，但都听过他的琴声。他会在每个傍晚准时拉动他的琴弦。当夕阳对着山村洒下最后一丝余晖，劳作了一天的人们扛着满身的疲倦回到家的时候，他的琴声会在村子的东头悠扬地响起。

琴弦一动，人们马上就陶醉在他的琴声里。白日里所有的疲惫，所有的烦恼和不快，都在他的琴声里渐渐消融，远去。最后人们带着微笑幸福地睡去，直到第二天精神抖擞地开始新的劳作。

因为他的琴声，村子里的人们感到幸福和充实。

这个傍晚天空被无数道闪电残忍地划破。汹涌澎湃的洪水如彪悍的巨蟒将村子死死缠住。老人、小孩，所有人都被逼到村里的一个土包上。洪水一次又一次地拍打着人们的脚脖子，像死神跃跃欲试的手。

村子在自己的眼前渐渐变小，几块瓦片和木板在水里打旋。有人大声地哭泣，有人唾骂，有人惊叫，有人焦躁地踏着脚步，还有人绝望地准备跳水。天渐渐黑下来。完了，似乎一切都完了。

这时，村子的东头，依旧响起了他悠扬的琴声。那琴声里，有清晨撩人心扉的第一声鸡鸣犬吠，有山间清澈见底的潺潺流水，有阳春三月的花开遍地和莺歌燕舞，还有万里碧空的蓝天白云和艳阳高照。那琴声像在述说，像在安慰，让人陶醉，让人忘我。

人们开始安静下来，认真地听着。渐渐没有人说话，最后连咳嗽的声音都没有。

人们再一次醉了。在他的琴声面前，所有的行为都显得粗俗和浮躁。谁都不敢妄动，生怕打破这份美好。只有安静，才能维持这份隽永。在人们心里，渐渐装进一湖平静的水。

终于，远处亮起了一点火光，是救生船来了。所有人站了起来，但没有人拥挤，也没有人喧哗，因为他的琴声依旧那么悠扬和平静。当船靠近的时候，人们像是有人指导，都乖乖地站好，然后先是老人和小孩上船，再是妇女和男人，一切都井然有序。

最后，在他悠扬的琴声里，人们都顺利上了船。这时水越来越大，村子很快就没了。但直到船顺利启动，他的琴声还在进行，人们还陶醉在他的琴声里。

糟了，还有他！有人忽然回过神来。

是呀，怎么漏了他，快喊。

喊，只有琴声在响。再喊，还是只有琴声在回答。

他是聋子呀，怎么听得见

对，他就是个聋子。一个老人突然想起。

人们这才完全回过神。原来他竟是个聋子！

就在这时，琴声戛然而止。

（载《微型小说选刊》2004 年第 17 期）

他迟早会出事的

蔡良基

刺耳的笛声，搅碎了深夜的寂静。我揉着惺忪的睡眼，透过临街的玻璃窗，注视眼前的一幕：他耷拉着脑袋，悻悻地走出豪宅，走向警车。

瞅着一路鸣笛远去的警车，我缓缓地收回目光。

我预料他会出事。真的，远在三十年前，我便预料他迟早会出事。

他曾经是我的朋友，当然，一阔脸就变，我只是他三十年前的朋友。

那时候，我和他在一家市属无线器材厂做工，活儿不算累。年轻人精力旺，下班后便寻些事儿干，于是便学着组装半导体收音机。

我张罗着要去商店买材料，他说早准备好了。我问花了多少钱，他笑笑说不贵，阻止我再问下去。

万事开头难。第一台半导体收音机组装花费了一些时间，慢慢地我俩便摸出了一点儿门道，组装的速度自然提高了许多。

那天一下班，他兴冲冲地拉着我上餐馆。干！几杯白酒下肚。他笑眯眯地说，他把组装的收音机卖了，除去成本挣了十元。要知道，十元钱在当时差不多是我们半个月的工资。

接着，他兴奋地提议，再组装一些收音机。我自然举双手赞同。

于是，我和他一下了班，便钻进租来的小屋忙活起来，大约组装了十一二台收音机的样子，他突然说暂时别干了，并再三叮嘱我不要向任何人透露组装收音机的事情。尽管心里很纳闷，我还是点头同意了。

后来，我听到一个惊人的消息，我们厂近期丢失了不少收音机零件，厂保卫科正在追查呢。

瞧他不安的神色，我的心扑通扑通直跳，一种不祥的兆头掠过脑海，难道他……碍于多年朋友的情分，我把溜到嘴边的话儿又咽了回去。当然，打这之后，我再也没有参与他倡导的活动了。

一天，他又主动找上门来，要我陪他去看医生。

我不解地问：好好地上什么医院？

他停顿了一下说：没什么，只是想检查检查，防患于未然嘛。

交了费，拿着体检表。我陪着他依次量身高、称体重、测血压；依次做心电图、B超、抽血化验……轮到X光胸透视，他不容我细想，一把把我推进检查室，于是我稀里糊涂地做了胸透检查。

事后我才知晓，他处了一个女朋友，女朋友父母获悉他结核病尚未痊愈，心有疑问，于是他来了个偷梁换柱，瞒天过海。

陪他去见未来的岳父母时，心虚的我手脚冰凉，额头渗出细细的一层汗珠，满脸愧色。回头再瞧他，满脸堆笑不慌不忙，一副泰然无事的模样。

天啊，我心里不由得惊叫起来，此人不可交也！虽说没有扯破脸皮，我也对他敬而远之了。

照这样走下去，他、他迟早会出事的！

近日，电视实况播放法院公判他的镜头画面，因利用职权徇私舞弊贪污索贿数十万。他，将在监狱中度过自己的后半生。

（载《微型小说选刊》2004年第18期）

李斯把自己诬陷了

万 芊

李斯是个好人，一个公认的好人，在学校是个好学生，在家是个好儿子、好丈夫，进了单位自然是个好好先生。

好好先生李斯自然有一套自己的人生理念：身正不怕影子歪。好好先生李斯平时自然也是光明磊落，从不把自己的差错推卸给别人，从不把自己的功劳反复宣扬。该做的事，任劳任怨、毫无怨言；不该做的事，从来不涉足，甚至不嗜烟酒。

有几个跟他玩得很好的同事朋友笑他：你这人太死板了。人好不是做出来的，而是说出来的。别人说你好，更要自己说自己好。如果别人都说你坏，那众人的口水能把你淹死。

李斯不信邪，说你们有本事把我说坏了，我就服你们了。

于是众同事朋友就跟李斯打赌，谁输了，谁就在城里最有名的皇家经典酒家请客。于是同事赵笑笑就编了李斯打麻将赌博挨罚的坏话，其实李斯根本不会打麻将。于是朋友咪咪就编了李斯嫖娼被警察逮住的坏话，但众人都说，这太俗套了，还是编成李斯搞同性恋被人痛打够味。

于是朋友孙哈哈瞎编了一个李斯为养小白脸，挪用公家钱数一类的坏话，正好李斯在单位是搞财务的。

既然是打赌，自然大家都挺认真，于是诬陷好人李斯的坏话也就慢慢地传开了。

先是有同事拿着"一束"的麻将牌，让李斯盲摸，以证实李斯不会搓麻将完全是骗人的，进而证实李斯表面说不会搓麻将而背后搓麻将赌博被抓挨罚的事实，再进而证实李斯这个公认的大好人伪善造作的两面派面目。

不多久，李斯晚上骑摩托车不慎摔到了眼鼻，休息了几天上班后，竟然好多人都躲着他，像躲艾滋病菌一般躲他，因为有人说李斯又进了拘留所。

又不多久，有人来查李斯的账，查了一通又一通。虽说没查出什么大问题，李斯最终还是被挪了科室，调总务科做杂事，提干部评先进一律跟他无缘。

被人诬陷的李斯陷入了痛苦。他想表明，这本是一场游戏、一场打赌，可他知道，这时已没人相信他的话，他已成了劣迹斑斑的坏人。因为，每天都有他的坏话诞生。李斯输了，输得服服帖帖，皇家经典酒家，他请了一桌。

陷入苦恼的李斯，抽上了烟成了烟鬼、嗜上了酒成了酒鬼、打麻将斗地主成了高手也成了赌鬼，满嘴脏话，一不顺眼就跟人发脾气，就是谁都敬重的公司大头儿他也敢顶撞。李斯常挂在嘴边的话：我是痞儿，我怕谁。

两年后，公司倒闭，好些人都争粗了脖子想捞好处。李斯发熊了：谁敢他娘的暗箱操作，我就先捅了谁。众人怕他，说这李痞儿，什么事都干得出来，犯不得跟他较劲儿。

于是李斯借了钱收购了百分之五十一的股份，成了新公司的大头儿。成了大头儿的李斯在公司里立了一条规矩：谁在我公司里使坏，我就头一个开了谁！

（载《微型小说选刊》2004 年第 18 期）

关于年乡长之死的三种叙述

蔡 楠

叙述一

葵花乡乡长年富力答应妻子晚上不出去应酬了，就回来得很早。妻子从单位打电话说，难得年乡长这么听话，我到菜市场买点菜，好好做一顿饭犒劳犒劳你吧！年富力就暗暗发笑，我什么样的酒店没去过，什么样的饭菜没吃过，还稀罕你给我做一顿饭？笑归笑，可他还是被妻子的话感动了，于是嘴上就嘻嘻哈哈地说，甭做饭犒劳我了，有你犒劳我就行了！妻子就回嗔一句别不要脸，连忙把电话挂了。

年乡长在等待妻子回家的时间里，想为妻子做点儿什么。做点儿什么呢？地板是干净的，厕所是洁净的，屋里的物品也拾掇得整整齐齐的。只有阳台上的玻璃有点脏，还是妻子够不着的外面。我就替她擦擦玻璃吧！这样想着，他就脱了西服，拿来抹布，搬来凳子，开始擦拭玻璃。擦得兴起，他就一下子推开了玻璃窗，从凳子上蹿到了窗台上，左手抓着窗横杆，右手仔细地擦拭着横窗上的玻璃；随着抹布一点一点地上移，他的身子也一点一点地向外探，玻璃上的污渍也在他卖力地擦拭中一点一点地消失。年乡长就沉浸在劳动的快乐里。快乐中，腰间的手机突然响了起来。年乡长习惯地用左手去掏手机。手机还没掏出来，沉重的身体却因为没了依托，一下子失了重，就掉了下去……

叙述二

葵花乡乡长年富力回到家还没换鞋，小姨子的电话就打过来了。

小姨子说，姐夫你看我都三个月了，你和我姐什么时候办手续？

年富力听到厨房有响动，知道妻子已经回来了，就皱了皱眉头，小声地说，现在还不到时候，你急什么？

我都纸包不住火了，还不急？

那你就先去医院解决了吧！

放屁！我这可是第三次了，再去医院，我的身体就毁了！

那也得容我先做做你姐的工作嘛，你想，这样的事情很不好办哪！

你知道不好办，当初就别答应娶我呀！

我那不是急中生情吗？我对你表心迹你怎么就不理解我呢？

我理解你？你理解我吗？你花言巧语骗我去旅游，把我给办了，还不让我找对象，你是想一石二鸟呀？

谁让你们姐儿俩都那么漂亮，都让我心动，都让我舍不得呢？

放屁！你别总想美事，今天你就给我个答复，是离婚娶我，还是让我去告你强奸，你自己决定！

你别吓唬我好不好？小姨子告姐夫，丢人现眼还赢不了官司，你图什么？

那我就去你家，和我姐把话儿挑明了，不是我留下，就是谁也留不住！

你你你千万别来，来了我还有法活吗？

我不管，我就去，现在就去！

小姨子放下电话，很快就来到了年乡长家，就把事情的经过一五一十地和她姐说了。两个女人就打了起来。男人来劝架，却被两个女人按在地上一顿狠揍。揍完男人，两个女人就又撕扯在一起。先是美丽的头发在飞扬，漂亮的衣服被撕破，后来是高档的家具被摧毁。家里成了战场。整幢楼房都惊动了。

年乡长看着两个美人厮打在一块，心里那个气呀，那个恨呀，那个羞呀。他抹了抹自己脸上的血，三两下就蹿到了阳台上，敞开窗户，大吼了一声，求求你们别打了行不行，再打，我就死给你们看！两个女人撕扯着滚到了阳台前，异口同声声嘶力竭地说，你死，你死，你早就该死！

年乡长无奈地看了看变成母狼的两个女人，一闭眼，就从楼上跳了下去……

叙述三

葵花乡乡长年富力一进家门，就把沉重的身子扔在了靠近窗户的沙发上。年乡长这些天来情绪特别低落。县里三干会结束后，眼见着就要召开人民代表大会，他的副县长人选就要被提上议事日程。却不料，一个晴天霹雳，县委书记穆天在这个节骨眼上被"双规"。省市两级检察院派出专案组进驻市里，已经在县招待所住下了。根据线索，开始一个个调查科级干部。今天下午，年富力被专案组叫了去。专案组说在穆天交出的绿色记录本上有他的名字，让他好好想想，看有什么问题需要说明。

还用想吗，问题肯定是有的。三年前，他在葵花乡当副书记。县委书记穆天下乡调研，看到葵花乡大棚里培植的木耳，就对陪同调研的年富力随口说了一句，这黑木耳不错，能够清除体内垃圾，不知能不能把你嫂子的肺炎治好？年富力当晚就开车把两筐木耳送到了穆书记的家，还放下一个大信封。年富力埋怨着穆夫人，嫂子你有病也不早说，忒把你兄弟当外人是不是？这是葵花乡人民的一点儿心意，你留下看病吧！那是春节前的事。春节过后年副书记就变成了年乡长。就在三月前，年富力听说穆书记的儿子要出国留学，就又到乡镇企业转悠了一圈，凑了一个大信封，交到了穆公子手中，并且深情地说，大侄子呀，叔叔希望你尽早学成回国，来建设咱们的国家呀！穆公子走了，却把年富力的希望留下了。马上就要换届选举了，年乡长瞄准了副县长的位子。

应该说穆书记还是一个讲义气的人。受人之托，忠人之事。谁对他好，他都会记在心上；心上记不住的，就记在了记事本上。哪知，就是这记事本惹了大祸。年富力一拍大腿，从沙发上蹦了起来，你说穆书记，你记什么记事本呢？这不是把我们往火坑里推吗？你倒了不要紧，这不是连带着弟兄们也倒霉吗？弟兄们还有法儿过吗？

年富力开始在屋里转圈，转一圈扔一支烟蒂。当一盒烟被扔完的时候，他已经打开窗户站在了窗台上。妻子还没有回来，可能还在街上买菜；儿子也没回来，今天他值班，可能要回来得晚点儿。这都不要紧，遗书已经写好放在了沙发上。我已经没有路可以选择了，年富力最后嘟囔了一句，就流着泪从四层楼上一头扎了下去……

（载《微型小说选刊》2004 年第 20 期）

孔雀东南飞

孔雀是要飞的。人们不仅自她从小就流盼的眼神里，而且从她越来越优美的肢体语言里，都看出这是一个会飞的女孩。

果然，十八岁那年孔雀凭着一身的灵气，自编自跳了一曲孔雀舞，就在全国得了一个大奖。这还了得，孔雀一下子成了名人，上了许多家的报纸和电视，这在山沟沟的小城真是飞出金孔雀了。这不，进县歌舞团不久，省城要调她，还有北方的Ｐ城、南方的Ｓ城也要高薪聘她。

孔雀当然想攀高枝，当然和所有的女孩子一样向往大城市，但是离家离爸爸妈妈又不能太远，孔雀就将省城作为首选。坐半天车来到省城，又找到那个歌舞团时快中午了，孔雀对团长说，我是孔雀。团长说，欢迎欢迎，我们正缺一个领舞的。团长说着就给孔雀倒了一杯白开水，可团长并没有说吃饭的事。孔雀说，我很想到省城来。团长一定是没有听出孔雀这句话的潜台词，团长说，是的是的，调你我们是下了很大的决心，你填一下这张申请表吧，我们马上就给你的单位发调令。孔雀没有接他的表，孔雀问，我的待遇呢？团长说，待遇同所有的老演员都是一样的，我们不可能骗新人的。团长显然还是没有听懂孔雀的话，孔雀就单刀直入地问，我的工资有多少？团长说，像你这种演员就每月一千多块吧。孔雀说，可外省给我的月薪是大几千呢。团长耐心地说，外省是聘你，是临时的，我们是调你，是永久的。孔雀的肚子饿得咕咕叫，团长仍没有请孔雀吃饭的意思，孔雀对团长的话产生了抗拒心理，孔雀想还永久的呢，难不成我给你写了卖身契？最终孔雀跟团长没有谈拢，孔雀就第一次在省城的街头郁郁寡欢地吃了一份五块钱的盒饭。

孔雀想，既然要钱多，我干脆就到 P 城吧。孔雀来到 P 城摇滚劲舞团，只不过先看看，还说不上来不来，但是团长就为孔雀设宴，左一声青年舞蹈家，右一声红舞星，说得孔雀很陶醉。月薪很爽，就敲定一万，还答应分一套房子，还答应配一辆专车。孔雀很满足了，举杯敬团长。孔雀想了想又说，她的父母也想来。团长酒正喝在兴头上，说，来吧，给他俩在团里一人安排一个工作，工资不少于一千。孔雀都打算不走了，准备打个电话和家里说打算就这样敲定。但是她脑子一转，觉得无论如何总要到 S 城转转，因为南方的天地总是更吸引人。

孔雀现在已经坐在 S 城迪斯科风暴这么一个团的团长面前，团长操着那南方大舌头的普通话说，欢迎你哟，我们未来的大明星。孔雀心里就有些不乐意，明星就明星，为什么还未来？难道我这大奖没有用？团长伸出一只手说，你加盟我们的团后，我每个月给你五千块。孔雀说，这是不是太少了，P 城的那个团给我一万呢。团长说，你仔细考虑一下，P 城那边是不是有骗局，给你那么多钱，跳脱衣舞哟！孔雀吓了一跳，孔雀有一种不吐不快的感觉，孔雀说，那边还答应给我房子、车子以及包我父母的工作。团长说，我跟你实话实说，我们给你的报酬是很到位的，那个北方的 P 城夸海口，我真怀疑其中是不是有诈、是不是有什么阴谋。你还是个小女孩，我真为你捏把汗，为你担心哟！孔雀犹豫了一下，说，我当然希望到南方来，按照古诗上的说法，我的爸爸妈妈给我起这么个名字，就是希望我飞到南方来嘛，但你们的工资能不能高些？团长很坚决地摇了摇头，说，这不可能，给你加一分钱我这么大的一个团就没法带了。你晓得，S城的人才是很多的。孔雀没有说话，孔雀看着团长的眼神就很是失望。

　　孔雀又回到了那山沟沟里的小城，孔雀思前想后心里就是没有一个准儿。省城，好是好，可让她改跳集体舞她心有不甘；P城，报酬、待遇非常诱人，就是避开那脱衣不脱衣的不谈，到北方要遭人耻笑的，正所谓宁向南一丈，不向北一寸；S城，倒是舞者的天堂，但是精明的南方人给的条件太苛刻。一晃两年过去了，二十岁的孔雀精神有些恍惚，脖子、腰肢都有些发硬，三个团都不再说要她了，他们都找到了比她更年轻也更有优势的女孩，孔雀听到这个消息非常心痛……

（载《微型小说选刊》2004 年第 20 期）

目　标

李晓东

从小学到大学，李四一直过得很充实，因为他一直生活在希望之中。

上小学时，李四有一个明确的奋斗目标——考取中学。上中学时，李四有一个明确的奋斗目标——考取大学。上大学时，李四有一个明确的奋斗目标，那就是毕业后分一个好单位。

就像运动员登山一样，在登上山顶之前，心中总有一个目标——山顶，但是，一旦到达山顶之后，他们发现再也没有目标可供攀登，反而迷茫了，产生失落感。

可不，李四大学毕业后，分到一所乡村中学教书，日子过得平平淡淡。他常常唉声叹气，说自己混日子过，精神空虚，找不到一个奋斗目标。他对同事扬言，要是还可以读大学的话，他准会第一个报名。有教师说，李四，你还可以报考研究生嘛！

报考研究生？对，怎么早没想到呢？李四又找到了奋斗目标，仿佛一下子年轻了十岁。他的生活又充满了阳光。

从此，李四没日没夜地读书。日子过得飞快。

可是，考研谈何容易。李四热爱文学，发表过不少文学作品，他自然选择报考中国现当代文学方向的硕士研究生。一年过去了，成绩出来了，李四的总分超过了国家线，专业分数特别高，但政治、英语的单科成绩没有上线。李四未能录取。

李四失望。同事劝他不要放弃。然而，一年年过去了，李四仍未录取，原因是他的英语和政治成绩不及格。

李四痛苦万分，常激愤地批评中国的考研制度。说考研只考专业课就行，没有必要考什么英语和政治。为此，他还特意写了一篇文章，谈考研中英语和政治是巨大的绊脚石，危害极大，埋没了不少真正的人才，简直祸国殃民！他把文章寄给几家权威刊物，但无人理睬。

既然不能改变国家的考研制度，那就改变自己吧。李四把绝大部分时间花在英语和政治上。他坚信，自己总有一天能考取硕士研究生。

功夫不负有心人。今年的分数线下来了。很幸运，李四录取了！

李四禁不住内心的喜悦，喜形于色，在人前人后有意无意地"炫耀"，就像蝉在黑暗的地穴里生活了多年，终于见到了阳光一样。

有个同事看不惯李四的做派，问："李四，你下一个奋斗目标是什么？"

李四想了想，说："攻读博士研究生！"

同事问："再下一个目标呢？"

李四回答不上来。

他快四十岁了。有谁能找一个更高的目标来安慰他？而他还有多少时间可以冲击更高的目标呢？除了花大半生的时间去追求崇高的"目标"，他到底为社会贡献了什么呢？他又到底享受到了人间多少乐趣呢？他一生注定要做一个只会埋头赶路的"苦行僧"吗？

李四久久沉默了。他仿佛站在珠穆朗玛峰上，感到从未有过的寒冷、寂寞甚至是无聊！

（载《微型小说选刊》2004 年第 22 期）

机关刘

曾　平

机关刘在床铺上翻来覆去地睡不着。机关刘从大学毕业出来在机关一待就是 10 年，10 年间，机关刘连一个小科长都没捞上。机关刘就常常抱怨没有机会，常常牢骚没有舞台，他常挂在嘴边的口头禅是：此处不留爷，自有留爷处。

妻给机关刘泡来浓茶。茶是机关刘每日的必修课，茶是机关刘的镇静剂。妻善解人意说："睡不着就不睡，要思考就思考透。"

机关刘确实是想思考透。这次机关机构改革，提前退休的、提前离岗的、辞职的、停薪留职的，规定了一系列的优惠条件。机关刘觉得属于自己的机会和舞台已经来临，关键是现在的路该如何走。

妻很支持，说："你想如何走就如何走。"

机关刘不这样认为，他说："话不能这样说，关键时刻要慎重。"

妻帮机关刘思考，妻说："你可以办公司嘛！家里还有 6 万元积蓄，亲戚朋友处借一点，房产证去抵押贷一点，凑足 20 万元的启动资金，问题不大。"妻很理解丈夫，她知道丈夫一直想注册一家装饰公司，丈夫业余喜欢研究装饰装修，还在报上发表过论文，加入了市里的协会。

机关刘说："家里的 6 万元积蓄是为儿子上高中、大学准备的。万一公司亏本了，亲戚朋友的债还不了咋办？这套房子拍卖了我们住哪儿？这个险冒得太大了！"

妻给机关刘续上水，妻说："你干脆去深圳，找孙亚非！"孙亚非是机关刘的大学同窗，关系一直很好。孙亚非大学毕业就下海，目前在深圳发展，已拥有两家公司，还有私人别墅、高档轿车。机关刘平时谈起孙亚非既羡慕又不服气，因为大学时两人同睡一张床，孙亚非睡下铺，机关刘睡上铺，并且机关刘的成绩在班上是优秀，孙亚非常常补考，老爱抄机关刘的作业。孙亚非知道机关刘的底细，就常常游说机关刘去深圳加盟，共谋发展大业。

机关刘继续呷他的茶。机关刘说："孙亚非那五六百万元资产在深圳那片经济的汪洋中顶多算一艘渔船。把追求和价值押在他身上，太冒险了。他随时都有翻船淹死的危险！"

妻继续帮机关刘思考。妻说："你干脆回家当自由撰稿人，说不定搞出一个电视连续剧还会一炮而红。"机关刘业余还有一个爱好就是文学创作，也在全国的一些报刊上发表过散文、小说，并且加入了省作协，只是没什么名气。

机关刘断然否决了妻子的建议。机关刘说："写文章能够养家糊口？写出来就能发表？发表了就能走红？"

妻沉默无语。

机关刘也沉默无语。机关刘慢悠悠地把茶呷得有滋有味。

过了很久，呷完茶水的机关刘重重地叹了一口气，说："还是机关好！机关稳妥！"

第二天，机关刘慢条斯理地踱着步子夹着公文包去机关上班。路过一家彩票宣传点，宣传小姐正在热情洋溢地促销：两元钱，100万的惊喜！机关刘挤过去，果断地买了一张彩票。机关刘说："这个险，冒得！"

（载《微型小说选刊》2004 年第 22 期）

先生您好

邓洪卫

杜留根在银行的对面撑起一把伞，伞下就是他的修车铺，来修车的大都是学生，生意惨淡，可他不在乎。

杜留根坐在伞下，墨镜后的眼睛死死地盯着银行。说是银行，其实并不大，只是一个储蓄所而已。

杜留根曾经多次走进银行。他清楚地记得第一次走进银行的那天，天气炎热，一面大理石的柜台横在他的视野中。"先生，您好。"杜留根四下张望，优美的声音是从柜台里面传出来的。一个年轻的小姐冲着他笑。

"先生，您好，请问您办理什么业务？"小姐又问。杜留根有点慌乱，他想说，看看，就看看。可话到嘴边又咽了回去。他的手在裤兜里摸，只摸出一卷零票来。杜留根握着零票，有点不知所措。"先生是想开个活期账户吧，好，请出示您的身份证，再填写一张凭条。"杜留根赶紧说："对不起，我没带身份证，我只想将零钱换成整的。"

"好的。"银行小姐应声将零票拿进柜台。杜留根仔细地看了看她面前的牌子：078号，陶红。"谢谢陶会计。"捏着换好的整钱，杜留根走出银行。

坐在伞下，杜留根的耳边不断回响着那句亲切的话语：先生，您好！还是第一次有人这样称呼我呢！别人都说，喂，修车的。也有人客气点，叫他师傅。"先生……"杜留根觉得这称呼真好听，真受用。

此后的许多天里，杜留根还沉浸在陶红那悦耳的问候语中。后来杜留根又去了几次银行，仍然是零钱换整钱。于是他又享受了几次陶红悦耳的声音。她的声音使杜留根沉醉，可现实的更多声音使他心烦意乱：患病在床的大儿子的呻吟声，二儿子要上学的哭喊声。他必须尽快拥有一笔钱。

那一天正淅淅沥沥地下着一场秋雨，雨中的大街上行人稀少，银行里也没有一个客户。杜留根咬着牙从伞下站起来，穿越马路，向银行挺进。他的右手插在裤兜里，紧紧地握着一件东西。两辆车从他面前穿过：他不得不在马路中心停留片刻。

当他走到马路的那一边时，发现有一个人已经走进银行了，杜留根犹豫片刻，还是一脚踏了过去。于是，他看到了一个意想不到的场景：比他先进去的那个人正持着一把手枪对着柜台里面，粗暴地吼："快将钱扔出来，不然老子要开枪了！"杜留根看到枪口下的陶红正迅速地将钱箱锁好。杜留根稍一犹豫，猛地箭步冲过去，飞起一脚，踢向那人的手腕，那人猝不及防，手枪立即飞了出去。杜留根一个虎扑，跟那人扭打在一起。没想到那人从腰间抽出一把刀来，对着杜留根胸部就是一刀。杜留根眼前一黑，昏迷了过去。

杜留根醒来时，已经躺在医院里。床前坐着银行主任、陶红，还有几名警察。警察告诉他，歹徒已经被抓住。只是歹徒手里的枪是假的，而杜留根兜里的枪却是真的。

警察问他："您能回答一下您的枪是从哪儿来的吗？"

5年后，杜留根出狱。回到家里，见到只有妻子一个人，心里大为疑惑。妻子告诉他，两个儿子都上学去了。妻子还说，他服刑期间，银行主任带人将他的大儿子送进医院，二儿子送进学校，并且还资助她养了一些鸡鸭。这几年，银行不时有人来看望她。常来的，是一个女的，叫陶红，说话很好听。

窗外雨声如注，那是入夏以来下得最痛快的一场雨。

（载《微型小说选刊》2005 年第 1 期）

谁吃到了花生 马新亭

临走前，妈妈再三对我说，去看看吧，如果他家太穷就算了。我就你这么一个宝贝女儿，不能眼睁睁看着你往火坑里跳。

一路上，我一直把他家往最穷里想。

可真的置身于他家时，我这个都市中长大的女孩子，怎么也没有料到他家竟然有这么穷。残垣断壁的村庄，破破烂烂的家，屋里屋外几乎没有一件值钱的东西。他爸从见到我的那一刻起，就知道张着一张没牙的大嘴傻呵呵地笑。此情此景，我怎么也无法与我心仪已久的白马王子联系到一起。

就在我沮丧懊悔的时候，他爸在里屋翻箱倒柜折腾了半天，托着一枚硕大的熠熠发光的钻戒，颤颤巍巍地走出来，郑重其事地递到我手里说，孩子，我没有什么值钱的东西，拿着！

我惊呆了，木头一般戳在原地，有点儿不相信自己的眼睛。

爹，你怎么还有这东西，从哪里弄来的？连老人的儿子也惊讶地问道。

老人坐下后，咳嗽几声说，说来话长。淮海战役期间，我们全家都饿得爬不起床，你奶奶递给我全家唯一的半筐子花生说，你出去换钱来，咱买粮食吃，不然全家都要饿死了。并且再三嘱咐我，路上不能偷吃，一块银圆一把，别的什么都不换。我点点头挎着篮子出去了。那时候战斗已打完了，到处是清理战场的解放军和一队队的俘虏。当我路过一个厕所时，一个解放军战士押着一个国民党俘虏正出来。俘虏看见我篮子里的花生，就拔不动腿了，问我咋卖。我说，一个银圆一把。他摸遍浑身上下的衣兜，啥也没摸出来。最后，他摘下手上的钻戒，递给我说，换两把。我说，一把也不换。他说，这东西比什么都值钱。我当时不认识这是啥东西，说，我就要银圆，别的什么都不要。这时那个押着他的解放军说，快走，不准换老百姓的东西。他说，求求你了长官，我们被围困了这么长时间，凡是能吃的东西都吞下去了，我都快饿死了，你看我走路都困难。那个国民党说完，把那颗钻戒往我篮里一扔，狠狠抓了一大把花生就走，一边走一边往口袋里装……

在回去的路上，我嘴里一首接一首地唱着流行歌曲。

他却一个劲儿地唉声叹气。

最后他忍不住问我，咱俩的事还有戏吗？

我说，有啊，凭什么没有？

他说，你回家说，你家能同意吗？

我说，能，肯定能！他不解地问，为什么？

我拿出钻戒在他眼前晃晃说，不是有这个吗？

他说，这个能管用吗？

我说，你这个傻子，我回家就说你家不但不穷而且还很富，不然能有这东西吗？

他一听，笑了。

我回家后，爸妈迫不及待地劈头就问，怎么样？

我一句话也没说，只是拿出那枚硕大的钻戒，放在妈妈的手里。

妈妈一下就惊呆了，然后又轻轻放到爸爸的手里。

爸爸一边看着一边乐得合不拢嘴，可是渐渐地爸爸阳光灿烂的脸阴云密布起来。爸爸严肃地问我，说实话，这东西你是从哪里弄来的？

我疑惑不解地说，他爸送我的啊！怎么，你连这个也不信，要不叫他来做证？

爸爸说，不是怀疑你，而是怀疑我的眼睛看错了。孩子，这东西原来是我的啊！

我一声惊呼，说，爸爸你别开这种玩笑好不好？

爸爸拄着拐杖走到沙发跟前坐下，叹息一声说，真是无巧不成书。这东西是你腰缠万贯的爷爷留给我的唯一一件东西，上面有一个祖传的记号，你仔细看会发现在下面有一个小小的"王"字。那年我为了活命用它换了一把花生。那个孩子还说什么也不换，是我连抢带夺换的。

我插话说，这么贵重的东西才换一把花生？

爸爸叹息一声说，那时候命还不知道有没有，还在乎这身外之物？想不到的是，我换的那把花生自己一个也没有吃到。

我问，为什么？谁吃到了花生？爸爸说，我解完手被押回到俘虏的人群里，严严实实捂着装花生的口袋，可有人嗅到了炒花生的味道。几天几夜没吃东西的人们，眼睛都饿蓝了，恨不得吃人，闻到有吃的还了得，一哄而上把我口袋里的花生抢光，连我的衣袋都被撕烂了。可笑的是，抢了花生去的人，还没等剥开花生壳，又被别人一把抢去，抢去的人刚想吃，又被他人夺走，夺走的人还没吃，又被另一个抢走……

我问，那到底谁吃到了花生？爸爸说，不知道谁吃到了花生。反正为抢那把花生，有头破血流的，有反目成仇的，有大打出手的，有破口大骂的……连押我的那个解放军都受了处分，说他没有看好我，破坏了军队的纪律。那本来是一个智勇双全的解放军，如果不是因为那件事，他说不定会成为功臣或者将军的……

（载《微型小说选刊》2005 年第 2 期）

牛　讼

一日，头牛大黑召集家族大会，商议起诉人类问题。大黑首先发言："这些年来，人类太不像话了。我们牛类日夜在田野里辛勤劳作，任劳任怨，而他们人类却不仅不领情，还要吃我们的肉，剥我们的皮，用我们的皮做成腰带、皮鞋等制品。是可忍，孰不可忍！"说着，大黑拿出个沉甸甸的纸盒子，指着上面赫然印着的"正宗牛皮鞋"几个大字说："瞧，这就是人类的罪证。"

牛们一阵骚乱，纷纷交头接耳，义愤填膺："是啊，人类也太不讲道理了。"

"我们再也不能忍受了。"

"大黑叔，我们现在就找他们算账去。"

"静一静，静一静！"大黑摇头晃脑，继续慷慨陈词，"冤有头，债有主，这个仇咱一定要报，请容我将话说完。"

大黑低下头喝了口水，又大声说："他们不仅对我们剥皮吃肉，还对母牛进行侮辱，连她们的奶也要喝，我们牛的尊严何在？况且，我们母牛养点奶水多不容易啊，可人类不劳而获，天天挤我们母牛的奶喝。还有，为了掩盖罪行，他们还制成一种粉末状的东西，叫什么全脂奶粉。"

说着，大黑举起一个印着奶牛的袋子，大声说："你们看，这就是他们的罪证。"

牛群又是一阵骚动："他们自己没奶吃吗？"

"是啊，他们可以喝我们的牛奶，为什么不让我们喝他们的奶呢，这也太不公平了吧！"

"是啊，太不公平了！"

"好了。"最后头牛大黑一锤定音，"会就开到这里，现在咱们把这些证据都捎上，到法院告他们去。"

"好！"众牛一片欢呼，在大黑的带领下，熙熙攘攘地向法庭而去……

两天后，通过法庭的认真调查和取证，最后郑重宣布：人类胜诉，牛类败诉。人类反告牛类诬陷罪成立，等候另行开庭。

牛们在无可辩驳的事实面前，也不得不沮丧地低下头……

傍晚，众牛拖着沉重的脚步赶回牛棚。在家等候的小牛迎出来，焦灼地问："官司怎么样啦？"

"哎，别提了，我们输得太冤枉了。"头牛大黑垂头丧气地说，"我们列出的罪状都被狡猾的人类推翻了。比方说，我们说他们吃牛肉，可他们不承认，法官总不能将他们的肚子剖开看吧。而我们的证据却毫无说服力，比如我们提供的那些所谓的'正宗牛皮鞋'实际上全都是人造革的，甚至是牛皮纸的，根本就与咱们牛不沾边。至于那些'全脂奶粉'，虽然袋子上画着牛，但里面一点牛奶的成分都没有。你说，咱们能不输吗？"

"可是，咱们难道就这么善罢甘休吗？"

"那又能怎么样呢？人类真是太精明了。"头牛大黑叹了口气又悻悻地说，"他们这样做一定会得到报应的！"

"对，一定会得到报应的！"

（载《微型小说选刊》2005 年第 4 期）

送给小米什么礼物

陈蔚文

吴小米是那种思想型的女子，别的女子用在化妆美容的时间她都用在阅读上了，伍尔芙、昆德拉的句子张口拈来。

她思想的饱满与身体相仿——小米继承了母亲东北人的身架，圆脸，沉甸甸的腰，让人想起粮食，不过小米不难看，整个人从里到外地结实，而且阅读与思考使她脸上充溢着智慧的光。

小米 25 岁了，遭遇过一些男人，不过小米觉得他们都浅了，不够打湿她的脚脖子。

在业大任教的他，讲授外国文学，颇有思想，敢于质疑西方作家并列得出很说得过去的若干理由。小米遇见他颇惊喜，像围棋高手遇见相应段位的对手。

小米待他就不同了。男人也挺欣赏小米，他说和她谈话很轻松，能感到碰撞的愉快。

小米一点点地沉了进去，她的思想并未使她沉入得慢些，相反，思想的重量加速了这种下沉。

爱情以一种美妙的速度滑行着，小米觉得未来生活很可令她憧憬———当遇见这样一个男人。

她和他的相处内容最多是在清雅的茶馆聊天，他品龙井，她啜云雾，两人享受着谈话中撞出的火花，小米有时说出的机敏的话，连自己都觉赞赏，男人仿佛把她潜在的才情都激发出来了。

恋爱中的小米添置了些东西，透明睫毛膏、香水、棉麻衣裙，都不浓烈，小米不希望他从自己身上看出刻意的痕迹，但又希望他觉出自己作为一个女子的好。小米甚至暗暗节食了，虽然成效不大。

不过小米花在阅读上的时间终归更多，她清楚自己的弱项与强项——化妆与节食都无法使她速成漂亮女子，她的强项在于思想。

小米想，能真正打动他的当然是内涵，他那样一个有思想的男人，仅仅是颜色的美对他来说算什么呢？

交往了一段时间，小米明明觉得两人间流动着一种情愫的，可他从未对小米表白过。

有过令人心跳的静默，喝茶时，像雷雨来前，空气中布满饱含水分的云团，鸟儿低低飞着。雨，就要下了吧，小米仿佛感到雨点打在脸上的湿润。

她的心跳得慌而快起来，准备迎接那个爱情盛典时刻的莅临。她该如何作答呢，以表她的愿意与欣喜？

然而，他说起了别的话题，小米的心在一刹那间沉下去，和面前那杯绿茶一般，凉。

她笑着回应他，两人又聊起来，仿佛全然没有方才那令她惊心动魄的静默。

茶，就这么一直喝下去？

夏天来了，有段日子没联系。她为他想了 20 种理由，心却仍空落地慌。

偶然，一个朋友请客，他也会来。算起来，两人有近一个月没见了，小米觉得隔了一个世纪那么长。

小米精心地修饰了，却又不想露出痕迹——看起来，小米也就真的同没修饰没什么区别。

他最后一个到，和从前一样儒雅，和每个人周到地打招呼，包括小米。他俩隔着一个座，小米觉得和他紧挨着，或者隔十个座都一样——其余的人似乎都只是背景。

问起近况，他说近来忙，在给一家私立学校兼课，她心里释然——她原等着他给一个理由。却有人玩笑，不是忙这，是忙花前月下吧？他笑着说，哪里！却是不欲辩驳。

小米的心刹那被尖锐地刺了一下。

饭后，大家道别，小米故意磨蹭，想他同她再说些什么。然而他匆匆走了，及至他走远，小米忽地撑不住了，脑子里一片恍惚，想不起自己要去哪。

他的电话像季节尾声开过的花，淡了，淡到让人疑心有过那样一段开得浓密的时日。

小米有时忆起，她和他坐在茶馆聊天，手指仿佛还能感觉到壶的温度，像一个梦，梦醒了，壶的温度也就散了。

他的恋爱消息是确凿了，经她亲自印证。

原是她相识的一个女孩，白肤柳眉玻璃人儿似的，细致轻盈，任何化妆品或者衣物在她身上都能表现出良好的效果——它们也确实是她最大的爱好。他怎会爱她的呢？那个女孩，只爱看时尚杂志与言情剧的。

小米觉得莫大委屈，她那么努力地以内涵区别于其他女孩，这刻，却轻易地碎了。她几乎能听见碎裂的声音。

吴小米想，也许他从来只当她是个寂寞时的聊天对象，而已，无性别的。

她想起他常说，小米，和你聊天真愉快——真的，小米觉得自己很傻，他只是说"聊天"，聊天而已。他又不是说，小米，和你生活真是愉快！

十二月来了，小米的生日。

好友在街上打电话给她，小米，要什么礼物？我在"好书坊"附近——都知道，送给小米最好的礼物是一套书。去年，好友送给小米的是一套"西方女作家文丛"，小米点的。

电话那头没作声，然后好友听到小米很坚决地说，我不要书，你送件衣服给我吧，要么瘦身霜香水唇膏，除了书，什么都行！

（载《微型小说选刊》2005年第5期）

扶贫回城的最后一个晚上

杨崇德

　　掰着指头算起来，我们仨来牛角冲扶贫整整314天。是市建整办的同志格外开恩，允许我们提前一个半月撤兵。

　　来的时候，牛角冲是那样不堪入目，明天就要回城了，牛角冲又变得这般令人留恋：小路、山塘、学校、住户。我们仨没给牛角冲带来多少资金，但我们扩修的马路、学校的水泥操场、户户相连的自来水，却倾注了我们的心血。要知道，为了弄这些，我们可是装孙子到处讨的钱呀。

　　组长阿彪将我和肖老大从村支书屋里叫出来。我们走到一棵白果树下，组长的意思是请村里的同志吃顿饭。我和肖老大当然没什么意见。虽然这钱需要我们三个分摊。我看见聚在村支书家的村长和会计已经出了屋门，他俩偷偷地说着什么，见我们仨有说有笑地往回走，他们变得异常兴奋，仿佛他们已经知道我们会请他们吃一顿似的。

　　组长把请他们吃饭的事说给他们听，他们都笑了，个个表现出了一脸的谦和。老会计周昌责试探性地问，那妇女主任呢？村长重重吐了口黄痰，随后用棉鞋将地上的黄痰抹平，说，算了吧，潘茶花又不会喝酒。

　　我们仨都表示不要紧的，能去就去。村支书叼着我甩给他的那支烟一言不发，像是在考虑一件很重要的事情。大家静静地坐在村支书家的火坑边。我瞄了一眼村支书，村支书的鼻孔里正直挺挺地喷出两股青烟，青烟在他面前踹了几道弯，袅袅绕绕散发在屋中央。村支书冷静地说，加上罗贤早吧。

我们就去了毗邻的百阳县城。牛角冲虽归柳城县管辖，但离百阳城比离乡政府要近得多，这儿的人都习惯跑百阳城。

名义上是晚餐，不到三点我们就开席了。参加宴请的是村支书周昌平、村长潘仁福、会计周昌贵和民兵营长罗贤早，加上我们三个，一桌七人，座位倒不是很紧凑。

因为是我们请客，点菜就是我们的分内事，组长阿彪每点一个主菜，他们四人都表现地十分兴奋，说，能饱就行。也没怎么阻止。他们相互借着烟火，一个劲抽烟，个个脸上堆了笑。在百阳城，两百多块钱就能让桌子丰盛无比，而我们的计划是每人摊销两百。因此，桌子上的盘子就一个叠一个。喝的是湘泉酒，五十多度，我不怎么喜欢喝白酒，抿上一口，喉咙就点了火似的。吃着吃着，他们就劝起了我们的酒来，我们倒像客人了。显然，我们三个不是他们的对手。

还没喝上一瓶，村长的儿子来了。他刚把头伸进来，就听见村长咬着一块肉在骂：你真是只追山狗，追到这里来了！我立刻把村长的儿子拉上桌。村长儿子本来在乡中学念书，今天是星期六，要不，请他来也来不了呢！这小子，十三岁了，瘦得像个猴，鼻涕还呼噜呼噜的。村长给他碗里夹了两块扣肉，然后命令他把鼻涕擤掉。村长端起杯子，说，喝！

刚喝两杯，门口有人在喊爹。是村支书的小女桂子。我们认识她，在村支书家吃饭时，她还帮我们三个倒过洗脸水呢。阿彪放下酒杯，奔过去，将她牵上餐桌，并要服务员再拿一套碗筷。村支书像没看见女儿似的，正回敬着肖老大的一杯酒。

会计周昌贵的牙齿基本上脱落了，可他还是喜欢吃鸭脑袋，他用一根筷子将鸭脑袋凿了个洞，吸鸭子的脑髓。会计边吸边打量着门口，不一会儿，就听见他骂：你妈妈的×，真嘴馋，还不快进来！若不是会计自己介绍，我真不知道那个衣袖上满是鼻涕痕迹的小男孩就是他的孙儿了。

添了三个正在成长的小家伙，桌上的菜就有了动静。

两条狗在桌子下打架。我立即将双脚提起来。有条是会计家的狗，第一次去会计家时，这狗差点咬着我。会计一脚踹在另一条狗身上，那狗唱着哀歌出去了。那狗可能是本地狗。

狗的战争刚停息，民兵营长的女儿来了。她几乎是带着哭腔进来的，她说，爹，这儿是金凤酒店，可你告诉我是在金凤凰酒店。

大家都觉得有些不好意思。还是组长沉着，他总装着若无其事的样子，说，来，喝酒。也是的，多不容易呀，为了这顿饭，娃们跑了六七里山路。我吩咐服务员给每个小孩拿一瓶饮料。

第四瓶酒快见底了，他们四个没有醉的迹象，倒是组长阿彪有点不行了。四个娃儿早已踏上了回家的路。这是该好好喝一番的时候了。我必须出马了。我跟他们四人每人连喝三杯。我觉得我的脑血管一缩一胀的，有点像鸡在啄米。

这顿晚餐我们吃了五个小时，都有点醉意。外面夜色垂暮，华灯初上。

路过一家发廊，三个小姐站在那儿，叫我们一律为大哥。我掏着手电筒对村支书说，走吧。可是，老会计周昌贵却被小姐唤进了发廊。

村支书要我进去喊他，他已躺在了按摩床上。他吞吞吐吐地对我说：这里的小妹说可以那个，我不走了，再说，你们来了快一年了，也没见给我们一分钱，不搞白不搞。

我觉得自己一身发凉。我不知道该怎么对组长说。

（载《微型小说选刊》2005 年第 6 期）

高叫你的名字

这不是高封总经理吗，怎么也到小摊儿上来喝汤啊？

我的高声叫喊，吸引了蹲在地上吸溜吸溜喝汤人的目光。

啊，肚子不舒服，喝碗汤暖暖。高封拍拍隆起的肚皮，坐在一只小木马扎上。

喂，老板，快给高经理上碗热汤。要快啊，高经理忙着呢。高经理，听说你又揽到了通力花园的工程，好家伙，上亿的投资，你可以赚上两千万啊，这年头赚大钱可不容易啊。喂，老板，汤快一点，高经理到你这儿喝汤是看得起你啊。我知道高经理总是到五星级酒店吃早茶的。

一群民工围到店铺前，嚷着加汤放辣椒。

喂喂，你们往旁边去，别往这边挤。没看见高经理在这儿喝汤吗？这帮人就是素质低，除了吃就知道钱，给钱什么都干得出来。高经理，你那两千万拿到手，还不把全市的打工仔吓晕了。

民工们把火烧馍一掰四块泡进汤碗，不友好的目光横扫着这里的角落。

高经理皱着眉头说，你不喝汤？

我不喝，我爱转悠，反正也没啥事。我老远就看到了你的皇冠车，16888，一路发发发啊。别看你停在街拐角，呵呵，我认识。

高经理汤也没喝完，撂下碗走了。

高总你慢走哇。老板，你不认识他吧，那是宏发房地产开发公司的高封总经理啊，我们熟着呢。

高封总经理的车已经没了影。

哟，这不是高封总经理吗，怎么也来泡澡啊？

高封满脸不悦，啊，陪个客户。

嗨，什么陪客户啊，是搪塞嫂夫人的借口吧，哈哈。如今男人也不容易啊。高总可是每周来三次，没见有客人啊。

怎么，你跟踪我？

哪敢啊，我和这儿的老板是朋友，常来帮着招呼。高总还是要18号梨梨小姐吧？那小妞水灵可人，活儿又做得漂亮啊。梨梨小姐可真逗，还一直叫你马老板。

高封的脸色已经很难看了。

快来人，招呼好这位马老板，叫梨梨小姐来。高总，其实你也没必要用这个假名，这儿的小姐都是很讲职业道德的，不会出卖客人。哪像莱温斯基拿着克林顿的物证去验DNA啊？听报上说，南方有个记者专门从小姐手中收集客人用过的套子，还放到冰箱里储存，去敲诈。我教导梨梨可不能做那缺德的事儿，给多高的价钱都不能干。梨梨，快点，马老板等着呢。

高封铁着脸走了。

哈哈，这不是高总经理吗，今天有空亲自来接孩子啊。往日可都是嫂夫人来接送的啊。

高封爱搭不理的，我今天有空。

难得难得，你可是日理万机。

你在这儿干吗？孩子也在上学？

没有没有，我就是爱瞎转，反正也没啥正事，听说这段时间治安状况不太好，邻近几个市都发生了绑架儿童勒索案。你听说没有，S市搞房地产的一个老总，儿子被绑架，绑匪要50万。结果钱送到，绑匪还撕了票。惨啊，孩子才12岁。高总，你的公子今年多大了？

高封扭过脸，不搭理人。学校门口等待接孩子的人多了起来，小商小贩也备足了精神向人们兜售廉价的各类小商品。

高总，你孩子的名字起得好，叫高昊，是如日中天的意思吧？小家伙长得真精神，像你。初一（5）班坐在三排中间的那个小家伙，对不？学习挺好，还是班委呢。上周学校开运动会，我看到小家伙拿了个铅球第二名，对不？

你不去接孩子？

我那孩子不用接，离家近，出门就到。就是学校条件差，孩子也不好好学，前两天还和我闹着要转学。我说还想转学，连这学校的学费都快交不起了。

放学的铃声响了，人们开始往学校门口拥。

哎，高总，我看到你儿子了。高昊——你爸在这儿呢——你爸开着车来接你了，看到了吗——16888。高总，小家伙听到了。你的公子好认，眉心有块胎记，是富贵之相啊。

高封一言不发，把儿子推进车里，自己也钻进去。临行时，摇下车窗，探出头对我说，明天上午到我办公室来。

好嘞，你走好哇，我一定到。

第二天上午，我讨回了被拖欠了两年的工钱。

（载《微型小说选刊》2005年第7期）

告 状

白旭初

　　赛赛和飞飞是夫妻。飞飞不务正业，醉了酒输了钱什么的，就拿赛赛出气。赛赛常常挨飞飞的打。飞飞很狡猾，不打赛赛的头和脸，专打赛赛的胸部、背部和下身，打那些旁人看不到的地方。赛赛是个很漂亮的女人，也是个很要面子的女人，挨打时强忍着疼痛，一声不吭，她不想让旁人知道。

　　赛赛遍身是青一块紫一块的伤，她终于无法忍受了，她决定去告状。赛赛不想惊动村里的人，一天她趁飞飞出门不在家时，悄悄去了乡派出所。办公室里一个瘦男人在看报，睃了赛赛一眼说，有事吗？赛赛说，我来告状！瘦男人头也不抬说，告谁？赛赛说，男人打女人你们管不管？瘦男人这才放下报纸，侧过脸问，现在还在打吗？赛赛说，现在没打，等会儿肯定又会打！瘦男人说，打的时候再来叫我。赛赛很为难地想，我挨打时不能来，能来的时候没挨打呀。赛赛又说，那男人狠毒得很，我被打得好惨！瘦男人说，会打死吗？赛赛愣了愣说，打死？现在不管，打死就迟了。瘦男人皱皱眉头，突然想到了什么，说，你还是去找妇联主任反映吧，在楼上。

　　赛赛推开乡妇联办公室的门，看见一男一女好像在说笑话儿，都很开心的样子。男的马上冷了脸说，找谁？怎么不先敲门！赛赛说，我找妇联主任。男的没好气说，妇女主任不在！女的朝男的使个眼色，接过话头说，找我？找我有什么事？赛赛犹豫着不吭声，她不想当着这男人的面说自己的事。女的说，有什么就说，他也是乡政府的。赛赛见那男的没有离开的意思，只得说，我要告状。女的问赛赛，你是哪村的？告什么状？赛赛说，我是赵村的。犹豫了片刻，又说，男人打女人，打得好狠！你们管不管？女的问，是打你吗？赛赛轻轻嗯了一声。女的看见赛赛衣着整齐，头发不乱，脸上光洁，没有被狠打的痕迹，又说，是打你吗？赛赛说，嗯。女的说，打你，怎么看不出来？赛赛被问住了。赛赛当然不肯露出自己的胸、背和私处让这男人看见。赛赛停了一会儿，灵机一动撒谎说，这挨打的女人是我的邻居……赛赛的话头立刻被那男的打断了，男的口气生硬地说，挨了打的人不来告状，说明没什么大事，你管别人家里的事干吗？赛赛想到自己一进家门准挨飞飞的狠打，就说，那个男人天天都打女人，女人现在肯定也在挨打。你们派个人跟我去看看吧。男的说，你怎么知道女人正在挨打？你有千里眼顺风耳？赛赛被侃得住了嘴。女的见赛赛没话说了，缓和了口气说，我们正在谈工作，很忙。你告诉那个挨打的女人，要她改天自己来说。

无奈之际，赛赛又悄悄跑回娘家。赛赛对娘说，我再也不回那个家了。娘说，是不是两口子闹别扭了？赛赛点了一下头。娘说，夫妻没有隔夜仇，忍一忍就过去了。赛赛忍不住眼泪断线珠子般流下来，说，娘，飞飞好凶啊！娘说，他打你了？赛赛说，打了。娘急忙说，打的哪里？让娘看看。赛赛不想让娘看见自己身上的累累伤痕，她怕娘难过。赛赛擦了擦眼泪强笑了一下，撒谎说，打了我两巴掌。娘轻轻呵了一声说，还好还好。比我当初……当听见赛赛的爹闷闷的一声"哼"，娘立时刹住话头。停了停，娘又对赛赛说，没什么大不了的事，回去吧。赛赛说，我想在娘家住住。娘偷偷看了一眼赛赛的爹说，住多久？赛赛怯怯地说，住下就不走了。娘急了，说，使不得！这要遭人笑话！一直闷头抽烟的爹也发话了，说，嫁出去的女，泼出去的水！爹娘都不肯收留赛赛。赛赛也没敢在娘家久留。

赛赛急匆匆往家里赶，离家越近她越害怕。果然，赛赛一走进家门就被飞飞扇了一巴掌。赛赛说，你怎么无缘无故打人？飞飞说，你死到哪里去了？午饭也不做！赛赛不想理飞飞了，赶紧走进厨房生火做饭。飞飞追到厨房里说，我问你你上午死到哪里去了？赛赛说，我有事回娘家去了。飞飞说，你回娘家告状去了是不是？赛赛还来不及回话，飞飞的脚已踢到赛赛腿上，很重的一脚，赛赛一下子跌坐在地上。赛赛一边说"你怎么这样狠毒"，一边忍着疼痛从地上爬起来去切菜。飞飞没料到自己的脚也给踢疼了，又恼怒地挥着擀面杖向赛赛奔去。赛赛忍无可忍，气急败坏一扬菜刀，刀刃不偏不倚地吻在了飞飞的脖子上，顿时血如泉涌。飞飞死了。

赛赛杀夫的事传得风快。很长时间是人们茶余饭后的一道话题。一家电视台的法治栏目还为此做了一档节目。节目里，赛赛的邻居说这事不能怪我们。有句俗话，夫妻打架不用劝，中间有根和气"钻"嘛！乡里的有关负责人说，赛赛本人没有如实反映情况，清官难断家务事呗！法律专家说，这是一桩因为家庭暴力引发的典型刑事案件，值得进行深入探讨……主持人最后语重心长地说，赛赛原本是个受害者，但她不学法不懂法，不知道用法律武器保护自己，结果把自己也断送了……

赛赛的父母边看电视边以泪洗面。

（载《微型小说选刊》2005 年第 10 期）

我的情敌

金 波

丹平是我相恋多年的女友。她漂亮、有能力、体贴人，收入与我不相上下，我觉得是到了向她求婚的时候。当我试探她时，她竟冷峻地回答我：

"我们这样相处不是挺好吗？"

我的脑子嗡的一下，几乎晕倒。听人说，不想结婚的恋人，十有八九要吹。难道丹平又看不上我了？我认为丹平虽然是女中豪杰，各方面都比较优秀，但我也不比她差呀？我的学历与她一致，我的相貌够得上男人标准，我的存款不久就可以为她供房；更重要的是，我有一颗深爱她的心。于是，我明确地告诉她，我决不放弃最后的努力，直到彻底失望！

然而，丹平开始疏远我。她对我打去的问候电话爱接不接，对我的热情邀请推三阻四。我越来越觉得情况不妙，就直截了当地质问她：

"丹平，你是不是另找了情人？"

没想到，她毫不犹豫地回答："是的。"

像挨了一闷棍，我几乎站立不住。良久，我咽了咽眼泪，很有"教养"地说："丹平，我们相处三年，我自信我才是最爱你的人；还有，我也是最适合你的人。丹平，再考虑考虑吧？"

"你以为你最优秀吗？"丹平反唇相讥。

"至少在想娶你的人中，我是最优秀的。"

丹平便仰起头哈哈大笑，笑得我一阵脸红又一阵莫名其妙。但我并不死心说："把你的新朋友带过来吧，让我认识认识；如果他比我强，哪怕一点点，我也退避三舍、甘拜下风，并衷心地祝福你们。"

丹平真把我的那位"情敌"带到了我面前，是开着桑塔纳来的。乍一看，我的身子就冷了半截：他长得那样高大英俊，走路昂首挺胸，而且还富有涵养——他微笑着伸出手来，道一声"你好"；我便也很有礼貌地回一句："认识你很高兴。"

在茶馆里，我们相对而坐，丹平却紧紧地挨在这个新男人旁边，一副如漆似胶的样子。我便和情敌酸甜苦辣地攀谈起来：

"听丹平说，你是金融专业的博士生，而且在英国进修了两年。请问你现在在哪里高就？"

"在一个外企工作。主要是负责与欧美方面的业务联系。"

"嗬，你的能力不小哇。这么说你经常出国啰？"

"那当然，"这位情敌无比自豪地说，"我还打算下周带丹平去美国旅游呢……哦，对了，欢迎你到我的别墅去做客，位置就在……"

我没法听下去了。我的表情虽然冷静，心里却早已翻江倒海，难以自持，情急之中便使出最后一个撒手锏："你这么优秀，一定有不少女子追求你吧？请问，你真的爱丹平，并愿意呵护她一生吗？"

"那还用问吗？"这位情敌不屑地说，"你说得对，是有不少女子主动追我，可我偏偏对丹平一见倾心。我觉得丹平各方面都很出色，正是我心目中的那种女孩。我也说不清楚什么原因，也许这就是缘分吧。是不是，丹平？"然后，他竟当我的面吻了丹平一下。

丹平"嗯"了一声，还朝他深情地点了点头。那柔情似水的眼神，我是多么熟悉呀，可现在，她竟无情地给了别人！

我由爱生恨，终于失去了理智，咬咬牙对丹平说："这么说，你是嫌贫爱富，有了猪肉就不吃豆腐啰？是不是？"

丹平哼了一声，说："对不起，这是我的自由和权力！你有种倒也弄点'猪肉'尝尝呀！"

"你！"我怒目而视。

我的情敌配合得真默契，赶紧站起来用手拦住我："金先生，请冷静点吧。爱情是双向的，如果失去了一方，勉强又有什么意思？大家好聚好散，日后还是朋友，何必闹得太僵？再说，你也是一个很优秀的男人，想开点吧，没准这一分手，会遇上更令你钟情的女子呢？"

"你是什么东西？也配教训我！"我吼了一声，"你们不过是一群把感情当儿戏的人罢了。"

我知道再也无法待下去了，便站起身朝门外奔去。跑了很远才停在一棵大树下面，任眼泪大滴大滴地淌下来……

不知过了多久，身后突然传来一个男人的声音："金先生，请节哀顺变。"

我扭头一看，竟是我的那位情敌，他从车上钻出来，伸出一只手说："这是我的名片，如果用得着的话，请与我联系。"

我瞄了一眼名片，只见上面写着"情敌出租公司"的字样。

"这是什么意思？"

"别误会，我是情敌出租公司的职员。如果你将来有了女朋友，我们就会派上用场。比如，你想和女朋友分手，就租一个比她更漂亮的女孩做她的情敌，这样她就会自愧不如，知趣地离开你；如果你想和她结婚，就租一个跟她一样漂亮或稍逊一筹的女孩做她的情敌，这样她就有了压力，知道机不可失，也许就真的成了你的枕边猎物。本公司预备许多先生和小姐，能满足任何一种要求，而且还提供诸如别墅、汽车等等一切道具……"

"原来是这样！"我不由得发出一阵古怪的笑声，"可是太晚了，太晚了，你为什么不早点让我遇上你……"

（载《微型小说选刊》2005 年第 11 期）

不足之处

杨崇德

一

孙福民在办公室打了个转，小跑着进了厕所。

厕所的两个蹲位，正好空着一个。孙福民有点像捡了宝似的迈上去。

孙福民刚蹲下，就听到处长的声音。

处长在隔壁和他说，八点半，在315会议室，召开廉政建设汇报会。

孙福民"嗯"了一声，下面就喷出了一串极不规则的声音，有点像打机关枪。

孙福民本不想这么放肆，可他控制不了自己的肠胃。机关枪的声音变得有点像在撕烂布。

好在那时，隔壁也噼里啪啦地响起来。

孙福民想，昨晚王老板那顿酒，可把处里的人搞得差不多了。

八点半开会，九点没到齐，九点半才开始。

首先是处长带头汇报。

接下来，是三位副处长，按职位排列汇报。

再接下来，就是科长按提拔先后顺序汇报。

最后是科员们汇报。

因为事前单位监察部门发了表格，有具体的填表规则。大家都有准备，汇报起来个个有板有眼，头头是道。

大家都围绕税务工作如何遵纪守法，特别是结合各自工作岗位如何拒请拒贿，谈了很多内容，也有人以"拒请×× 次""拒收××××元"来表示自己的廉政业绩。

在汇报结束之前，大家都按表格要求，找了自己的不足之处，但每个人不足之处的条目，都大于 1 小于 3。

概括起来，大家的不足之处，主要集中在以下三个方面：1. 劳动纪律不强；2. 政治学习不够；3. 工作不够主动。

二

下了 104 路车，时候已经不早了。

即使 112 路车再怎么爆满，孙福民也得要爬上去。因为，下午三点半，处里要开劳动纪律汇报会。

谢天谢地！

孙福民终于在单位大门口，遇上了处里的三个同事。他们都说午觉睡过了头，都有点责怪这令人昏昏欲睡的天气。

上楼的电梯，刚要关闭时，处长来了。

处长在电梯里告诉孙福民几个，三点半在315会议室，召开劳动纪律汇报会。

孙福民几个异口同声"嗯"了一声，心里都在掂量着上班迟到与劳动纪律之间的关系。

三点半开会，三点二十分人就到齐了。

首先是处长带头汇报。

接下来是三位副处长按职位排列汇报。

再接下来，就是科长按提拔先后顺序汇报。

最后是科员们汇报。

因为事前单位人事部门发了表格，有具体的填表规则。大家都有所准备，汇报起来个个有板有眼，头头是道。

大家都围绕如何遵守劳动纪律，作了充分展开，有人还以"加班××天""上贡献班×××小时"来统计自己的出勤业绩。

在汇报结束之前，大家都按表格要求，找了自己的不足之处，但每个人不足之处的条目，都大于1小于3。

概括起来，大家的不足之处主要集中在以下三个方面：1. 政治学习不够；2. 工作不够主动；3. 偶尔接受宴请。

三

孙福民的手气真旺，他让对家在桌子底下连爬了三四个来回。在第五次爬行行动开始时，对家的两个同事就说，不来了，要开会了。

孙福民骂他们两个耍赖皮。

对家两个同事也不管那么多了，扬长而去。走着走着，他们就走进了处长办公室。

处长和三个副处长，也正在玩扑克。各自的桌面上，摆着大大小小的钞票。

处长赢完最后一把，说，时间不早了，三点钟还要在315会议室，召开党员政治学习汇报会。

这样，牌局就立刻散伙了。

三点开会，三点半到齐。

首先是处长带头汇报。

接下来，是三位副处长按职位排列汇报。

再接下来，就是科长（全部是党员）按提拔先后顺序汇报。最后是党员科员汇报。

因为事前单位机关党委发了表格，有具体的填表规则。大家都有所准备，汇报起来个个有板有眼，头头是道。

大家都围绕党员的要求，结合各自的工作岗位，谈了党员的示范带头作用，特别是在政治理论学习方面，有人以"学了 ×× 本书""写了 ×× 万字学习心得"来表示自己在政治学习方面的成绩。

在汇报结束之前，大家都按表格要求找了自己的不足之处，但每个人不足之处的条目，都大于 1 小于 3。

概括起来，大家的不足之处主要集中在以下三个方面：1. 工作不够主动；2. 偶尔接受宴请；3. 劳动纪律不强。

四

刚上班，就有一个人紧紧跟着孙福民。

这个人把孙福民当成了领导。

孙福民本想解释一番，可电话又响了。是一个纳税人打进来的，他要咨询有关税收方面的政策。

孙福民对那些政策把握得不是很准，就将那事踢给了基层税务所。

孙福民放下电话，跟着的那人就说是来投诉的。

孙福民告诉那人他不是领导，于是将那人带进了处长办公室。

处长说，现在我们马上要召开员工年度考核汇报会，投诉的事下午再说。

那人很不情愿地被处长支走了。

八点半开会，九点没到齐，九点半才开始。

首先是处长带头汇报。

接下来，是三位副处长按职位排列汇报。

再接下来，就是科长按提拔先后顺序汇报。

最后是科员们汇报。

因为事前办公室发了表格，有具体的填表规则，大家都有所准备，汇报起来个个有板有眼，头头是道。大家都围绕税务工作的特点，结合各自的工作岗位，进行了充分展开，有人以"一是二是三是""首先其次再次"分层表达自己的工作能力和工作成绩。

在汇报结束之前，大家都按表格要求找了自己的不足之处，但每个人不足之处的条目，都大于 1 小于 3。

概括起来，大家的不足之处主要集中在以下三个方面：1.偶尔接受宴请；2.劳动纪律不强；3.政治学习不够。

（载《微型小说选刊》2005 年第 14 期）

偷　盐

偷盐，海边女人的事。

海边的男人，忙着出海打鱼。他们下南洋，跑北海，一去三五个月，甚至小半年都不回来。撇下一个个俊巴巴的臊嘴娘儿们，弄在一起扯够了臊，想起海边的盐田该起盐了，便三三两两地结伴偷盐去。

盐，是大海恩赐给渔民的丰厚礼物。海潮涌来，涌进棋盘一样的盐田。任太阳无情地蹂躏和毒烤，蒸发掉多余的水分，剩下湛蓝的卤水后，便奇迹般地凝结出晶莹而灿烂的盐花，且层层叠叠、玲珑剔透地排列成各种好看的几何图案，等到整个盐田里生长出糕点一样的雪盐时，就该起盐、收盐了。

偷盐的女人们，就选在那样喜气洋洋的丰收日子，三三两两地提着篮子，拎着兜儿，如同赶大集、回娘家一般，假装拾柴火、铲海菜来了。其实，就是来偷盐的。女人们偷到盐，就可以与山区来的盐贩子换些针头线脑。有时，还能换到山里的板栗和山核桃。

她们中，有经验丰富的"老盐婆"，也有顶着花头巾的新媳妇儿。偷盐时，碰上巡盐的汉子追来，新媳妇儿们往往是撒开脚丫子前头跑了，而"老盐婆"们却不管那一套，好不容易来一趟，总要扒满了盐袋才肯离去。她们跑得了就跑，跑不了时，裤子一脱，露出白胖胖的大屁股，无事人一样，蹲在盐田边的土埂上方便。看你

典藏本
二

巡盐的汉子还敢过来不成！

吉庆家的，外号"双乳山"，虽说还是个水水柔柔的小媳妇儿，可她早已经是偷盐的老手儿了，嘴皮子又厉害又臊。响水来承包盐田的那个腰间挂着小手机、掌心里会用"嘀嗒嘀嗒"计算器的小技术员，经常被她臊得面红耳赤。

"小李子，多长时间没回家抱媳妇儿啦？"那个被称作小李子的技术员，头一回听吉庆家的那样问他，雪白的小脸，腾的一下，就红到脖子。

吉庆家的和一帮臊嘴女人，看人家红了脸，还不依不饶，一个个响响地咂着嘴，说："哟哟哟，还大姑娘一样，不经羞哩！"

这期间，还有抢嘴的娘儿们，把吉庆家的推到小李子跟前，说："你要是实在耐不住，就让俺这漂亮的妹子来陪你吧。"随之，推搡出一片笑声，那个李技术员的脸上也跟着红一阵白一阵。

时间不长，李技术员能分辨出六顺媳妇、三华妈，同时也晓得"双乳山"是指吉庆家的一对大奶子。吉庆家的再来跟他斗嘴，李技术员就有得说了："好你个'双乳山'！"再要说狠了，干脆说："好你个大奶子！"

吉庆家的也不知羞，人家说她"双乳山""大奶子"她也不脸红，还跟没事人儿一样，问人家："怎么啦，你想吃一口？"

李技术员毕竟是外乡人，关键的时候，他还是卡壳了，他不敢跟那些臊嘴的女人往深里说。

但，时间久了，也就是李技术员跟她们混熟了以后，什么话都敢说出口了。他问吉庆家的："吉庆什么时候出海的，要不要我给你补补课？"

吉庆家的白他一眼，说："看你个熊样。"

李技术员一本正经地说："嘿，我还'教'不了你呀！"

吉庆家的拾块土坷垃打过来，骂他："好你个狗东西，还敢占你老姐的便宜。"李技术员为躲那土坷垃，闪身跑远了。吉庆家的却脸热心跳了一阵子，仍旧蹲在盐田边，铲那些红红火火的红柳棵子。

盐田边，很适合生长那些春绿秋如火的红柳棵子，它们在海水的滋润下，长得蓬蓬勃勃、婀娜多姿。吉庆家的每次来，都打着铲红柳的幌子，稍不留意，她的铲子就伸进盐田里了。好几回，李技术员眼看着她把盐偷走了，也只是在后面喊上两声，拉倒了。都混熟了，你追上她，又能把她怎样。况且那个吉庆家的脸皮厚厚的，嘴巴臊臊的，你真追急了她，她给你来个"撒手锏"，那不更让你傻眼了！

这天午后，太阳毒毒的，吉庆家的一个人又来盐田边铲红柳了，铲着铲着就铲到盐田的小屋边。不经意间，看到李技术员正光着膀子在小屋里睡觉。这可是偷盐的好时机。吉庆家的转身欲奔向盐田时，又回过头来，想看他是否睡得踏实。这一细看，恰好看到不该看的地方，那个李技术员，浑身上下只穿条三角裤头，睡得正香呢。

吉庆家的一阵脸热心跳，心里骂一声"这个死东西！"遂奔向盐田偷盐去了。哪知，铲子下得猛了，溅起的盐屑，飞到她的脸上、嘴里，好苦涩！吉庆家的一阵心焦，忽而，扔掉铲子，愤愤然的样子，起身折回来，重重地敲那小木门，莫名其妙地大喊一声："偷盐喽，有人偷盐喽！"

李技术员一听"偷盐"，一骨碌从床上弹起来，光着膀子跑到门口四处张望，只见四野里一片空旷。这时候，就听吉庆家的压低了嗓音说："看什么看，偷盐的人在这儿！"

（载《微型小说选刊》2005 年第 15 期）

刘棉花

赵文辉

斗大的字识不得半筐，不认磅不会算账，却做大生意，上百万的资金转着圈，屁股底下一辆桑塔纳2.0，在付庄"日儿——"一圈，"日儿——"又一圈，一天不下十来回。这就是刘棉花。

这当然不是真名，因为倒腾棉花发的家，都叫他刘棉花。十年前刘棉花去乡棉站售棉，算账的时候棉站的丁会计中午喝多了酒，把一沓百元票子当成十元扔出窗口。刘棉花刚"哎"一声，同来的一个堂哥用手捂住了他的嘴，把他推到一边，然后不动声色地接过丁会计扔出来的票子，拉上刘棉花就走。丁会计一口气扔出五万多，等他酒醒后再去各村要回，却难了：都不承认。丁会计要了两天，见没了希望就垂头丧气往回走，那时候工资还不高。五万块对丁会计来说简直就是天文数字。要不回就得自己赔，丁会计越想越没出路，路过供销社时买了一瓶"敌敌畏"。来到村外无人处，拧开瓶盖往嘴里送，突然飞来一物打掉了农药瓶，丁会计一看，是一沓百元钞票。

自此两人成了"厚人"，丁会计让他收棉花来卖，丁会计说我就是看中了你这一点，让他找一个会算账的跟着。来棉站售棉，每次都给他长1至2个等级，三五十块就到手。隔一段时间刘棉花就钻一回丁会计的单人宿舍，出来时丁会计也不送，好像挺不耐烦似的。刘棉花几年下来盖了一座红瓦房，惹得一庄人眼红。后来丁会

134

计升了站长，刘棉花照例倒棉花，只是骡马车换成了大汽车，软包装换成了硬包装，一次三车两车，都是高等级。卖了棉花，几十万现金，大票小票的用化肥包一装。背起就走，接着倒第二趟。有一次，他背着化肥包回到村庄，准备第二天去拉货。家里人一看，嘴都成了惊叹号。爹把院门插上，还用杠子顶住，然后端了一杆填满铁硝和炸药的打兔枪屋里屋外转悠，一夜没敢眨眼。媳妇也一样，怀里抱一把菜刀，身子抖了一夜。天明的时候，爹望着那一堆钞票突然哭了，说他一辈子没见过这么多钱，问这钱是不是儿子挣的。刘棉花一笑，告诉爹：说它是也不是，说不是它又是。说得爹和媳妇如坠雾里。

刘棉花隔一段时间照例钻丁站长的单身宿舍，出来时丁站长照例不送。但刘棉花的生意是真大了，有时棉站司磅员过一天棉花，一看码单全是刘棉花一个人的。他让那个亲戚跟着算账，还买了一辆新桑塔纳，让那个亲戚给他开着，在庄里"日儿——日儿——"地乱窜。庄里人都知道刘棉花发了，据小道消息，刘棉花还在城里养了一个人，不知是真是假。

谁知他的"厚人"丁站长却出事了，有人告他包二奶且有凭有据，在城里什么地方买的房子，生的还是男孩，已经两岁了。告他的人显然下了大功夫，丁站长知道自己得罪人了。纪检委下来调查，丁站长不慌不忙，说这是诬告，如果真有这回事他情愿去坐牢。纪检委把那女的控制起来询问，女的承认自己是被人包的。说了出来，却是刘棉花。刘棉花一个农民，纪检委也没法处理，自然不了了之。后来丁站长又被告了，检察院传唤过去，说有一批卖给纱厂的棉花掺杂使假，打开棉包外层是好花，里面却是废棉、短绒和石头。丁站长还是不慌不忙，说他们棉站也是受害者，因为收的就是这个样，夜间检验没检查出来。叫来售棉者一问，果真如此，就把售棉者逮捕了，判一年半，还要罚款。这个售棉者就是刘棉花。罚款的时候，刘棉花却说没钱，去银行冻结他的账户，一看账上只有几千。没钱不说，刘棉花还有贷款，几个银行加一块竟有几十万。去扣他的车，车早没了影，一查，根本不是刘棉花的名，就又加了一年刑。

　　刘棉花服完刑出来就去找丁站长，谁知丁站长躲着不见他，打手机又一直关机。刘棉花心里一咯噔，赶紧去银行查另一个账户的钱，账户上的钱早让人取走了。刘棉花心里再一咯噔，还有一个人知道这个账户和密码。刘棉花不死心，再找丁站长，丁站长还是躲他。银行听说他出来了，都找上门来追贷款，法院巡回法庭把他的房子家产一并收去还贷款。刘棉花全家只好住进了庄口的机房，爹一急犯了脑血栓躺床上不会动了。医生来输了几次液，见他家拿不出钱，再去喊就不来了。爹流着口水哇哇说不清还只管说，大概是不要管他了，全家哭作一团。刘棉花从闹哄哄的家里逃出来，他不知道该到哪里，只管瞎转悠，转到供销社就一头扎了进去。他拿起一盘绳拉拉又放下，愣怔了一会儿，就买了一瓶"氧化乐果"。

　　刘棉花来到庄口，也就是当年丁会计喝"敌敌畏"的地方。刘棉花觉得惊奇，自己咋来到这地方。刘棉花打开瓶盖，一股刺鼻却带着甜甜的气味直扑鼻腔，他往嘴里倒的时候突然想：自己的"厚人"会不会也在暗处藏着，拿出一沓钞票砸一家伙呢？

（载《微型小说选刊》2005 年第 16 期）

自 杀

金 波

王春毛捡回一条狗。

这条狗黑头黑身黑嘴巴，连眼珠也是黑的，一看就知道是那种勇猛刚烈的雄性土狗。王春毛发现它时，它正趴在屋脊岭的大石头上，浑身是伤，奄奄一息。王春毛就断定它刚才与野狼搏斗过，怪不得今天早上后庄的刘瘸子上山砍柴白捡了一条奄奄一息的狼，肯定是它所为了。检查附近的草地，果然有被践踏过的痕迹。王春毛顿时喜欢上了这条狗，把它抱回家去，给它洗伤口，用伤药包扎，没几天，狗就缓过气来，慢慢恢复了元气，冲王春毛发出呜呜的感激声，还摇起了黑尾巴。

王春毛越发喜爱这条狗，俗话说"狗来财，猪来灾"，莫非我王某人该发财了？于是他就给狗取名叫来财。

王春毛天天给来财捋毛、捉虱子，带着来财满世界逛，"来财来财"地唤着。来财也跟他亲，舐他的脚和手，缩颈耸肩地围着他转……

忽然有一天，来财不见了。王春毛清楚记得，来财在失踪前曾异常地同他亲了好半天。不仅舐他的脚和手，还站立起来把两只前腿搭到他的肩上，舐他的脸，直到王春毛说声讨厌，来财才停下运作出门了。谁知这一走就是三天，有人对王春毛说："到底是捡来的，喂不熟呀。"王春毛越想越生气，心说这个忘恩负义的狗东西，等我抓到它了，非把它剥皮吃肉不可。

可就在第三天早上，来财欢欢喜喜地回来了，嘴里喘着气，一头扑到王春毛身上，两条前腿紧紧搭在王春毛的肩上。王春毛刚骂了一句难听的话，来财便跳下身子咬住了王春毛的衣服，使劲往外拉。王春毛"嗯"了一声，觉得这事蹊跷，便跟了出去。只见来财向屋脊岭方向跑去，跑了几步又掉过头来咬王春毛的衣服，催他快些走。

春毛精神一振，心想难道来财又咬死了一头狼、狐狸，或者野猪？怪不得来财这几天不见了……王春毛越想越兴奋，脚底生风，跟着来财跑到屋脊岭。

可站在岭上的竟是一位满面大胡子的中年汉子，正凶恶地瞪着王春毛。王春毛眨着眼睛，觉得好奇怪。

来财跑到大胡子跟前，舔他的脚和手。末了，又摇着尾巴来到王春毛跟前，舔王春毛的手和脚。

王春毛隐隐明白了点什么，脸色一阵难看。

这时大胡子嗡嗡地开口了："怪不得今日一大早它就拉我上这里来，原来要见的是你？难道这一个多月是你偷去了我的来富？"

王春毛一听，心中窝起了火："这位大哥你怎么这样说话？什么叫'偷'？一个大活东西能偷得出来吗？既然你不讲理，我也不客气，这来财是我的！"

大胡子哼了一声，道："什么'来财'？它叫来富！是我将它从小喂到大，对它有养育之恩。怎么突然成了你的？"

王春毛对大胡子的傲慢态度十分不满："就算你是它的第一个主人，可你为什么不问问它是怎么到我家来的？如果不是我救下它，它早就成了别人的口中之食，纵然你有养育之恩又有何用？说吧，你想要多少抚养费？"

"你简直胡说！谁能证明你曾经救过它的性命？"

"那谁能证明你对它有养育之恩？"

狗趴在地上，焦急地望着这两个与它关系密切的汉子，眼里流露出惊异的光。

它似乎很失望。

"问问来富吧，它应该知道。"大胡子一甩手，扭头就走，一边唤着"来富"。狗摇着尾巴跟过去，拦在他的面前，舔他的脚和手，嘴里发出呜呜的声音。

"来财，你干什么？跟我回去！"王春毛也大吼起来，狗只好又摇着尾巴来到王春毛跟前，跟他亲热。

"他妈的你这个不认爹娘的家伙！"大胡子气急败坏地赶过来，狠狠地踢狗。狗只好又跟大胡子走，可王春毛又追过去踢它……

最后，王春毛和大胡子各站一旁，一个喊"来财"，一个喊"来富"。狗一会儿跑到王春毛跟前，一会儿又跑到大胡子跟前，身上被踢得伤痕累累。它摇着尾巴，眼睛里流露出悲伤的神色，鼻孔发出哀叫声。

"他妈的，我们在这里拉锯也不是个办法儿。这样吧，既然狗不听话，今天就把它宰了，我自认倒霉，你拿皮，我拿肉，这总行吧？"大胡子气呼呼地说。

"宰就宰，我有什么好心痛的？你动手吧。"

"你先动手！"

"那我们谁也别动手，把狗带到集上去，请屠夫宰。"

两人达成一致后，一齐朝集上走去，嘴里一边唤着狗。

可狗并没有跟他们走，它趴在地上，黑黑的眼珠闪着绿莹莹的光，嘴里发出骇人的呜呜。许久，它跪着两条前腿，趴在了王春毛和大胡子面前，舔他们的鞋和脚脖子。正当他们纳闷的工夫，只见它将浑身的黑毛竖起来，低沉地吼一声，然后纵身跳下了屋脊岭……

（载《微型小说选刊》2005 年第 18 期）

有　罪

陈　然

　　有一天晚上，吴生有在街道上散步，忽然听到后面传来一阵急促的脚步声。他也顾不上往后看，就闪到了一边。他是个不想惹事的人，也不想挡人家的路。但急促的脚步声在他身后戛然而止，紧接着有几双手把他的手扳向背后，摁住了他的肩膀。

　　他有些艰难地回过头来，说，你们是谁？你们想干什么？

　　有声音打雷似的吼了一声，少废话，跟我们走一趟自然就知道了。

　　于是吴生有感觉自己的身体飘了起来，他完全不由自主地被那几个人拖着，踉踉跄跄朝着不可知的方向走去。

　　等待着吴生有的居然是监狱。他的手从铁窗里伸出来，像狂风里虬乱的枝条一样急剧地抖动。他喊道：我冤枉！我没有罪！

　　众所周知，吴生有被收监的第一天晚上就遭到一顿毒打。他也知道自己要挨打，因此从铁窗边转过头来（呼叫自然不会生效的），他就紧紧裹住自己的身体，惊惶的眼睛紧张地打量着牢房里其他犯人。不过他们都在做自己的事情或想自己的心事，谁也没理他。有的人在掐衣服上的虱子，有的人在抠脚丫，有的人在睡觉。即使有的人把眼睛转过来，可吴生有发现，那眼睛就跟玻璃弹珠似的。吴生有怀着侥幸心理，稍稍放下心来。也许牢房里并不像外面传说得那么可怕。吃饭时，大家也是有条不紊的，好像吃饭不是因为肚子饿，而是必须履行这么一个程序。但熄灯后，立刻有拳头和脚甚至更尖锐的东西从黑暗里伸出来，集中在他的身上。他鬼哭狼嚎。看守闻讯赶来开灯，那些手和脚马上又缩回去了，看起来跟白天没什么两样。灯一熄，它们又伸了出来。

一连几天都是如此。

吴生有发现，他叫得越凶，过后他遭受的打击也就越狠。就拿拳头来说，也是各式各样的，有像鹰嘴的，也有像石头的，还有像狗牙的。他后来干脆用薄薄的被子蒙住头，让那些狂暴的雨点落在他的身体上而一声不吭。又过了几天，仿佛他被验收合格，便再也没人揍他了，甚至还有人朝他露出了微笑。

当然，他的厄运并没有结束。首先，他的一件夹袄不见了，里面有家人给他送来的钱物，而且秋天已经来了，无论是白天还是晚上都有凉意。他报告给看守，看守帮他搜查了每个人的床铺，结果什么也没发现。吴生有不禁后悔起来，他害怕有更大的麻烦在等着他。接着，他在自己的被窝里发现了臭烘烘的大便。至于水渍和尿液，那更是经常有的了。其实他后来根本分不清是水渍还是尿液。别看白天每个人都对他嬉皮笑脸的，可一到晚上，他又要睡在那一团或几团冰冷而可疑的液体中了。

新的一天，看守忽然把吴生有叫去，不问青红皂白地揍了他一顿。看守用的是比碗还粗的木棍，他一边挥动木棍一边说，看你以后还敢不敢在背后说我的坏话！吴生有说，长官，我从来没说过你的坏话啊！看守说，你当然不会承认了，看我不揍烂你的屁股！过了几天，吴生有又被莫名其妙地揍了一顿。这回的理由是，他一边大便一边叫着看守的名字。同样，这也是莫须有的罪名，但谁会证明他的清白呢？只会越证明越说不清楚，他应该吸取以前的教训，采取作声的态度。从此，只要看守愿意揍他，他就一声不吭地趴在那里，把屁股或其他看守感兴趣的部位十分配合地露出来。

不过他吴生有也不会白白让人骑在脖子上拉屎的。他想，既然别人诬蔑他，向看守打小报告，他为什么不这么做？他甚至可以肯定，他做起这样的事来，会更加狠毒和得心应手。因为他读过书啊。一个读过书的人打的小报告会很有说服力和杀伤力的。于是他诬蔑那个老是捉虱子的家伙说看守偷公家的东西；诬蔑那个喜欢抠脚丫的家伙说看守没用，看守的老婆到处偷人；诬蔑那个老是睡觉的家伙说看守也不是他爹亲生的。这下，牢房里热闹起来了，一会儿这个人被看守揍了一顿，一会儿那个人也被看守揍了一顿。

后来又来了个犯人。吴生有也和别人一起捉弄新来的犯人，趁黑夜狠狠揍那个家伙，把屎糊到他的被子里。有一次，吴生有用力过猛，把那个人的肋骨打断了。还有一次，他在黑暗中差点把那个人掐死。

静下来的时候，吴生有便也开始捉自己身上的虱子，抠自己的脚丫。他胡子拉碴，衣服破破烂烂，身上又乱又脏。他已经不是以前的那个吴生有了。他一天到晚折磨人开心，把别人整得痛哭流涕。他拿烟头烫人家做梦的脸。他栽赃陷害，落井下石，无恶不作。他想，我怎么成了这样的人？如今，我真的是一个有罪的人了！

但不久，他又被莫名其妙地放出来了。

（载《微型小说选刊》2005 年第 19 期）

一次失败的劫持

安　勇

我把那个孩子弄出来时正是一天里最热的中午。

知了的叫声拉锯似的割着我的耳膜，一只黄狗蜷缩着在树下午睡，我走过它的身边时，它竟然毫无察觉，我冲它撇撇嘴，立刻断定这是个不值一提的蠢货。孩子的父母也在午睡，如果他们发现孩子已经不翼而飞了，就会后悔，在抢走别人的孩子后，午睡真不是什么好习惯。

一路上那孩子都在睡觉，均匀的鼻息痒痒地吹在我的脸上。这让我不由自主地想起我的孩子们，不知道他们现在怎么样了。

我把那个孩子轻轻地放在妻子的面前，妻子默默地看我一眼。我立刻把头扭到一旁，我不敢看她红红的眼睛，昨晚她哭了一夜，把所有的眼泪都哭干了。在她的哭声里，我想到了劫持一个孩子换回自己孩子的主意。

妻子望着那个孩子默默地发呆，从昨天开始，发呆就是她对这个世界唯一的认知方式了，我不知道除了发呆她还能做什么。我很理解她此时的心情，一颗母亲的心已经破碎了。我说了一句，如果三个钟头内还不见我回来，你就把这个孩子杀掉吧！说完我悄悄走出家门，边走边想着下一步的行动计划。按常理那人应该能够自动找上门来，但如果他像那只黄狗一样愚蠢的话就很难说了。

我想，如果那人能够发现我故意踩下的脚印，就会自然而然地找到我。但我对他的智慧并不抱太大的希望，所以我打定主意主动去找他。在树林的边缘我不由自主地停了下来，因为我突然感觉到了空气中一种熟悉的气息。昨天留在我家里的，正是这种气息。在前面几十米的地方我见到了那个人，他正赶着一头牛在耕地。看来我估计得没错，他还没有发现自己的孩子已经被人劫持了。

我缓缓地走向那个人，现在最需要的就是冷静和勇气，因为我是一个父亲。最先发现我的是那头牛，它恐惧地喷了一个响鼻。这时那个人也看到了我，吓得一屁股坐在了地上。

我看了看他，咧开嘴向他笑了笑说，你好先生，你可能还不知道你的孩子已经被我劫持的事吧！他不说话，惊恐地看着我。

我接着说，如果你想要回你的孩子，就把我的孩子给我送回来吧！我以一个父亲的名义起誓，我不会伤害你的孩子。我们来一个公平的交换好吗？为了让他能够正常思考，我向后退了两步。

我说，你应该能理解一个父亲的心情，而你的妻子也应该能理解一个母亲的心情。因为孩子的事，我们很难过。

他终于从地上坐了起来，胆战心惊地说，你是说你劫持了一个孩子？我点点头，是的，他是你的孩子。

他说，你不想伤害我的孩子，只想换回你们的孩子？我又点点头说，请你考虑一下吧！他说，好吧，我同意你的要求，你在这里等我，我马上就把你的孩子送回来。说着他赶着他的牛出了树林。

我等着他时心里想，当父母的心情果然是一样的，孩子是未来，是希望！我甚至为自己想出的这个主意自鸣得意起来。但任何时候沾沾自喜都是不明智的，等我发现一个黑洞洞的枪口对准我时，一切已经来不及了。

出现这样的情况是我始料未及的，有几秒钟的时间我的头脑一片空白。但很快我就镇定了下来，看着他和他端起的枪口说，你为什么要干这样的蠢事呢？如果我不回去，我的妻子就会杀了你的孩子。

他淡淡地笑了笑说，孩子，我老婆明年就能给我再生一个，但你和你的孩子却能给我换来一大笔钱，你以为我会愚蠢地和你交换吗？

听到这句话时我知道我犯下了一个致命的错误，我不该用自己的观念衡量他的观念。我不由自主地闭上了眼睛，就在这时我听到了一声枪响，空气中立刻弥漫了一股刺鼻的火药味。我右腿上一沉，我随之倒在了地上。脚步声传了过来。但想抓到我没有那么容易，在他走到我跟前的一瞬间，我腾身而起，箭一样地射了出去。

我流着血跑到家门口时，用力喊了一句，杀死那个孩子。但家里却传出了妻子的喊声，不！不！别忘了，我是个母亲。我看到，妻子正把那个孩子搂在怀里，慈爱地抚摸着他的后背，而那个孩子的嘴里正含着妻子的一只乳头。

此时，作为一只狼我只得承认，妻子的选择是正确的，她是个伟大的母亲。

（载《微型小说选刊》2005 年第 21 期）

文　物

黄克庭

　　阿拉面怎么也想不到，一只由103块碎片黏合而成的非常粗制滥造的、仅有成人头颅般大小的陶罐"面神"，竟然会使他的爸爸阿拉米着了魔——千方百计偷到手，而后提心吊胆、东躲西藏，在没来得及换成大额外星币的情况下，被警察逮住，最终身陷囹圄。更让阿拉面想不到的是，这件58000年前的文物失窃案，竟然牵扯到地球村公安部重要领导在内的大小官员107名（比罐的碎片数还多），轰动了世界！

　　这一年阿拉面才12岁！

　　所谓祸不单行，这一年阿拉面不但因患阑尾炎而做了切除手术，还在求医途中遭了车祸，被撞断了左小腿骨！

　　正当阿拉面万念俱灰，不肯配合医生治疗时，被特许到医院探望儿子的阿拉米给阿拉面送来了一个"面神"仿制陶罐，并留下一句谎言："只要你能写出一部文物史，就能救爸爸！"阿拉米将自己30多年来精心搜集的365公斤文物资料送给儿子，一再强调"破损不是贬值，残缺无损圣美"的文物观，并要阿拉面从"支离破碎"的"面神"陶罐中找到编写文物史的灵感来。毋庸讳言，阿拉米原是一名高级文物专家，是惊艾大学的一名教授。

　　少年的心是稚嫩的，是易碎的，却也是充满活力、充满无限生机的。阿拉面也像他的父亲一样，很快被"面神"陶罐的魔力所征服，他的心也如"面神"陶罐，破碎而黏合，并随时间的推移逐渐增值起来。不过，阿拉面并不同于阿拉米，他根本没有被"面神"的财气所蛊惑，而是被"面神"的灵气所感召，成为他人生旅途中一盏永不熄灭的指路明灯。

谁也预料不到，一只"支离破碎"的陶罐，竟然与阿拉面的命运轨迹相映。下面摘录的是阿拉面的人生履历片段——

18岁，被关了6年的父亲发配到月球服劳役。临行前，父亲再次骗他"只要你能写出一部文物史，就能救爸爸"，并要阿拉面跪着发誓。阿拉米真是用心良苦，他企盼自己的事业后继有人。同年，阿拉面因向法院起诉将他的断足接歪的医院，而被院方雇来的凶手打掉两颗门牙。此后，阿拉面慑于医院的淫威而撤诉。其时，医院正在争创"宇宙级文明医院"，院方怕因打官司而损坏其锦绣前程，故采取牺牲小家（阿拉面）保大家（医院）的"无奈"之举。事后，被评上"宇宙级文明医院"的院方，特别授予阿拉面为"荣誉院民"的称号，并私下承诺"包揽阿拉面下半辈子的所有车祸医疗费用"。但院方始终不愿给阿拉面的歪足做矫正手术，致使阿拉面的左脚只能像美国著名电影演员卓别林那样走路。

20岁，阿拉面因抵挡不住某大款的第17位"二奶"的诱惑，只相好了58天就被大款发现，结果被大款给阉了。若不是"二奶""有情有义"，发誓"永远爱着你"，并时常打来电话忏悔，阿拉面恐怕顾不了"救父亲"的诺言了。不过，"二奶"的情义只维持了108天，阿拉面走出生命的低谷后，她就销声匿迹了。

28岁，阿拉面去医院做了扁桃体摘除手术，解除了扁桃体经常发炎肿痛的苦恼。

30岁，阿拉面去医院摘除了两颗疼痛了3年的龋齿（至58岁时，仅剩下 3 颗牙齿了)。

31 岁，因经常与人赌酒量，患胃穿孔，其胃被切除三分之三。

35 岁，因结石，其胆被切除。

44 岁，去某山庄查验一件文物资料时，被毒蛇咬伤右手中指，为活命，慌乱之中，自行砍下 3 根手指。这年，其父病死于月球某工地。

49 岁，因救一弱妇，被流氓打断 5 根肋骨，右肝被肋骨刺坏而切去一半。此后，弱妇认其为"干爹"。

56 岁，一年中竟遭 7 次车祸，肇事者皆逃逸，所幸每次都只是撞断少量肢骨。但那家被评上"宇宙级文明医院"的医院私自毁约，只肯支付前 3 次车祸的医疗费用。

……

86 岁，阿拉面仔细盘点了身上所有的伤疤与创伤后发觉，他这一生已积累了整整 100 个创伤。他忽然觉得，加上日趋严重的颈椎炎和折磨他睡不好觉的肩胛炎，其数正好与陶罐"面神"的碎片数相等。他认为，这是一个很有意义的巧合，此乃"天数"也！

阿拉面盘算着，将已完稿的《人类文物史》寄给天河冰星第一出版社出版，用稿费去置换一副颈椎骨和肩胛骨，这辈子也就圆满了。他想，自己的生命一直都在做"减法"，总是去掉这个，丢掉那个，总觉得太对不住自己！最后，不用"减法"而用"置换法"给自己"收场"，也算是画上了一个完美的句号了。

天河冰星人收到阿拉面的《人类文物史》后，很感兴趣，马上派特使来地球与阿拉面联系。

天河冰星人实地查看了地球上所有"珍贵"的文物后，竟然一反常态，对《人类文物史》失去了兴致。这对阿拉面无疑是一个致命的打击！阿拉面终于发狂了！阿拉面将自己全身的头发、眉毛、胡须拔得一根不剩，并将家产烧得精光。3天后，阿拉面什么也记不得了——患上了失忆症！

谁也想不到，曾经历了100个肉体创伤的阿拉面最终竟拜倒在"事业"的创伤里。

令人惊讶的是，天河冰星人竟然花重金向地球人购走了阿拉面。他们认为，地球上真正有价值的"文物"正是阿拉面本人。因为在克隆技术高度发达的地球上，没有置换过器官的人，30岁以上者仅阿拉面一人而已。据悉，多数地球人在成年前就多次置换过身上的器官。能经受住100次肉体"减法"，傲霜斗雪86载的阿拉面，终于被公认为世上最珍贵的文物！

（载《微型小说选刊》2005年第21期）

一位普通母亲与大学生儿子的对话　　陈力娇

　　学校在一片密林中，确切地说是学校的四周长满蔚然壮观的树。校园在规划时就大而长，大到无边无沿，大到了一个点里面还要滋生另一个点。开始那几年楼房不多，稀疏得就像一个个部落，学生们从一个系到另一个系，就像越过一个个村庄。倒也相对平静，没听说过有什么事发生。

　　而这几年不一样了，大楼接踵而起，一幢比一幢高大漂亮。寂静的校园也就忽然热闹起来，隆隆的推土机声，嘀嘀的汽车喇叭声，冒着火花的电焊声。这些都还不算，主要是校园掺进了无数的民工，他们天南地北的方言像搅拌机，把校园搅大了，搅乱了，也搅得不伦不类了。

　　靳小美的儿子在这个学校读书，回来给靳小美讲故事，说他们校园每隔一段日子就有新闻发生，并且发生得不可思议。

　　靳小美就好奇地问是什么，儿子说："女生被强奸是其中最爆炸的一项，有一条小路太闭塞，又是通往图书馆的近路，女生一个人在那条路上通过时就时常被玷污。"

　　靳小美说："那不能不走那条路吗？"儿子说："那条路太诱人，走那条路十五分就到，走别的路要三十分钟。"

　　靳小美说："为什么会发生那种事呢？"儿子说："是民工，民工一年三百六十天回不了一次家，偶尔冲动一下不是没可能的。"

靳小美说："那被伤害的女生过后怎么办呢？学校总得有个说法吧，是他们为了建楼把民工请了进来，他们是有责任的。"儿子说："保送研究生，上国家知名院校。"

靳小美说："那也不值呀，心里的创伤会影响以后的生活道路，学校虽给补偿，却抚平不了伤痕啊。"儿子说："有一个女生为了保送研究生天天从那条路上走，为的就是去国家知名院校。"

靳小美说："这就是她不对了，她一心想遇上恐怕就遇不上了。"儿子说："那也不然，她遇上了。存在就是合理的，存在并没有因为她想法的不正当而改变路线。"

靳小美说："那她一定很快乐吧？"儿子说："她的愿望实现了，当然快乐，她用不在乎的事情换得了在乎的资本，怎能不快乐？"

靳小美说："她得到了也未必幸福呀，毕竟是以不当的手段，进军一项洁净的事业。"儿子说："现在的女孩子什么样的都有，有一个品学兼优的女生就愿意双休日到外面游走，也有一种说法是寻找网友，最后死在了外面。"

靳小美说："那多半也是和情有关，不过白天这种事不太可能发生。"儿子说："我们学校的强奸案多半都是在白天发生的，有一个女生白天十点钟从那路过，被一个民工逮到了，当时有一个男生也从那路过，看到了竟然一声不吭就过去了，眼睁睁地看着一场悲剧发生。"

靳小美说："世风日下，道德沦丧，很少有人会出那风头，况且那也是充满不可预知的危险的。"儿子说："其实危险倒也不大，那民工做了见不得人的事，肯定心虚，来不及反应也许就望风而逃了。"

靳小美说："那也不见得，那种时候是欲火迷心的时候，没有理智，指不定他狗急跳墙会做出什么事来。"儿子说："那也不能眼看着自己的同胞姐妹被强暴啊，我要是那女孩，就把自己交给那民工，以讽刺那男孩的见死不救。"

靳小美说："那男孩也许是有他的道理的，多一事不如少一事，保全自己，就是保全未来，就是保全亲人。如果那一刻丢失生命，那将比女孩失去的多得多呀。"儿子说："还有一种结果是，那男孩救了那女孩，女孩感动之余以身相许，不也是挺美的事吗？"

靳小美说："这种结果太不现实了，也波及得太多。你们在那里英雄救美，我们这些做母亲的呢，我们得要我们的儿子呀，我们一旦失去自己的儿子，那紧接着我们也会失去。一个人沉了和一艘船沉了，你总该知道哪个损失更大吧？"儿子不吭声了，儿子大概在想，无法进行这场谈话了。

靳小美又说："过分在意就过分珍视，我一做梦就梦见你丢了，我寻找你的那种苦涩是你无法想象的，每次都是疼痛而醒，醒后那个落寞啊。"

儿子无话，但是母亲的话让儿子想到了那个被奸污的女孩的母亲，不知她知道女儿的遭遇后，会不会也有母亲说的这种疼痛和苦涩。

儿子想到这就不与母亲说了，他认为这正是结束这场谈话的最佳时刻。他起身去电脑前玩游戏去了，但是他的思路却没断。

那天他救了那女孩儿，她脱身后没对他说半句感谢的话，而是唾了一口唾沫跑掉了。那之后他又看到她几次，她也没对他说半句感谢的话。她好像认不出他了，抑或认出而又装作不认识他，为什么呢？也许是只有不认识他，才能表明一切没有发生，也许是抗议并憎恨他惊扰了她的好梦，而这些又都好像不是太恰当的理由。

儿子回头看他的母亲，他不是想求救于母亲，他只是下意识想知道母亲在做什么，但是他没有想到，此时的母亲也正和他想同一个问题，靳小美想：按说日落不该留痕，怎么会留痕呢？儿子想：日落终归要留痕，怎么会不留痕呢？

（载《微型小说选刊》2005 年第 22 期）

小米的困惑

侯发山

小米是个美国人。她一生中遭遇了两次下岗的经历。

小米在上大学期间，认识了一位在一家中美合资企业就职的中国小伙，一来二去就爱上了他。两个人海誓山盟、恩爱无比。

小米毕业后，到一家银行上班。她温柔美丽，善良朴实，敬业爱岗，工作勤恳，深得银行老板的赏识。那天下午，离下班还有半个小时的时间，几乎没有什么顾客。小米和她的同事们在柜台内忙着清点当天的账目和现金。突然，五六个蒙面人从天而降，出现在大厅，他们手中都拿着武器，或枪或刀或棒。两名保安没回过神来，就被打晕在地。蒙面人迅疾围到柜台前，其中一个恶狠狠地对小米她们说："不许动，快把钱交出来！"连同小米在内，柜台内只有四名银行职员，而且全都是手无寸铁的弱女子。这时候，小米看到她的三个同事都双手抱头趴在桌子上，似乎在瑟瑟发抖。这时，有个歹徒拿枪指着小米，不耐烦地说道："老实点，别自找麻烦！"小米来不及多想，疯狂似的冲过去按柜台下的报警装置。说时迟，那时快，歹徒们的枪响了，小米和她的同事纷纷中弹倒下。尽管小米在倒下的那一刻按响了报警器，但歹徒们不愿就此罢手，在大开杀戒之后依然冲进柜台内抢走了二十万美元的现金，而后如丧家之犬惶惶逃走了。

小米身上中了三颗子弹，所幸的都不是要害部位；她的三个同事，一个当场就咽了气，另两个伤势较轻，在医院住了一段时间后都先后出院了。银行就此专门开了一个会议。小米在参加会议之前，还骄傲地认为银行会为她那天的表现给予奖励。想不到，她一进会场，大伙都拿不满的眼神去剜她。银行老板阴着脸看着她，一字一顿地说："我们提倡的是以人为本，二十万美元不算什么，失去一位员工才是我们最大的损失！人的生命是无价的……"

令小米感到无辜的是，这件事的处理结果是她被银行老板炒了鱿鱼！银行老板说，如果那天不是小米逞能，银行的损失只可能是那区区二十万美元！

小米如霜打的茄子，一下子蔫了，好多天都打不起精神。

恰巧，小米的男友任职期满要回国，小米便义无反顾地跟随男友来到了中国。

婚后，为了生计，她不得不出去找份工作。由于她有在银行工作的经验，很快在国内一家银行找到了一份工作。

做了少妇的小来更加温柔美丽，善良朴实。她深知工作来之不易，愈加敬业爱岗，勤恳工作，深得银行领导的厚爱。这天下午，离下班还有半个小时的时间，几乎没有什么顾客。小米和她的同事在柜台内忙着清点当天的账目和现金。突然，四五个蒙面人从天而降出现在大厅，他们都拿着武器，或枪或刀或棒，两名保安还没明白是怎么一回事，就被制服了。蒙面人迅疾蹿到柜台前，其中一个举着炸弹恶狠狠地对小米她们说："不许动，快把钱交出来！"连同小米在内，柜台内只有四名银行职员，而且全都是身单力薄的女人。小米没多想，就急忙双手抱头趴在桌子上。而她的三个同事却表现得异常出色，有的去按报警装置，有的去拿墙角的拖把当武器……说时迟，那时快，歹徒们拉响了炸弹，射出了子弹。小米和她同事的身体被鲜血染红了。尽管报警器被按响了，歹徒们不愿就此罢手，在实施犯罪之后依然冲进柜台内抢走了二十万元的现金，而后如惊弓之鸟急急逃走了。

小米的一个同事当场就因失血过多没了命，小米和另两个同事伤势较轻，在医院住了一段时间后都先后出院了。银行为此专门召开了一个会议。小米在参加会议之前，还自豪地认为银行会为她那天的表现给予奖励。没料到，她一进会场，大伙都用责备的眼神去瞟她。银行领导黑着脸瞪着她，一字一顿地说："我们提倡的是见义勇为、舍生取义、公而忘私，不能贪生怕死、临阵畏惧，让国家的财产受到损失……"在会上，银行领导当场奖励小米的两个同事每人二万元，另一个因公殉职的同事家属获得了十二万元的抚恤金！

让小米揪心的是，她却被银行领导除了名！银行领导说，如果那天不是小米，咱们银行的形象就不会大打折扣！

小米如伏天遭旱的玉米，一下子萎了，好多天都打不起精神来……

（载《微型小说选刊》2005 年第 22 期）

狗屎运

这天上班后，办公室里的人都闻到一股怪味，不是汗臭，也不是狐臭，是一种酸酸的刺鼻的恶臭。办公室里的三男两女都拿鼻子四处搜寻，很快发现，是辛开口的脚上踩了狗屎。辛开口羞得赶紧把鞋脱下，赤着脚拿着鞋去卫生间擦洗了。剩下的两男两女边打扫办公室边说，难怪辛开口这段时间臭，原来是交了狗屎运！

说辛开口臭，是指辛开口申请加入党组织没被通过。辛开口 28 岁，大学本科毕业，来 M 局工作已经五年。他人品好，工作积极，还是个才子，要不然怎么会发展他入党呢？那在党员大会表决时为什么会没有通过呢？这与在这个节骨眼上辛开口做的一件事情有关。

局里新买了一台高级电脑，还没有启封，就被踏着三轮车来机关收购旧报纸的小伙子顺手牵羊装走了。幸亏，小伙子的三轮车在街上轮胎放炮，三个红领巾看到了上去做好事，红领巾看见没有开封的电脑箱起了怀疑，赶紧报告给警察叔叔，警察通知了派出所。小伙子交代了，电脑又完璧归赵。这件事有点儿戏剧性，辛开口是党报通讯员，灵感大发，妙笔生花，撰成文稿，投给报社，《破烂王顺手牵羊偷电脑，红领巾警惕性高抓小偷》很快见报。辛开口正自我陶醉呢，大难临头了。

首先是保卫科丁科长骂娘，上级让他报治安先进单位，他填表报事迹材料，把丢电脑的事儿给精简了，现在报纸一登，他成了弄虚作假、欺骗上级的典型。接着，局长打来了电话，局长在电话里吼："一台电脑丢就丢了，找到就找到了，什么大不了的事儿？生怕人家不知道，还弄到报纸上张扬？唉！大家要保持一致嘛！"吼完，就撂了话筒。电话铃又响，是赵书记，赵书记声音很柔和："小辛啊，丢电脑的事儿上报纸不妥啊，现在全国上下都在抓安全，党组织创先争优已经把安全工作列入了一票否决。今后对外报道的稿子，一定要送我过目！"辛开口说记下了。辛开口以为没事了，局里却传开：辛开口为了赚稿费，不顾局的声誉乱投稿。因为丢电脑的事被曝光，那一个月局里的奖金减半，这更惹了众怒，到党员大会表决三个培养对象入党时，两个通过了，一个没有通过，没有通过的这个就是辛开口。辛开口臭了！和辛开口热恋的财务科的瑞英姑娘，对辛开口婉转地说："我妈又不同意咱俩的事了。"辛开口有自知之明，一个人入党，如果第一次入不上，再入就难了；在机关里工作入不上党，仕途就短路，有可能一辈子当干事。辛开口说："我知道，就是你不和我拉倒我也要和你拉倒！"瑞英瞪眼了："你这话怎么讲？"辛开口赶紧解释："我是说我臭了，不是看不起你。"瑞英落泪了："你为了名利也太伤众了！"

辛开口的人生落入了低谷。物极必反，否极泰来。市人大和市政协换届选举，要求新领导班子里必须有一名具有大学本科学历、有才华的无党派人士，而且要年轻。在物色人选时，抓组织工作的市委副书记提到了M局的辛开口，因为近年来在入党表决时没有被通过，辛开口还是首例。这位副书记很重视，亲自下去了解情况，知道了内情，认为辛开口敢于暴露本单位的缺点，这是正直的表现，有才华的人往往受到这种打击。考察组又下去了解辛开口的近况，人们对人生落入低谷的辛开口又表现了同情，尽说了好话。上级就把名额给了 M 局。三选两选，辛开口评了市领导班子，成了一名副市长。

这有点儿传奇，人们就找根据，经高人点拨，都恍然大悟。当初，辛开口踩了一脚狗屎，狗屎运不是厄运，狗屎运是鸿运，是腾达运。于是，人们为了求鸿运、求发达，都偷偷地踩狗屎，弄得整个办公楼里臭气熏天。慢慢地人们对那狗屎味儿也习惯了，觉得狗屎味儿还很是味儿。

一天，副市长辛开口带着一位漂亮的女友来到了 M 局，局长和书记欢喜异常，隆重盛情接待。尽管辛市长一再说，M 局是我的老家，大家待我很不错，我是来感恩的，我是领着女友来认门的，千万不要把我当领导，要当亲人。可是，局长和书记还是毕恭毕敬地一口一个辛市长地喊，要手下布置会场，请辛市长给大家讲讲话，作作指示。

自从进了楼门，辛市长的女友就直捂鼻子，辛市长也觉得气味儿有点不对，一问，当初和他同办公室的人都讨好说："这还是您辛市长留下的！"辛市长吃惊："我留下的？"几个人就你一言我一语地解释说："还记得吧，那一回您踩了一脚臭狗屎，我们都还以为您倒霉是交了狗屎运，听老到的人一讲，才知道狗屎运是鸿运，您飞黄腾达到了市里，大家都跟您学呢！"说到这儿，大家都笑了，辛市长也笑了，说："开会吧，我真有话要讲。"

辛市长登上了主席台，打着手势笑着说："亲人们，我给大家讲讲狗屎运。有道是：憨人有福；又说：装憨没福。当初我踩狗屎，是无意的。就这样吧。"大家见辛市长话真的讲完了，热烈鼓掌！

后来，就没人找狗屎故意踩了，这大楼里的气味儿不臭了。

（载《微型小说选刊》2005 年第 24 期）

营 救

陈力娇

五号监舍传出哭声，是十五岁的于小弗在哭。于小弗，男，强奸幼女犯，从进监狱就不停地喊叫，不停地哭，没消停的时候。

狱警王营提着警棍跑了过来，冲着于小弗喊："你哭什么？数你吃得好，你还哭得最响！"

于小弗这两天拉肚子，医生让大厨给他做流食。

于小弗没听狱警的，他越哭越响，他回王营道："我吃什么好的了，都是些小米粥，越吃越拉稀，在家我从不吃它，那是我们家鹦鹉吃的。"

王营听于小弗这么说，一下没绷住笑了起来，他一笑，监舍内的一张张稚嫩的脸也跟着笑了起来。王营怒怼："笑什么笑，都不要笑了，于小弗是想家了，现在大家给他唱歌，预备——唱！"

也不知唱什么歌，大家七嘴八舌，唱什么歌的都有，监舍立即成了一锅粥，不过于小弗的哭声还真给压了下去。歌声停止后，狱警王营发现，于小弗果真不哭了。不过不哭比哭还厉害，没一会儿，就有人向他报告，于小弗拒绝吃饭。

于小弗属于八类案件之内的重犯，不然像他这样的年龄是投不到监狱里来的。现在他来这里已经三天了，三天里他不是头痛就是拉肚子。

狱警王营一听于小弗又闹事，就有些急，他三步并作两步地来到第五监舍。打开房门，果然见于小弗蜷伏在床上，一碗粥打翻在地，一碟咸菜被他摔得满地都是。王营喝道："你挺有本事啊于小弗，大闹天宫了，可惜你不是孙悟空！"王营说着，气愤地打扫于小弗的残局。于小弗却把脸转向一边，闭眼假寐，他抱定一个信念——饿死在监舍。

大家都以为于小弗不过是做做阵势，一个十五岁的孩子，扛不得住饥肠辘辘的。

可是到了傍晚，于小弗还是不吃不喝，狱警王营这才慌了神，他把此事汇报给监狱长。谁知监狱长给他一顿好训，声称如果于小弗三天之内不吃饭，就拿他试问。

王营捧着脑袋想了许多办法，可对于小弗样样都不适用。找于小弗的妈妈吧，不行，于小弗从入狱起就不见他的妈妈；找于小弗的爸爸吧，也不行，于小弗没有爸爸，他爸爸在他三岁时就已不知了去向；找他爷爷吧，更不行，于小弗恨死他的爷爷了，是他爷爷不顾情面把他送到这里来的。

狱警王营足足想了一天，都未见结果。到了后半夜，王营来到五号监舍，他摇醒了于小弗，说："我同意你不吃饭，明天我就帮你把饭碗砸了，但是你得告诉我，如果不吃饭也能活下去，你会做一件什么最重要的事呢？"于小弗到底是个孩子，他虽然饿得有气无力，可还是回答了王营，他说："我要为沈家的小萝画一本卡通画册，我伤害了她，但我不是有意的。"

小萝就是被于小弗强奸的幼女，今年七岁。那天她在河边看于小弗和他的同学洗澡，就偷吃了他们三个人带的香肠和面包，被当场捉住，而当时于小弗他们刚看完录像，录像是黄色的，是于小弗沈庄的姑家的。他们一看黄色录像就燥热，所以于小弗最先想到去河里洗澡。

王营一听于小弗这么说，高兴得几乎要打于小弗一拳，但他克制住了，他给于小弗盖好了被子，就马不停蹄地离开了。

监狱这一天发生了事件，狱警王营失踪了。监狱长气得吹胡子瞪眼，声称王营回来就开除他。但是他这想法还没持续两天，王营就回来了。

王营回来不是一个人，他还背回来一个小女孩，小女孩的后面跟着她的妈妈。王营已累得满头大汗，浑身是泥。

不用说小女孩是小萝，小女孩的妈妈是乡村教师。乡村教师的通情达理，让狱警王营当即落下了眼泪。她说"已经伤害了一个孩子，就要尽力拯救另一个孩子"，便同意和王营一起来完成这个有关心理置换的任务。

王营一行三人来到于小弗的面前，于小弗已气若游丝。监狱长没办法，亲自驾车去请他的爷爷了。值班的狱警已让于小弗折腾得面无人色，所有人对这个强硬的孩子都没有办法。

王营进来时，于小弗的周围站满了他的同仁，他们唯一的办法就是等于小弗再饿一饿，饿晕过去后再施行强制性救援。

王营的到来如一缕曙光，狱警们自动为他让开了一条路。

王营把小萝送到了于小弗面前，然后他说："于小弗，有人来看你了。"于小弗的眼睛动了动，没有睁开。他已无力睁开，今天是他绝食的第三天。王营又说："于小弗，小萝来看你了，你为他画的卡通画册画好了吗？"于小弗听到这句话，眼睛立马睁开了，当他看到站在他眼前，一脸惊恐的小萝时，于小弗哭了起来，他说："我还没有开始画呢，我以后也不知有没有机会为小萝画画了。"王营扶于小弗坐起来，说："会有机会的，只要你用心，一定会画好的，你看啊，小萝给你带来了什么？"

　　小萝非常懂事，她把手中的画笔递给了于小弗。五颜六色的十支画笔，正是于小弗喜欢的那种。于小弗接在手中，哭得更厉害了，他声音嘶哑，泣不成声。小萝见状，忙把妈妈手里的面包，揪下一小块儿，往于小弗的嘴里送。

　　奇怪的是，于小弗一点都没拒绝，他一边嚼一边流泪。

　　只是那泪如泉涌，一波比一波流得汹涌。

（载《微型小说选刊》2006 年第 2 期）

卖个破绽

表哥在闹市开了家酒店，相当红火。下岗后，我去他那儿当采买，说实在的，他桌上掉的饭粒儿，都可以养活我一家三口人。表哥待我不薄，一开始，我出了几次差错，换了别人，不被他骂个狗血喷头才怪，可对我，他只是宽容地说："留点心，没有哪个生下来就会的。"于是，我暗下决心，一定要对得起他这份恩情。

一天，我买菜回来，见几个穿制服的站在酒店门口，听说是例行什么检查。这酒店让表哥管得井井有条，桌上地上墙上一尘不染，服务员统一着装，灶房里专门有负责卫生的，这里如能检查出毛病来，那全市的饭店差不多都得关门。表哥满脸堆笑，忙着让服务员把好茶泡上，又亲自给执法人员敬烟。

"烟就免了，我们有纪律的。"领头的制服一挥手，冲部下使了个眼色儿。

"柳老板，你的'三不四无'宣传单为什么不挂？"有个执法人员冷着脸问。

"哦。"表哥满脸赔笑，"我刚让服务员拿去消了消毒，马上就挂，马上就挂。"

"罚款三十元。"领头的吩咐。马上就有人撕下罚款单。

"下次注意啊。"那个领头的说。"是。我下次注意就是。"表哥仍然满脸赔笑。

二

165

不，这不是敲诈吗？我咬着牙，刚要前去理论，却被表哥一个狠狠的眼神止住了。东家都认罚了，咱不服有什么用啊。执法人员罚完钱，跟表哥打个招呼就走了。

我心里这个堵啊：你这个新型资本家，光知道剥削员工，刚才那三十元扔水里都不响。我决定，帮表哥长点眼力见儿别让他再当这冤大头。

又过了几天，我发现，餐厅靠窗台的地方，有一只拖把明显地放在那儿，这若是让执法的看见了，肯定又得挨罚！我厉声喝问："这拖把是谁放这儿的？"

服务员个个一脸茫然。没想到表哥正好下楼来，说："我放的。别动，一会儿还用呢。"

"我怕让那帮制服盯上了，又得罚款。"我有点儿发怵，咱挣这点工资不白拿啊，老板的贴心人哪。

可表哥只是淡淡一笑："忙你的去吧，这事我会处理。"

表哥可能一忙，把这事丢在了脑后。不大会儿工夫，呼啦啦又拥进一伙检查的，进门就指着拖把说："怎么回事？"

表哥忙过来，"我这脑子……"说着便拿起拖把准备撤离。

"等等。"执法人员说，"让我看见，你想起改正来了。罚款五十元。"撕下罚款条儿，几个人又里外好一顿折腾，这才前呼后拥地走了。

打那以后，表哥的酒店总是不断出点错误，隔三岔五让人罚个三五十的，钱不多，可窝心啊。可表哥老板当得牛了，明明是他犯的错误，还不愿意听人劝。

"表哥，不是我说你。"有一天表哥设家宴，请我喝了点儿酒。望着他那宽厚的面孔，我就把憋在心底的话掏了出来，"你的钱是大风刮来的呀，稍微留点心，也不至于让人家左一次右一次地罚款呀。"

"傻小子，你还教训起我来了。"表哥倒满一杯酒，逼着我喝下，他又笑了，"酒不白喝，给你上一课吧。你算算，咱一个月让人罚去多少钱？"

"两百左右吧。"我说，"那差不多可以供一个贫困山区的孩子读完小学。"

"我看你的书真是白念了。"表哥严肃地说，"纸上谈兵是改变不了命运的，得认清形势。你以为我智商比你低一大截是不是？如果真像你想象得那样丢三落四，我还能从街头小吃起家，把买卖做到今天这规模？"

"咱一码归一码。你买卖再大，失误总归是失误。"我据理力争。

表哥说："你读过古书吗，有'卖个破绽'的说法听过没有？我就是故意卖的破绽。"

我倒要领教他所谓的真谛。

"执法工作本身没错。"表哥说，"可有些人的心态你得了解，他们进了你的店，为的就是要抓住点儿什么。你几次让他检查不出毛病来，他们就有失落感，这种失落感就会转化成一种妒忌，下次会更严厉地找毛病，甚至会更频繁来这里。我不怕他找毛病，但是，如果他们盯紧了你，会给顾客造成心理压力。人们说，怎么回事？穿制服的总去，有点儿猫腻吧？大家都不愿意来了，那生意还怎么做？"

"噢，你故意出错，让他们先有了满足感和成就感，接下来就不那么故意找碴了？"我恍然大悟，"若是让各项检查都过关，那至少得雇一个专职人员，每月这点儿钱还不够。"

"不对。我肯定过关，这是必须做好的。我面对的是顾客而不是什么检查。这点破罚款跟咱的利润相比，基本不占比例，若是挤走了一桌客人，那是什么成色？"

"表哥高明。这都是在社会上摔打出来的经验吧。"我心服口服。

"就是嘛。瞧你，自以为是，给领导写的材料，让他连个错别字都找不出来，人家心里憋屈，怪不得把你炒了。"

（载《微型小说选刊》2006 年第 3 期）

牛　黄

牛黄，中药名，黄牛或水牛的胆囊结石。性凉，味甘苦。功能清热、解毒、定惊。牛黄分多种，有葡萄黄、米糁黄、鸡心黄。最宝贵的为"人头黄"，黄大如人头，粉如花粉，摸摸过指，被染黄的手指几年都难以洗净。懂行的见到"人头黄"，从不用手直接摘取，怕染了指头泄密破财，招来盗宝之人。

一颗"人头黄"，价值昂贵。疯癫如狂的患者沏上一杯牛黄茶灌了，当即就可清醒。"人头黄"为稀世之宝，一般人极少见到。

陈州解三，就曾得到一颗"人头黄"。

解三以宰牛为生，也靠牛黄发财。平常买牛，多买瘦牛。牛胆结实，是永远吃不肥的。有一日，解三购得一头老牛，剥开一看，脏内如黄花盛开，解三惊诧如痴，失声叫道："人头黄！"

解三第一次目睹"人头黄"，简直有点儿不敢相信自己的眼睛。他轻轻用刀剥开那"黄花"，原来内里并不全是金黄色，而是如黑煤渣一般。解三是行家里手，细看了牛黄的部位，才开始小心地摘黄。

摘黄，也是一种技术。一般牛黄，多为汁液，必须轻轻摘下晾干，等汁液成了固体才能随意翻看。为不染指，解三小心地用刀尖切除肝脏，然后用一片肺叶托起"人头黄"，摘了下来。

解三藏牢了"人头黄"。

典藏本
二

不料隔墙有耳，就在解三打开牛腔失声高叫"人头黄"的那一刻，却被邻居夏二听了进去。夏家与解家只一墙之隔，墙上爬满丝瓜秧。夏二搬梯爬墙，把脸匿在丝瓜秧里，一下子看了个清楚。

夏二是个皮货商，往常解三晾晒的牛皮牛鞭，多由他购去再到南阳倒卖。夏二自然知道"人头黄"的价值，眼馋得瞪大了眼睛，差点儿弄出了声响。

夏二回到屋里，怔怔然了许久，决定要盗得解三的人头黄。

半夜时分，夏二登梯爬上了墙头，用系牢的绳索溜到解家院里。他先静耳听了听动静，然后用刀尖拨门。不料门没闩，他深感不妙，心想可能解三有防，便急忙藏了尖刀，匆匆顺原路而回，躺在床上，心中还在"扑腾"。他很是懊悔自己见钱眼开干了愚事，怕是自己的所为已被解三尽收眼底，只是碍着面子，人家不愿当面戳穿而已！夏二为此翻来覆去折腾了一夜，直到黎明前才迷糊过去，不料刚想沉睡，突然听到解三来了。解三一进大门就高喊"二哥"，一直喊到内屋。夏二很惊，忙翻身起了床面带愧色地问："兄弟，什么事儿？"

解三嘿嘿笑着，说："昨晚我高兴，多贪了几杯，回来时家人已睡，我迷迷糊糊地上了床，连房门都忘了关，半夜一条狗钻了进去，叼走不少牛肉，牛皮也差点儿被撕！我想借你家的梯子把牛皮搭墙上晾一晾，别耽误你月底去南阳！"

夏二一听借梯子，大惊失色，心想这解三大概真的看清了昨晚自己的所行，故意来试探虚实！更后悔的是昨夜只顾害怕，竟忘记把梯子从墙边挪开！为不让解三看出破绽，他急忙披衣穿鞋，想把解三稳在屋里，然后悄悄把梯子挪开，以除解三的疑心。不料他还未下床，却被解三拦住了，说："二哥你睡你睡！进门时我就看到了梯子，在墙上搭着呢！"

夏二一听此言，如傻了一般，直等解三走了，他还未缓过神来。

这一天，夏二如得了重病，心郁如铅，脑际里全是解三的影子。解三为什么进门先说自己喝醉了，是真醉还是假醉？早不来晚不来，为何天一明就来借梯子？而且还说梯子在墙上搭着呢，那墙上被绳索勒的痕迹他是否看到了……

一连几天，这等问题在夏二的脑子里来回翻腾，他吃不香又睡不宁，双目开始痴呆，偶尔还自言自语。时间一长，夏二失去了理智，开始满街疯跑。

夏家人很着急，以为夏二患了什么邪症，又求神又烧香，均无济于事，最后请来了一名老郎中。

老郎中进门并不急于给夏二看病，而是细心观察。几天过后，他才对夏家人说："你们当家的病是心疾所致，一般药物只能顾表而不能治里，眼下只能用人头黄根除！只是这人头黄为稀世珍物，一般药店是买不到的！"

不想在一旁自言自语的夏二一听到"人头黄"三个字，突然瞪大了眼睛，下意识地喊道："解三家有人头黄！解三家有人头黄……"

老郎中一听，便暗示夏二的妻子去找解三。夏二的妻子为治夫病，就以试探的心理去解家求人头黄。谁知解三一听脸色煞白，连说："没有，我没有！我长这么大没见过人头黄！"

夏妻失望而归，对老郎中说："解三说他没有人头黄！"

老郎中听后笑笑，扭过头对夏二说："解三不肯救你，他说他根本就没有人头黄！"

夏二一听怔然如痴，许久了，突然倒头睡去。夏二一睡三天三夜，像达到了某种心理平衡，竟奇迹般地好了。

可是，没过几日，解三竟也疯了，而且比夏二疯得还厉害，到处号："我没有人头黄，我没有人头黄……"

解家人急忙请来那老郎中给解三瞧病，老郎中望着解三，让人请来夏二，暗地安排了一番，然后让夏二对解三说："你没有人头黄！"

不料解三一听此言，更是惊恐，忽地挣脱了老郎中的手，边跑边喊："我不是不给夏二治病，我压根儿就没人头黄呀！"

老郎中望着疯跑的解三，摇摇头，对解家人说："解师傅的病没救了，没救了！"

夏二觉得很惋惜，想想自己的所为，很是有点儿后怕！

几年以后，解三疯死野外。解三殁后，其子承父业，仍操刀杀生。解三之子不同其父，专宰肥牛，日子越见兴盛。不久，他积攒不少银钱，准备翻盖新房。扒旧屋的时候，扒出了那个人头黄，解三之子只认得一般牛黄，却不认得人头黄为何物，便求夏二指教。夏二望着那人头黄，面色冰冷，过了许久才说："是一块普通的药草，你留它没用，放我这儿吧！"

解三之子把人头黄送给了夏二。

夏二把人头黄放了，每逢听说附近有人患了疯病，就用牛黄末沏成茶送给人家治病。消息传开，患疯病的人家就来夏家求"神水"。夏二分文不取，有求必应。这样过了三十余年，夏二已年近八旬。临终的时候，他唤过家人，从怀里取出那颗人头黄，安排说："这块药物，只可施舍，不可贪利！"

不料夏二殁后，其子夏仲不守诺言，偷偷拿到省城大药店把人头黄卖了，得了许多银钱。夏家从此发了大财，又建房又买地，转眼间就成了方圆几十里的富户。

夏仲有四个儿子，都因家中富有而不行正道。土改那一年，夏家被划为恶霸地主。夏仲的四个儿子被镇压了三个，剩下小儿子也被戴上了坏分子帽子。

　　解家后代仍是以操刀为业，新中国成立后被国家吸收为正式职工，有一个后来还当上了县食品公司的经理，那时候夏仲已年过古稀，望见解家飞黄腾达，很懊悔当初没听父亲的话。有一天，他终经不住革命群众的批斗，悬梁自尽了！

（载《微型小说选刊》2006 年第 5 期）

等待录取通知的那个夏天

那是我人生中最漫长的一个夏天。

我的高考成绩不理想，仅高出本科录取线 3 分。

我的忐忑在逼人的暑热里不断发酵、膨胀，我开始失眠。不久，我就瘦得皮包骨头了。

父亲长年在外，有一天，他突然出现在我的面前。"陪爸爸到乡下转转吧。"父亲说。

我不大情愿，但又不愿让父亲失望。我们骑着车，穿过郊区，一直到了县城。

父亲似乎有用不完的力气，总骑在我前面。后来，我们到了一条河边。说是河，水却枯了，裸露的河床是一片开阔的沙滩。对岸一片树林，蓊蓊郁郁的。父亲说："咱们到那儿乘凉。"沙子被日头烤得像炭一样烫，脚刚踏上去，就被烫得跳起来。

我唏嘘着，下意识地掉转车头。父亲说："都是大男子汉了，还那么娇气？"说着，顾自在前边深一脚浅一脚地走，虽吃力，却沉稳。我无奈，只得跟随。父亲上了岸，我还有段距离。我不能不钦佩父亲。父亲向我招手，给我加油。我也上岸了，一霎时，我有点儿想哭。

树林的确是个好地方，阴凉得很，过了会儿，父亲变戏法似的从沙子里扒出一颗花生来。这是农民收割后遗留下的，父亲说这么大的沙滩，再翻找一遍至少能装满一个麻袋。父亲剥开花生，露出粉白的仁，轻轻一嚼，由于沙子的烘烤，竟格外香甜。

我们捡了截树枝，不停地在沙土里翻找着，果真找到了不少花生，品尝了一顿天然的美味。

父亲说："现在感觉怎样？"

我笑了笑。我很久没有这么轻松地笑了。父亲说："再难的事，一咬牙，也就挺过来了。"

休息一阵后，父亲还未尽兴。我们骑上车，又启程了。

这次，我们进了一片采摘后的果林。父亲说："这树上肯定还有果子，你能给爸爸摘一个解解渴吗？"我点点头。我很快发现了一枚果子，但长得很高。我爬到了粗大的树杈上，再爬，树枝越来越细，心里越来越虚。我不能再往上爬了，但我多想把果子摘下来。这时，父亲在下边叫我："下来吃果子了。"我循声望去，父亲的手里竟托着好几枚果子！我爬下树，心灰又自惭。父亲拍拍我的头："长果子的树不止一棵啊，总有适合你摘的，人活着，怎么能在一棵树上吊死呢？"

我默然无语。

第二天，父亲走了，我的心情却好了些。我开始冷静地想一些事情，比如落榜后该怎么走，理想的院校未录取我该怎么办。我有了思路，心中渐渐踏实了。

一段日子后，父亲又回来了。父亲拎着网，说："咱们去河里捉鱼吧。"

我们沿着过去经常捉鱼的河走着。该下网了，可父亲不下。父亲说："走，往上游走。"这是我极熟悉的一条河，却又是我极陌生的一条河。人工防护堤没了，花坛和草坪没了，代之以古朴的桑树、老槐树，一人高的藤草和愈来愈分不清路的小径。一股沟汊，两股沟汊……蜿蜒着，交汇起来。水清得像空气一样透明，螃蟹在临水的洞口和水中的石块上悠然地爬行……

我有些沉醉了。

父亲说："多走几里路，不一样了吧？"

我使劲点点头。忽然，父亲笑着从口袋里掏出一封信，递给我。

我接过来，意外的惊喜让我一下子手足无措：我被第一志愿录取了，幸运之神站在了我的身边！

父亲说："祝贺你，孩子！以后，还要走得再远一些，像这河，追求无止境啊！"

（载《微型小说选刊》2006 年第 6 期）

千里马证书

杨汉光

国王的坐骑死了，就叫伯乐帮他挑一匹千里马。伯乐说："好，我这就去。"

伯乐来到千里马交流中心，租了一个摊位，挂起一条横幅，横幅上红底白字大书："国王招聘千里马，待遇优厚。"应聘者立刻蜂拥而来，纷纷递上证书。伯乐接过证书，戴上老花眼镜仔细端详，每一本证书上都写着"千里马"三个字，还盖有又红又圆的公章。

伯乐说："我要验验你们的证书是真还是假。"他用手指蘸了一点儿口水，正要往一本证书上抹去，有一匹马就喊："干什么？"伯乐说："有些假证书上的公章是用电脑打的，虽然做得漂亮，可用的是墨水而不是印油，蘸水一抹就脱。"那匹马骂一声"老东西"一把夺过证书，掉头就走。众马骚动起来，有的仰起头"哞——哞——"直叫。

伯乐说："我听这叫声就知道是牛。还有谁是冒牌货？赶快走吧，别让我逮住送给国王治罪。"应聘者吓得四腿打战，纷纷抢回证书，争先恐后地逃跑。几头冒充千里马的肥猪跑得慢，在后面连滚带爬。

冒牌千里马刚走，就有一个背如罗锅的活物过来，自称是千里马。

伯乐说："我看你怎么像乌龟？"罗锅背边说"请看证书"，边递上一个红本。伯乐翻开红本一看，果然写着"千里马"三个字，还有红公章。罗锅背问："怎么样？"伯乐说："我要检验一下。"伯乐依旧用手指蘸了口水，按在公章上使劲一抹，那圆圆的红印丝毫不损。红公章旁还有一个钢印，这还会有假吗？

伯乐说："想不到，你还真是千里马？"

罗锅背说："岂止是千里马，伯老师，你看我的特长。"伯乐问："你怎么知道我姓伯？"

罗锅背说："伯乐相马，天下闻名，我还是小马驹的时候就记住你的大名了。"伯乐高兴起来，就再次拿起小红本，翻到"特长"那一栏，高声念道："登山渡水，如履平川。"罗锅背及时说："稳比快更重要。"伯乐说："不错不错，就要你了。"

伯乐把罗锅背带进王宫，交给国王，国王吃惊地问："这不是乌龟吗？"伯乐说："是千里马，我反复验过它的证书了，一点儿不假。"

（载《微型小说选刊》2006 年第 8 期）

消费时代

陈　然

　　伟珍和再萍在省城的工地上做事。有一天，伟珍从脚手架上摔了下来，在送往医院的途中就死了。再萍哭得死去活来。她已经是伟珍的人了。他们还打算好，再过几个月，就回去做新房子，置办家具，结婚。可现在，她的天一下子塌下来了，怎么办呢。她一时想不开，晚上偷偷爬到伟珍站过的脚手架上，从那里跳了下来。她以为那样，就可以赶上伟珍了。

　　可怜的姑娘，也死了。

　　刚好有一个专门搜寻报料的记者从那里经过，听说了这件事，很兴奋。要知道，找报料的工作很辛苦，既累又难做出成绩，不像搞专题的记者那么神气活现，文章一发就是整版，他的稿子却是专门"补漏"的，哪里缺个口子，就拿它们去填补。瞧瞧，这几天他找了哪些劳什子：XX路水管破裂无人修，大水一淌就是几个钟头；大风刮倒桥边树，砸坏车头没商量；雨天路滑河水上涨；为补车胎街头动粗。那一次，一家早点铺老板的幼女把手送进了绞肉机，让他高兴得要命，因为那篇稿子让他破天荒地上了半个版。现在，他估计，这件事可以让他再上半个版。

　　不出所料，主任很大方地用笔一勾，画了半个版给他。他的稿子突出的重点是，工地的安全设施有待完善，有关部门监管不力。

　　没想到，第二天，另一家报纸站在他们的肩膀上做文章，发了整版的文章，还配了多幅照片，一共差不多占两版。文章大意是说，在现在许多人的价值观和爱情观比较模糊和迷乱的时候这个纯情的乡下姑娘的殉情，无疑是一道绚丽的风景，让许多人眼睛一亮，又像一根闪亮的

钢针，扎痛了许多人的心（原文大意如此）。总之，这件事值得人们深思。

那期报纸卖得非常好。它引发了各个层面的人物对这件事的讨论。为此，每天四处找报料的那位记者还挨了领导的批，说他当初没能抓住兴奋点，白白浪费了这么好的题材。作为补救，领导派了一位资深记者去伟珍和再萍所在的边远山区继续深入采访。那位报料记者陪同前往。

到了那里，他们才知道，那里是多么地穷，穷得学生在写"穷"字的时候都特意减少了笔画。资深记者就在生活的"穷"和感情的"忠贞"上做文章。他发人深省地写道：这里，虽然个别地方穷得只看见光秃秃的红土，是那么触目惊心，可那土又是有骨头的（硬度为证），有血性的（颜色为证），正是这骨头和血性，孕育了再萍这个姑娘对爱情的忠贞不渝。他还在文中列举了现代都市人对感情的麻木和玩弄之种种，和那个殉情的姑娘形成鲜明的对比，从而振聋发聩，达到批判的目的。

这一下，两家报纸总算打了个平手。

现在的报纸大多是可以在网上浏览的，既从网上引水，也向网上灌水。许多网民就跟在两家报纸的后面灌水。有的说，值。有的说，傻。有的说，直叫人惭愧而死。有的说，真是村里有个姑娘叫小芳啊。有的说，愚昧。有的说，现代人有救了。

紧接着，电视台也对此事件做了报道，并组织了专家进行讨论。

另一家电视台则把双方的父母请到了电视台。虽然老人们表情麻木，或低头不语，但下面掌声热烈，有的观众还在拼命擦眼泪。摄影镜头及时捕捉到了那个哭泣的画面。主持人问老人怎么在那么贫困的环境下教育出了这么好的子女。说到动情处，主持人也哭了。主持人的哭是那种引而不发的哭，看到主持人哭了，观众就更要大面积地哭。顿时，哭声夹杂着掌声，就像玉米夹杂着高粱，在风里响成一片（电视的背景画面是希望的田野）。

　　作为当地有名的市民节目，影响是很大的，平常老百姓聊天的话题，很多就是从那里生发出来的。这一次，它甚至突破了以前的年龄限制，让不同年龄的观众都受了感染。聪明的商家发现了商机，没多久，市面上出现了一种色彩绚丽并热烈到绝望的装饰品，它有一个大胆得让人心痛的名字，叫殉情结。一时间，从窈窕少妇到纯情少女，从高薪白领到贫寒学生，都以佩戴殉情结来表达自己对热烈忠贞爱情的向往。听说有的地方，按摩小姐也开始要求那些前来消费的男人们买殉情结送给她们。

　　有一个写畅销文章的撰稿人，自然早已听到了这个消息。他想这件事情已经炒得差不多了，到了该他动笔的时候了。于是他坐车去那个边远山区采访。车马的颠簸并没使他感到劳累，相反，他犹如听到了美妙的音乐，仿佛看到千字千元在向他殷勤招手。作为自由撰稿人，他的文章自然写得很煽情，他把人物和事件都做了大量地艺术化处理，比如伟珍和再萍成长中的一些细节，恋爱中的细节、劳动的细节、夏天吃雪糕的细节、冬天吃烤红薯的细节等等。他知道，他即将投稿的那家或几家杂志，已经有许多家庭主妇流着眼泪等在那里，只等风吹草动，就会噗噗掉个不停。

　　电视台不会放弃继续报道的机会。再一次做节目时，伟珍和再萍他们的村长和以前的中学老师也被请来了。村长说，在他的强烈要求下，他们村已经被评为精神文明村。村长说他是看着两个孩子长大的，他知道他们日后有出息。中学老师说，在他们读书时，他就被两个孩子真挚的感情所打动。不过他马上意识到不妥，忙补充道：当然，那时他们之间还只有纯洁的友情，他们的作文是歌颂友情和青春的。村长说，他正在向上级打报告申请，在他们村设立旅游点，现在有风景旅游文化旅游红色旅游，可还没有纯粹的爱情旅游的。村里将在两个孩子以前在村子附近经常约会的地方开设景点，勘察好的已有初吻台、浣衣石、掸露林和对歌山等处。掸露林是指有一次他们劳动归来路过那里，伟珍看到再萍头发上沾着闪闪发亮的露珠，很美，想为她掸去又怕难为情。他们钻过的草堆也保存在那里，他们洗过澡的池塘，水特别清澈。不过为了保持景点的连续性，方便游客，村里准备把伟珍遇难和再萍殉情的地方移到附近的一个山谷，那里原来叫夹皮沟，现在改名为殉情谷。到时候，男女游客都可以在那里玩一玩殉情的游戏，闭着眼往下跳。不过请放心，是特别安全的，谷底将垫上厚厚的海绵。口才颇佳的村长补充道。

在被各家媒体频繁地采访后，双方的老人似乎已神志不清。他们说，伟珍是谁？再萍是谁？什么？别再提他们的名字好不好，我听都听烦了，谁生下了那两个小畜生？所以从此之后，再也没人来采访他们了。他们坐在黑暗中，很久很久，才重新想起他们的儿女，想起他们身上缺了一大块。疼痛慢慢回到了他们身上，他们失声痛哭起来。

（载《微型小说选刊》2006 年第 14 期）

吃证据

从火锅里吃出根头发，如今已经不稀罕了。要命的是，安先生从火锅里吃出只苍蝇！真是恶心死了，安先生把饭店老板喊过来，要他给个说法。

"什么苍蝇？不可能吧！"老板说着，拿筷子夹起那只倒霉的苍蝇。"哦，哪里是苍蝇？是花椒粒嘛！花椒炸煳了，就是这个样子，像只美丽的小蜜蜂！"老板说完，将那只被美化为"蜜蜂"的苍蝇，丢进自己的嘴里了。

老板吃得很香。老板抓起茶杯，往嘴里吞了口茶水。老板用茶水把"蜜蜂"送进肚里了。

安先生目瞪口呆，眼睁睁地看着老板吃掉了证据。没有了证据，就无法和老板理论了。可这口气，安先生咽不下去！

老板笑了。老板皮笑，肉也笑。

老板喊来服务员，吩咐道："给这位先生换一个锅底！"老板又对安先生笑道，"先生慢用，请多提宝贵意见！"

安先生无话可说，真的无话可说了。苍蝇被老板当作"蜜蜂"吃掉了，脏就脏老板的肠子吧。况且，一盆新火锅热气腾腾地端上了桌，还有啥可说的呢？

安先生小心翼翼地翻着火锅，仔仔细细地翻着火锅，唯恐再吃出苍蝇，或者再吃出"蜜蜂"。也许，安先生太认真了，太重视了。也许，就是天意，安先生从火锅里捞出来了一段橡皮筋！

呵呵，一段被煮得发白的橡皮筋！

安先生恼怒了，不可抑制地恼怒了。安先生不顾斯文，当众大叫起来："老板，你过来看看，火锅里怎么会有橡皮筋？"

老板三步并作两步蹿了过来。"什么橡皮筋？火锅里怎么会有橡筋？你这位顾客，太把自己当上帝了，不是苍蝇，就是橡皮筋！"

安先生用筷子挑着橡皮筋说："你自己看看，是不是橡皮筋？煮几百年了，煮白了个龟孙了！"

老板已经看清了，的确是根橡皮筋。是捆菜用的橡皮筋，或者是捆螃蟹用的橡皮筋。

老板再次笑了起来。这回却是皮不笑，肉也不笑，只是喉咙咕咕咕地笑，像是猫叫。

老板的声音低了八度说："先生，什么橡皮筋、橡皮筋的，多难听呀！你好好看看，是海带丝嘛！海鲜火锅城，怎么能没有海带丝呢！听你嚷嚷的，我们生意还怎么做！"

安先生说："你是卖火锅，还是卖橡皮筋？"

老板说："你这位先生，知识面太有限了。日本人发明了用土豆做的牙签，我们为什么就不能发明用海带做的橡皮筋呢？"

听老板这样狡辩，安先生被气笑了。安先生意识到，橡皮筋一旦被美化成海带丝，老板可能又要把证据抢过去，一口吃掉！

保护证据！安先生作出了反应，他不能让老板再次吃掉证据。安先生一把将橡皮筋塞进了自己的嘴里。

老板颇感意外，继而拊掌大笑："我说什么来着？就是海带丝嘛！味道怎么样？好极了吧？不过，我还得纠正您一个说法，就算是橡皮筋，也不能那么叫，应该叫作橡皮虫！百年不遇的补品呀！"

安先生没有理睬老板。他默默地抓起了茶杯，就着茶水，把橡皮筋咽进了肚里。之后，安先生说："你等着，我要到法院告你！证据在我这里！"安先生说罢，拍了拍肚皮，拍得又脆又响亮。

老板慌了。老板一把拉住安先生说："先生，息怒，息怒！咱们千万别打官司！您说个价吧，我愿意赔偿您一切损失！"

安先生双眉一扬说："我要先到医院去，开刀做手术，把橡皮筋取出来！你说，手术费得多少钱？还有，我的精神损失费呢？你说，怎么算？"

老板弯下腰，连声说："先生，您就饶了我吧！上啥医院呢，动啥手术呢？太吓唬人了！我认了行不行？是橡皮筋，不是海带丝！"

安先生说："不管是什么，总得取出来吧！"

老板说："那也不必非要动手术嘛。您去卫生间方便一下，不就排泄出来了嘛！"

安先生说："那我再问你，你吃到肚里的，是花椒还是苍蝇？是苍蝇还是蜜蜂？"

老板脸一红说："哪里是花椒？哪里是蜜蜂？"

安先生紧追不舍："到底是什么？"

老板无奈地说："是苍蝇行了吧！"

安先生说："念你有认错的态度，我就不上法院了。不过，你给我造成的精神损失，总得赔偿吧？"

老板缩着头说："您是大慈大悲之人，我赔偿您1000元！不过，我有个小小的要求，现在，就请您到卫生间去一趟，把您吃到肚里的橡皮筋排出来，完整无缺地交给我。不然的话，哪一天，您又把橡皮筋翻出来，上法院说我的事，我不成冤大头了吗？"

安先生点了点头，同意了老板的要求。随后，从老板手里接过卫生纸，进卫生间去了。

不一会儿，安先生就出来了，把那根橡皮筋交给了老板。

老板接过橡皮筋，看了看说："妈的，就是它！"说着，一扬手，将橡皮筋丢进嘴里了。

老板吃掉了橡皮筋，眼里放着凶光说："好了，证据没有了，先生，你滚吧，想上哪儿告，就上哪儿告去吧！"

（载《微型小说选刊》2006 年第 14 期）

精神病患者

马新亭

　　最近，我市出了一条爆炸性的新闻，引起全社会的广泛关注和强烈轰动。各种媒体纷纷派出记者，前来作采访报道，不料，全都吃了闭门羹——当事人拒绝采访。

　　这越发给这件事披上神秘的色彩，好多报刊拿出大量版面连篇累牍地刊登相关的文章，社会各界人士也纷纷发表自己的观点，其中不乏空穴来风和道听途说，弄得众说纷纭，莫衷一是。

　　事情经过是这样，今年高考，我市重点中学，一名叫贾成花的同学，以优异的成绩被全国一所名校录取，令人意想不到的是，这名同学竟宣布拒绝入校……

　　或许是近水楼台先得月，或许是报社老总神通广大，或许是当事人承受不了舆论的压力，终于同意采访，并指定我们报社为独家专访。老总把这一光荣而艰巨的任务交给了我，我欣然受命。

　　"请问你是贾成花同学吗？"

　　"是的。"

　　"你为什么辍学呢？"

　　"没意思。"

　　"为什么？"

　　"上学是为什么，是为了考大学，考大学是为什么，是为了找工作，找工作为什么，为挣钱；既然上学最终是为挣钱，那上学还有什么意思？还不如从小就培养孩子怎么赚钱，何必绕那么个大圈子呢？说好听一点，那与坐台小姐有什么区别呢？还不都是为了生存！"

"可是没有文化能赚到钱吗？"

"怎么不能呢？你看生活中的那些大款们几个有文化？"

"你不上学，打算干什么呢？"

"搞发明创造。"

"你不辍学，一直上下去，读完中学，读大学，读完本科，读硕士，读博士……再去搞发明创造不行？"

"那等于把人生的一半全扔给了书本，什么都干不出来的。"

"你要发明创造什么呢？"

"我要发明一种食品，吃一块一辈子不饿。"

"你认为这现实吗？"

"怎么不现实，只有想不到没有做不到，以前，谁会想到有飞机、潜艇、宇宙飞船、机器人、电脑、克隆羊……这些不是都成为现实了吗？"

我深深为贾成花的精神所折服，连夜赶出一篇长篇报道，用了整整一个专版登了出来。令我万万没有想到的是，竟是一片哗然。社会各界纷纷指责曹成花不务正业，更有甚者还把矛头指向我，批评我误导学生。我承受着种种压力据理力争，我相信事实胜于雄辩。

几天后，我再去采访贾成花，却被告知她已被送进精神病医院。

我找到那家精神病医院，找到贾成花，却看到她好好的，不像有病的样子。

我问："你没有研制出来，是吗？那也不至于把自己弄成精神病啊。"

贾成花说："你错了，我已经研制出来那种食品，我自己都试过了。但没有人肯相信我，不但没人相信我，还都说我有精神病，就把我送到这里来了。"

我气愤地说："不行，我要如实报道出去。"

贾成花说："算了，你如果不报道出去，我还能被当作精神病患者活着。你要报道出去，我可能连命也保不住了。"

我沉思一阵子，默默地点了点头。

（载《微型小说选刊》2006 年第 16 期）

收　获

纪富强

秋天一到，老陶的院子里就热闹起来。

门口的夹竹桃、百日红和鸡冠花正开得热闹；墙角是丝瓜，一路奔袭，出了门外，像吊满条条吐着黄芯儿的"绿蛇"；走廊两侧是青萝卜、小白菜，跃跃欲试，长势撩人；临近门槛，挤满了星星点点迎风招展的"朝天吼"小辣椒；南瓜们则完全占据了"制空权"，将胖身子在小南屋上肆意舒展；最后剩一棵甜石榴树也不甘寂寞，直蹿得十几米高了，引一伙聒噪的麻雀前来筑巢。

秋高气爽，老陶就经常坐在这充实而丰盈的院子里，笑眯眯地捧本闲书，泡一壶龙井，一直坐到落霞横斜，天光黯淡。

邻居们羡慕老陶，夸他精细、赞他勤勉，羡慕他心态好，赋闲生活过得悠闲自在，异趣横生。老陶也乐得与邻居相交，常打打扑克下下象棋，关系不远不近，从容和谐。

老陶的小区住的多是老人。这里地处城郊，交通不便，但房子是村里开发的两层小楼，价格便宜，环境幽雅。对于退休爱静的老年人来说，这绝对是块安度晚年的妙地。

老陶他们就是这样搬过来的。

但也有年轻人来住——老陶在和邻居们打牌时就认识了一位，小陈，三十岁出头，机灵善谈，学识丰厚，也懂得享受生活，最喜欢扎堆儿，专爱凑老陶他们的场子。老陶他们下棋时他就站在一边支招，老陶他们打牌时他又想方设法入伙。大家都喜欢他，老陶是格外欣赏，每次打牌总跟小陈搭档，几乎是攻无不克，所向披靡。

老陶听别人说，这小陈可不是个一般人，据说是某家企业的副总呢，年收入突破六位数。就有人当面打趣老陶，说老陶你过去也是一厂之长，人家小陈才是副总，你挣多少，人家又挣多少？大家同在一个小区里住，差别怎么就那么大呢？

老陶听了，就乐，就说，我巴不得现在的年轻人都比我强呢，这说明时代在发展，我们的日子越过越好啊！

不知不觉，一起轰动性事件却突然发生。小陈于某天被县检察院的警车带走了，罪名是涉嫌挪用公款。过了很久，竟被判了缓刑放回来。一时间，小区人人唏嘘不已，有人为小陈叫屈，有人为小陈遗憾，也有人说小陈活该。谈论归谈论，人们从此很少见到小陈的影子了，更少有人去主动敲开他家那扇紧紧关闭的门。

等事情渐渐烟消云散，人们又见到久违的小陈。他明显瘦了，脸上颧骨都凸了出来。人们小心翼翼地与他招呼，他反而主动热烈地回应，还跟先前一样去凑老陶他们的场子。

时间一长，小陈就变成了牌桌上的常客。可老陶却变了脸。每次只要小陈一来，老陶起身拔脚就走，该下的棋立即扔了，没打完的牌干脆一把丢掉。

人们就觉得蹊跷。有人当面质问老陶，老陶啊老陶，人家小陈当官时你和他打得火热，现在遇到麻烦了，你就那么看不起人家？

老陶就苦笑，忽然却正色道，你们这帮老家伙，小陈人还年轻，一点点挫折能算什么呢？他的路还长，怎么能老跟着我们打牌下棋呢？玩物丧志会毁了人一生的！

人们听了顿觉有理，小陈现下整天没事干，净跟他们这些老头子瞎掺和什么呢？

于是小陈再来凑场，所有老人都一齐摔了扑克、推了棋盘，匆匆走人。小陈脸上的嬉笑就忽然僵得结结实实，整个人如一截木头傻傻地戳在了原地。

如是几次，小陈再也不去凑场，心里恨死了老陶。从此见面，总是怒目相对，愤愤难安。

那是一个清凉的早晨，小陈忽听见门响，叫妻子开门。门开了，走进来的却是笑容可掬的老陶。老陶手上满满都是些好东西：肥胖的葫芦、苗冬的丝瓜、修长的萝卜、烫过发的小白菜、救生圈一样笨重的大南瓜、一塑料袋探头探脑的小红辣椒、一口袋扎着长辫子的大白葱……

小陈愣愣地望着老陶。老陶笑着说，小陈啊，这些都是我自己种的玩意儿，收获了，给你尝尝鲜。自己下力气种的东西，香着哪！

小陈的眼眶一下就潮湿了，老陶的话似乎让他醍醐灌顶清醒过来。他一时竟找不到话来开口，只是紧紧握住了老陶的手。

就在同一天，不知道是经过事先商量的，还是因为受了老陶感染，小区里好几位老人都来到了小陈家里，把自己种的瓜果送给了小陈。面对他们的热情，小陈的眼睛一直湿湿的。

这年初冬，小陈重新找到了一份薪水不错的工作。天一冷，小区里的人们已经不再外出串门、打牌了，小陈却忙活着进进出出，为各家各户送去了盆盆娇滴滴、红艳艳的百日红。

小陈逢人便说，收下它吧，自己种的，可好看啦。

（载《微型小说选刊》2006 年第 17 期）

王德光最后的要求

魏永贵

王得光的生命开始了最后的倒计时。

过了明天，王得光的死刑就得执行。

问王得光有什么要求的时候，年轻的看守民警用的是很诚恳的语气。看守民警说，52号，你明天可以要几个你喜欢的菜，还有包子、饺子。你还可以喝两杯啤酒。领导知道你以前的酒量很大，但不能多喝。这已经是对你的特殊照顾了。

入监的犯人不说名字。52号是王得光"号服"上的编号。

王得光以前酒量很大，进来以后由于缺乏酒精的刺激，手一直微微地颤抖。

王得光的眼睛和嘴唇是一片沉寂的死灰。

按照规定，王得光在这个时候可以提出一些要求，譬如留下遗言，改善伙食，洗一个热水澡，等等。一般情况下，死刑犯人会要几个一直想吃的荤菜，一饱长期寡淡的口腹。用他们的话说，怎么的，也得吃饱了吃好了"上路"，不能当一个"饿死鬼"。

52号，有要求就说吧。看守民警又重复了一遍，还是用很有耐心的语气。

王得光那空洞的眼神向监房上的小窗口瞟了一眼，干枯的嘴唇微启：报告上级，我……想明天晒一晒太阳，我……王得光看着民警，又小声地补充了一句，我想到外面的房檐下……晒晒太阳。

几天前，王得光被铁笼一样的囚车拉去了法院，接受了最后的宣判。灵魂已经出窍的他一路麻木。

回监狱的时候，囚车路过一片平房。

那时候，响着警笛的囚车遇见了溜达到路口的一头牛，不得不停下来等候，透过囚车的铁窗，戴着脚镣手铐的王得光看见了难忘的一幕：几个老人在房檐下晒着冬天的太阳。有一个老头儿甚至在很专注地抠着脚丫。

那时候，暖暖的阳光照在房檐墙壁和牛背上，折射的光芒，刺中了王得光已经孤寂的心。

王得光是准备再多搂一些钱就带着女人去加州的海岸晒太阳的啊。此刻，眼前唾手可得的温暖的阳光，却被囚车的铁窗分割得支离破碎。

当年轻的看守民警问他最后的要求时，现在，他忽然想起了那一幕。

52号王得光要在生命的最后一天，享受阳光的抚慰。他想跟真正的老人一样，蜷曲在冬天的温暖中。

王得光的请求显然出乎看守民警的意料。看守民警迟疑了一分钟，说，好，我会向上面反映。王得光的请求很快就成了一个难题。在这样的时候，死刑犯是应该固定在死囚室里，镣铐加身，等待执行时刻的到来，而且是24小时看守。移到监室外不符合规定，还增大了看守的难度。出了问题，那责任可就大了。

领导皱着眉头说，我见过那么多死刑犯，头一回碰到提这样要求的，这不是给我们出难题吗？领导在办公室里来回踱步。

那时候冬天的阳光透过百叶窗，温暖地洒在宽阔洁净的办公桌上，洒在一蓬绿色的植物上。领导踱到了那盆洒满阳光的绿色植物

194

跟前，沉思了许久。最后领导抓起电话说，行，就破例让他明天晒晒太阳吧。

王得光得到第二天可以到监室外的房檐下晒太阳的许可，已是天黑的时候。王得光盯着监室上那方黑黢黢的夜空。

一抹亮光在王得光灰暗的眸子上闪过。

那场雨是从半夜下起来的。那是入冬以来最大的一场雨。冬雨缠绕着冷风，搅了半夜，搅了后来的一整天。

寒冷的冬雨啊。

52 号王得光孤寂的眼睛盯着监室窗外的冬雨一动不动。

第二天上午，在雨声中枯坐的王得光看见年轻的民警打开了铁门。民警说，52 号出队，下楼。

浑浑噩噩的王得光跟着民警走到廊檐下。民警说，52 号，坐下，晒太阳。

王得光愣怔地坐到椅子上，廊檐下的气氛有些异常：天依然那样阴沉，冬雨依然下得很急。一队背着枪的民警守在一边，对面的墙上，一张洁白的画纸上，画着一轮鲜红的太阳……

（载《微型小说选刊》2006 年第 19 期）

滑一刀

刘建超

"滑一刀"是酒城有名的外科大夫，"滑一刀"的大名叫滑儿。

滑儿出身贫寒，儿时家境极差。父母辛苦工作，勉强能维持不饿肚子。母亲操劳过度，在滑儿五岁的时候，得了重症。因无钱医治，只得在家硬挺着。母亲临终前，捧着滑儿的小手，放在嘴边轻轻地亲着，说："孩子，长大了当医生，给老百姓治病。"又对滑儿的父亲说，"再苦再难，也要供滑儿上学读书。"父亲外出打工，把滑儿托付给堂兄。父亲愿意做最苦最累最脏的活儿，只要工钱给得高。

滑儿上学后，聪颖勤奋，成绩一直在学校里拔尖儿。考大学时，滑儿的成绩可以上最好的学校，可他填报了一所医学院。他忘不了母亲临终前那期待的眼神，他也知道，如果当年家里有钱，母亲是可以去医院做手术的。

滑儿大学毕业，成绩优异，保送成为全国著名医学教授魏征的硕士生。毕业后，滑儿放弃了考博和留在京城任教的机会，申请回到了阔别多年的酒城。

滑儿被分配在酒城医院。虽然滑儿是院里唯一的硕士生，但在论资排辈的医院里，滑儿只被分配去做些割阑尾之类的手术。滑儿对各种各样的小手术都极其认真负责，对患者温暖有加，从不接受病人的吃请和红包。

滑儿参加工作的第二年，出了一件事。当时省里的一位副省长到酒城农村视察工作，结果在崎岖的小路上发生了车祸，人被送到酒城医院时已昏迷不醒。病情危急，加之伤者的特殊身份，医院没人敢做主处置。院长只得向市急救中心求援，可无论是把病人送去还是等专家来，都有近两个小时的路程。滑儿是当班医生，查了病人的情况后果断地说必须立即手术，否则半小时后就来不及了。看到周围疑虑的眼光，滑儿自信地说，手术我来做，一切后果我来承担。

结果滑儿的手术做得很成功，从市里赶到的专家都啧啧称奇。病人也很快康复，临行前拉着滑儿的手说："我看你就是名副其实的滑一刀啊！""滑一刀"的名号很快就传遍了酒城的沟沟坎坎。

酒城有了"滑一刀"，来找"滑一刀"看病的人越来越多。再重再难的病，只要让"滑一刀"划上一刀就能刀到病除，即使"滑一刀"划过一刀没能留住患者，患者家属也都无怨无悔，"滑一刀"每天都被手术安排得满满当当。有几次市里省里要调走"滑一刀"，酒城人都排起长队阻拦，患者当街跪倒一片，声泪俱下。"滑一刀"也就留下了。"滑一刀"的手术越做越多，越做名声越大，传说也越来越神奇，就连省城的和外省的病人也都慕名而至。

"滑一刀"的导师魏征专程到酒城来调研。魏征教授调阅了大量的病历，越看眉头锁得越紧。傍晚，已经是副院长的"滑一刀"陪着导师在河边散步，看着沉默不语的导师，"滑一刀"说："我知道老师不愉快的原因，有些手术是不需要做的，采取保守治疗的方案也会达到相同的目的。"魏征看了"滑一刀"一眼，缓缓地说："你只顾自己痛快地划一刀，可这一刀带给一些患者原本不必要的痛苦和负担，你就心安理得？""滑一刀"叹了口气，说：

"老师，我何尝不知道这个道理，可我手中刀子的名气已经远远大过科学的道理了。"

第二天，魏征和"滑一刀"一起查房，对一位从外省来的病人家属详细说明了病情和治疗建议，说做手术意义不大，采取保守治疗更妥当些。没想到病人家属齐刷刷跪在"滑一刀"跟前，痛哭哀求，只要"滑一刀"给做了手术，什么后果他们都认了，不然就跪着不起来。魏征看着这场面，无奈地摇摇头。

没过几年，"滑一刀"的父亲患了顽疾。"滑一刀"向父亲说明了病情，建议采取保守疗法。父亲说："滑儿，爹知道你说得在理。只是，你要是不给爹划上一刀，你就会背上不忠不孝的名声。爹不怕死，爹怕毁了你一世的名声啊。就算做做样子，你也得给爹划上一刀啊。"

"滑一刀"给父亲做手术时，手竟第一次发抖，虽然只是拉开一刀就又缝合上了。

"滑一刀"处理完父亲的后事，就提交了辞职报告。没人知道他去了哪里，酒城留下的只有他手术刀的传奇故事。

（载《微型小说选刊》2006 年第 20 期）

"朋"字的另一种写法

秋子红

王毅是我相交多年的朋友。

还是读高中时，我俩已好得不得了。用家乡一句俗话说，我和王毅同穿一条裤子还嫌肥。

那时候，王毅的家在距我们县城高中有 20 多里路的农村，而我的家在县城。我父亲是县政府某部门一个不大不小的头儿，在县政府家属院，我家有一套两室一厅的单元房，那一间属于我的小屋，自然成了我和王毅共同拥有的天下，夜晚做完作业，两人抵足而眠合盖一床被子就成了常有的事。

高中毕业，临报志愿，我报了地区师院。后来，王毅看了我报的志愿，几乎是想也没想，也在第一志愿里填了地区师院。其实王毅学习远远比我好，他很有把握考上省城重点大学的，他之所以这样做，完全是因为我。当时我心里热乎乎的，我为自己能有王毅这样的朋友而感到庆幸。

高考结束，我和王毅双双考入地区师院。

在地区师院，我和王毅更是好得不得了。我俩分在同一个系，又在同一个班住同一间寝室，就是吃饭也是两人的饭票放一起合着伙吃。已是大半学期了，还是有同学和老师搞不清我俩到底谁是谁。有时候，王毅的父亲没有按时寄来生活费，我知道了，总会偷偷在王毅的书里夹上 20 元或者 50 元钱。有几次，王毅拿着钱问我，这是不是你的？我故作茫然地说，不知道呀，也许是从天上掉下来的，让你小子捡着这么美的事！王毅不再说什么，但我看见王毅的眼眶湿润了。

大三时，我偷偷喜欢上了班上一个名叫江小鱼的汉中女孩子，每次见到江小鱼，我的心中总会充满一种甜蜜和惆怅。有一天，我终于按捺不住心头的兴奋和激动，将自己的心事告诉了王毅。谁知，王毅听后没有像平日那样跟我嘻嘻哈哈地开玩笑，而是好长时间都一言不发。后来，我从别人口中得知，王毅早和江小鱼好上了。这让我感到既尴尬又无奈，有好长一段时间，我一直躲避着王毅。但是后来，王毅和江小鱼吹了。

有一个周末和王毅一起喝酒，我问王毅为啥和江小鱼分手。王毅望着我静静地说，是他先提出分手的，因为他不想因为一个女孩子失去多年相交的好朋友。那一刻，也许是酒精的作用，我紧紧握着王毅的手，怎么也止不住眼里汩汩涌出的泪水。

从师院毕业后，我留在了市里，而王毅将分回我们老家。为了能让王毅留在市里，我央求父亲动用他所有的关系，终于让王毅如愿以偿地也留在了市里。

毕业后，最初工作那几年，每个星期天，我和王毅几乎都泡在一起，逛街，喝酒，打牌。一晃，三四年就过去了。后来，在一次政府公务员招聘考试中，王毅跳槽去了市政府，而我因为真心喜欢教书的缘故，一直安心做着我的"孩子王"。我们见面的次数比从前少了，但每逢节假日，王毅总不忘提着礼品去我家看望我父亲。也许因为同在机关工作的缘故，父亲和王毅似乎总有说不完的话。父亲很喜欢王毅，几乎将他在市政府工作的老朋友老熟人统统介绍给了王毅，让他们在工作上多关照王毅。

在市政府，王毅可以说是平步青云，一帆风顺，只短短几年，他已是市政府某个部门的头儿。我们见面的时间愈来愈少了，即使偶尔在街上碰上，也只是打声招呼而已。我不知道，我和王毅从前那些说不完的话，现在都跑哪儿去了。

现在，王毅已是市里主管文教系统的一位重要领导。有几次我看见王毅在一帮大大小小官员的陪同下，走进我们校园。远远看见王毅走过来，我想上前打声招呼，但王毅只是淡淡地望了我一眼，然后就将目光转向了别处，好像我们根本就不认识。

当然，王毅现在也不来我家里了。我父亲前几年就退休了。

年初，我们教研室新分来两个大学生。也许，因为他们是师院同学的缘故，两人要好得简直不分你我。

有次和他俩闲聊，我劝他俩说，即便是好朋友，在有些事情上也应该分清些，免得以后不痛快。

他俩惊讶地说，那还叫啥朋友？！

我笑笑，问他俩啥叫朋友。

其中一个鼻梁上架一副近视镜的小伙用手推推鼻梁上的眼镜，说，朋友的"朋"字由两个"月"字组成，这就是说，朋友像两轮皎洁、明亮的月亮，彼此一生心心相印、肝胆相照。

我轻轻冷笑一声，然后在桌上找来一张纸，提起笔在纸上写了大大的一个"用"字。

他俩望着我，一脸不解。

我望望他俩，将纸从"用"字中间撕成两半，然后指着纸上的字对他俩说，这就是朋友，有用即为朋，无用了也就谈不上是啥朋友了。

两个大学生一脸不相信，也一脸不屑。

其实，我也曾经不相信，也曾经很不屑，但是现在，我相信了，在现实生活中，朋友的"朋"字确确实实有着这样一种写法。

（载《微型小说选刊》2006 年第 21 期）

暗 记

聂鑫森

宽敞的画室里，静悄悄的。

初夏的阳光从窗口射进来，洒满了摆在窗前的一张宽大的画案。画案上，平展着一幅装裱好并上了轴的山水中堂。右上角上，写着五个篆字作画题：南岳风雨图。

年届六十的知名画家石丁，手持一柄放大镜，极为细致地检查着画的每个细部。他不能不认真，这幅得意之作是要寄往北京去参展的。何况装裱这幅画的胡笛，是经友人介绍，第一次和他产生业务上的联系。

画是几天前交给胡笛的。胡笛今年四十岁出头，是美院毕业的，原在一家幻灯厂当美术师，能画能写。后来下海了，胡笛在湘潭城开了一爿小小的裱画店，自己既是老板又是装裱工。同事们都说胡笛的装裱技艺比一些老辈子强，且他人品不错，何必舍近求远，送到省城的老店去装裱呢？

画是胡笛刚才亲自送来的，石丁热情地把他让进画室，并沏上了一壶好茶。石丁是素来不让人进画室的，之所以破例，是要当面检查这幅画的装裱质量，如有不妥的地方，他好向胡笛提出来，甚至要求返工重裱。

胡笛安闲地坐在画案一侧，眼睛微闭，也不喝茶，也不说话。

石丁对于衬绫的色调、画心的托裱、木轴的装置，平心而论，极为满意。更重要的是这幅画没被人仿造——有的装裱师可以对着原作重新临摹一幅，笔墨技法几乎可以乱真，然后把假的装裱出来，留下真的转手卖出。石丁的画已卖到每平方尺一万元，眼红的人多着哩。眼下，画、题款、印章，都真真切切出自他的手，他轻舒了一口气。且慢！因为他是第一次和胡笛打交道，对其人了解甚少，不得不防患于未然，故在交画之前，特地在右下角一大丛杂树交错的根下做了暗记，用篆体写了"石丁"两个字，极小，不注意是看不出来的。石丁把放大镜移到了这一块地方，在杂树根部处细细寻找，"石丁"两个字不翼而飞，又来来回回瞄了好几遍，依旧没有！

石丁的脖子上，暴起一根一根的青筋，他万万没有想到这居然不是他的原作，而是胡笛的仿作。这样说来，胡笛的笔墨功夫就太好了！他从十几岁就开始学石涛作画，而后走山访水，参悟出自家的一番面目，自谓入乎石涛又能出乎石涛，却能轻易被人仿造，那么，真该焚笔毁砚、金盆洗手了。

就在这时，胡笛猛地睁开了眼睛，笑着说："石先生，可在寻那暗记？"

石丁的脸忽地红了，然后又渐渐变紫，说："是！这世间小人太多，不能不防！"

胡笛端起茶杯，细细呷了一口茶，平和地说："您设在杂树根部处的暗记，实为暗伤，是有意设上去的。北京城高手如林，若有细心人看出，则有污这一幅扛鼎之作。您说呢？"

石丁惊愕地跌坐在椅子上，问："那……那暗记呢？"

胡笛说："在右下部第五重石壁的皴纹里！'石丁'两个字很有骷髅皴的味道，我把它挖补在那里，居然浑然一体。树根部处空了一块，我补接了相同的宣纸，再冒昧地涂成几团苔点。宣纸的接缝应无痕迹，补上的几笔也应不会丢先生的脸。"

石丁又一次站起来，拿起放大镜认真地审视这两个地方。接缝处平整如原纸，这需要理出边沿上的纤维，彼此交错而"织"，既费时费力，又需要有精到的技艺。而补画的苔点，活活有灵气，更是与他的笔墨如出一辙。他不能不佩服胡笛的好手艺！

石丁颓然地搁下了放大镜。

胡笛站起来，说："石先生，裱画界虽有个别心术不正的人，但毕竟不能以偏概全。暗记者，因对人不信任而设，我着力去之，一是为了不玷污先生的艺术，二是为了我们彼此坦诚相待。谢谢。我走了。"

胡笛说完，很从容地走出了画室。

石丁发了好一阵呆，才记起还没有付装裱费给胡笛。正要追出去，又停住了脚步，家里还有好些画需要装裱，明日一起送到胡笛的店里去吧！

他决定不将《南岳风雨图》寄去北京参展，他要把它挂在画室的墙上，永远铭记那个让他羞愧万分的暗记……

（载《微型小说选刊》2006 年第 24 期）

瞎子看门人

苏发灯

天黑，伸手不见五指。

"嗒、嗒、嗒……"钱府唯一的看门人瞎五在巡院。竹竿点地，锵锵有声。

多年来，掌柜钱已习惯了在瞎五的竹竿声中搂着老婆鼾声如雷。下了一天牛力气的佣人们忙完最后一趟活计后，都疲倦至极地倒在了地上的通铺上。但他们没睡，继续讨论着昨晚没出结果的问题。

"瞎五肯定是个武林高手，不然掌柜的绝对不会把偌大的家产交给一个两眼死鱼样的瞎子老头看管，你听这竹竿就敲得像铁！"

"说不定瞎五就是丐帮的帮主，眼瞎功夫不瞎，他手里的打狗棒可不是吃素的。"

"他一定是掌柜的至亲，贴身心腹……"

人们怎样猜测，不管。瞎五只是尽职尽责地看护着院子，日复一日，年复一年。

瞎五怪，从不和人说话，人家主动和他打招呼，也从不理睬。更怪的是这么多年，甚至京城里总兵大人的帅印都遭盗走好多回了，在瞎五看护下的富得流油的钱府却一直安然无恙。

于是不知不觉中，瞎五的名声就越传越远，很多大户人家都想雇他，但一听钱掌柜开出的价位，都被吓跑了。贼人们怕他，谁也不敢惹这高深莫测的瞎子老头儿。

那时候人们都兴习武防身，城里武人多如牛毛，高手比比皆是。偏偏天下太平，许多人都派不上用场。于是成了无事可做的流浪汉，三五成群地干起了打家劫舍、杀人越货的勾当。

武人们都眼馋瞎五，跟这样有钱的人家做护院，俸禄不知多高呢！都想取而代之，但谁也不敢轻举妄动。

一天，某武人实在忍耐不住了，妈的，堂堂男子汉，和人战死总比饿死强，不如搭命一试！于是趁一月黑风高之夜，穿好夜行衣，披好护身甲，带了家伙就动身了。

"嗒、嗒、嗒……"仍是瞎五那熟悉的锵锵声。

武人藏好，投了一枚问路石，紧张得大气都不敢出。瞎五却盯着竹竿的指向，没有反应。过了一阵子，武人又大胆地干咳了一声，瞎五突然轻轻地扭了一下头，武人心惊肉跳地摸了摸脖子，好像瞎五随时闪电般地出手都会要了自己的小命！

他妈的，反正一死，早出手总比晚出手强！武人于是运足功力，出手就准备了绝招夺命刀。"噌"地跃到了瞎五的面前。

但他马上就后悔了！

瞎五一点儿反应都没有，怎么可能呢，怎么可能呢？瞎五竟是个全无武功的聋哑人！著名的瞎五，竟然不堪一击！

想收手已来不及，手起刀落，"噗"的一声瞎五已人头落地。

武人呆立良久，回到家里拭净血刃，躺在床上想了三天三夜，方猛然醒悟："狗日的钱掌柜，好精明！"

瞎五死啦，瞎五遭人暗杀啦！

消息传出，全城震惊！又三天后，钱掌柜不得不另花高薪聘请了全城最有名气的武人做护院。武人不是别人，正是那晚杀死瞎五的黑衣人!

奇怪的是功夫高强的武人护院竟全然不如瞎五,隔三岔五就有贼人前来扰乱,还丢了不少财物,钱掌柜恼火不已……

(载《微型小说选刊》2007 年第 2 期)

风云散

王　往

　　风云散是个小吃店，真是小，只能摆三张桌子，还不是圆桌不是方桌，是"火车座"，坐满了也就六个客人。店主在门前撑了一把太阳伞，伞下一小方桌。

　　太阳伞下往往只坐着一个人：店主骆依然。一手夹烟，一手翻着晚报。不看报的时候，就看对面的棕榈和芒果树。车来车往，全不在眼里，眼里只有树的影子。

　　店里忙碌的人，只有一个——老公常子林，又做厨师又当服务员又当收银员，又招呼又赔笑又当采购员。忙的间隙，还会跑出来，对骆依然说，你呀，烟少抽些。骆依然把烟头朝着烟灰缸就要按下去，笑笑，你去忙你的。老公一转身，骆依然又轻吸一口，牙齿白得像水做的。附近闲逛的人，都爱看这少妇几眼：那神态安然，那举止脱俗，眼角细微的鱼尾纹也像轻烟过林梢，越过故事又藏着故事；双腮圆润，丹唇蓄艳，又是极性感的。这样的女子这样的生活，这样的夫妻这样的店，旁人难免多了许多好奇许多猜测。

　　红鼻子老卢，青眼圈刘雨桦，蚊子腿梁一伟，三个男人，盯上了黄昏后太阳伞下的这个少妇。不坐里头，要坐在骆依然的小方桌边。骆依然说你们自己拿凳子去。男人们也不觉服务不周，自己拿了凳子，叫了几个菜。红鼻子老卢叫骆依然撬开啤酒，骆依然叫老公开。刘雨桦说："男人开酒，我们不喝。"骆依然说："不喝就吃菜，我家什么都是老公做，我什么都不会做。"这当儿常子林已开了啤酒，进屋了。三个男人才注意了常子林：不足三十岁，头发茂密，眉眼里还有小年轻的火花，比女主人至少要小三四岁；笑的时候，也是和店小二一样谦和，不笑时，那眼神就像沉默的子弹。三个男人用眼神传递了一下紧张，赶忙又笑了，很有风度地叫骆依然也来一杯。骆依然笑笑，摇头。

时间一长，三个男人更放肆了。红鼻子老卢伸手去桌底下，搭上了骆依然的腿。骆依然说："老卢，是不是想吃红烧猪蹄——把你的手剁下！"声音不大，落地有声。红鼻子老卢瞧瞧屋里说："开个玩笑开个玩笑！"惊动男主人，可能就不是玩笑了。

三个男人还是来，但是动口不动手——不敢动。青眼圈刘雨桦问："骆老板，你们晚上住哪儿？"骆依然指指屋里："住上头。"原来就住隔板上，难怪店门口竖着一梯子，红鼻子老卢叹口气："做小生意不容易的。"蚊子腿梁一伟说："夫妻创业，共建家园哪。做小生意不容易的。"骆依然笑笑："睡哪儿不是睡。"

这天，三个男人又带来了一个男人，奔驰黄有贵。黄有贵是某公司高层干部，是他们的朋友。奔驰黄有贵是开着奔驰来的，他给了骆依然一张名片，话没多说，只问她要了手机号码，说改日请赏光喝咖啡。骆依然说万分荣幸。另外三人面面相觑，那意思是别装正经了，我们拿不下，不信别人拿得下你。

没几天，奔驰黄有贵真的叫骆依然去喝咖啡了。骆依然真的去了。黄有贵说："他们说你有姿色，我不信，真是养在深闺人未识。你应该过有品位的生活。"骆依然说"你打算给我品位？"黄有贵说："直说吧，我喜欢你，要什么条件？"骆依然说："你有什么条件？"黄有贵说："三室一厅，一部好车，一年再给你十万，行

210

吗？"骆依然笑笑："黄总，谢谢你高看我。我要告诉你，这一切我都有过，而且比你说得要有品位得多，而且是在10年前……"

黄有贵"啊"了一声："听他们三个人说，你那个老公很……一般，怎么回事？"

骆依然说："他也是住过监狱的，当过黑社会头头。我比他大几岁，他说我们还要论年龄吗？有些人一辈子就是一辈子，有些人一辈子过了别人几辈子的生活。我们什么都有过，也什么都会有。什么话也没有这几句话打动我，又轻又重，又远又近，不和他在一起好像没地方去了。"

黄有贵笑起来，空洞洞的笑声："对不起，骆依然，这实在是一个恶作剧，是他们叫我来试探你的。"

骆依然也笑，笑得纯净："黄总，我也是来试探你的。如果我没记错的话，你也曾进过监狱。犯事前，你是公司老总，我是另一个公司的业务员，因为业务上的事我找过你，你帮了我大忙，我一直记着你……可惜，后来，我走上了歧路。黄总，你出狱后又混出来了，我佩服你。可是，一个人什么都想有就会什么都没有，你说是不是？"

骆依然说话时，黄有贵不断地说"是吗是吗"，像在梦里。

后来，黄有贵、红鼻子老卢、青眼圈刘雨桦和蚊子腿梁一伟他们四人在风云散聚了一次，桌子还是拼起来的。等菜全做好了，才开席，因为常子林也加入了。常子林喝多了，大着舌头说："各位兄弟，你们不知道，别看依然什么都不会做，没有她，风云散早就散了。"

（载《微型小说选刊》2007年第2期）

小麦的幸福

闵凡利

小麦的幸福是她在上三年级的那年找到的。

那是夏天，爹带她去城里。所谓的城里，实际上叫滕县，从前叫滕国。城不大，不到半上午，她和爹就逛完了。村里的村支书说过难听的话形容城小，说东头放个屁，西头立马闻着臭味。可在小麦眼里，这是大城了。你看，楼多高，路多宽，还有人家骑自行车的，每个人手腕子上都戴着手表，太阳底下闪闪发光，晃人的眼。小麦就跟爹说，爹你看，人家骑自行车的，每个人都有手表。爹看了看说，妮，那是城里人。爹说完恨恨地骂了句奶奶的。小麦不知爹为啥骂人，小麦觉得爹这样不好。在人家门口，你骂人，人家要揍人呢！小麦明显地感觉到了，爹跟她和这个县城不搭。你看人家城里，街多干净，人人都骑着自行车，都穿得很洋气。哪像她和爹，好似一件新衣服上的两个补丁，很显眼。小麦觉得很丢人。

小麦就往爹的身后藏。爹也许察觉出什么了，问小麦，妮，城里好不好？小麦点了点头。爹说，妮，咱村有很多人还没到过城呢！爹说这句话时显得他很了不起，像骄傲的大公鸡。爹说，你冬瓜爷，八十多岁了，一回城也没进过呢！小麦说，爹，冬瓜爷是瘸子，两条腿不能动，上茅房都得人扶着。爹知道小麦这是反驳他，就又说你灯笼奶，你知道的，没进过城，对吗？灯笼奶小麦知道，自她嫁给灯笼爷后，只回了几次娘家。一辈子哪儿都没去过。

因为她走出家门就转向，就找不着回家的路。灯笼奶常说，她是拉磨的驴托生的，不然，咋就只记着磨道这点路呢！爹见小麦不吱声了，就问小麦饿了吗？小麦点了点头，从早上出来到现在光逛了，一直没吃饭，肚子咕咕叫呢！爹看样是狠了心，说，妮，走，咱到饭店吃馄饨去！爹口袋里装着娘给的卖鸡蛋的钱，一直攥着，不舍得花，都攥出水了呢！所以小麦就记住了那碗馄饨。那是她长这么大以来吃得最香最美味的东西。看着吃得满头大汗的小麦，爹问，好吃吗？小麦说好吃。爹就舔了舔他的干碗，然后长出一口气说，奶奶的，好幸福啊！小麦不知爹咋就冒出了这句话？小麦也被感染了，她觉得，她摸着幸福的边了。她们班到过城里的人很少，更别说在城里吃馄饨了。爹说，这就是幸福！妮，只要好好学习，以后你比这还幸福呢！

小麦记住爹的话，好好学习天天向上，后来考上了大学，再后来分配到滕县教书。分来的那天，她觉得她终于不是城里的补丁了。刚领到工资的那天，她从饭店里买了五斤馄饨带回了家。爹说真香。娘说真香。弟弟妹妹说我的舌头都吃进肚子里了。小麦觉得她幸福极了。

再后来，小麦成了家，找了个不错的丈夫。后来，停薪留职办了个公司，当老板。小麦的生意很好。小麦就成了一个成功的女人。有鲜花，有荣誉，有可亲可爱的丈夫和儿子。

一空闲了，小麦就坐在她的老板桌前，瞅着窗外的这个城市，现在这个城市叫滕州市了。小麦有时望天。天上有云，是白云，缓缓地飘，像是谁在牧着它们。有时望着街上川流不息的人流，人们都在匆匆忙忙地跑，在追赶着什么。小麦想。当然，有很多事小麦是想得通的，也有一些是想不通的，比如，从前那个往爹身后藏的乡下妮子，为什么就那么容易感觉到幸福呢？小麦想，那个孩子太傻了。真太傻了。

这个时候，小麦就笑了。当然，笑的时候，小麦眼里流着泪。

（载《微型小说选刊》2007 年第 4 期）

一瞪之仇

金 波

　　仇大爹在公共汽车上被人瞪了一眼，心里腾的一下就冒起了大火。本来这火种一直就留在心里，着急进城，汽车偏偏晚点；好不容易盼来一辆，人多又没有挤上去；好不容易挤上去了，就挨了那人一瞪。这人是个年轻人，红头发、黑脸蛋，鼻子歪着，长得倒不难看。可你凭什么瞪我一眼？仇大爹气愤地问。红头发黑脸蛋的小子竟回过头来又瞪了一眼。仇大爹便忍无可忍了，也歪着脑袋瞪他。两人就这么瞪着。最后，仇大爹败下阵来，毕竟力不从心呀，他的眼睛都瞪得涩痛，差点儿回不了窝，可那小子把眼睛瞪得像牛蛋似的，毫无眨眼之意。

　　仇大爹挨了此瞪之后，气得浑身乱颤，该办的事一件也没办成，只好气急败坏地回了家。一进家门，看见老爷子的遗像正冲着他哭呢。仇大爹忽然想起了一件事，立即翻箱倒柜，拿出仇大爷的临终遗言，哆哆嗦嗦地读下去：

　　　　……你们老追问我，为什么这段时间我吃不下饭睡不着觉，精神一下子垮下来，整日愁眉苦脸，现在我就回答你们：我是让人气的！我死也是让人气死的。那人是一个年轻人，红头发、黑脸蛋、歪鼻梁。那一天，我因为不小心咳了一声，这个家伙就回头瞪了我一眼。气死我了！你凭什么瞪我一眼？我吃我儿子的饭，穿我儿子的衣，花我儿子的钱，没动你的一根毫毛，你凭什么瞪我？我越想越生气，真想和他拼了。但我是个七十多岁的老人，怎么斗得过他呢？这一口气便憋在心中。我死不瞑目、死不瞑目啊……

"仇人啊，我跟你没完！"仇大爹歇斯底里地吼起来，"这是家仇，世世代代的家仇啊！此仇不报非君子，我若不战胜你，我仇某人枉为仇家传人。"

为了报此世仇，仇大爹一边寻找仇人下落，一边苦练瞪眼本领。首先，他用了五年时间磨炼睁眼功，做到了泰山崩于前而眼不眨，可以24小时不闭眼。这一招是关键，在对阵中，眼一眨就说明怯了阵，是失败的前奏。然后，他又用五年时间学习瞪眼术。也甭说，仇大爹练功就是有方，他通过循序渐进，最终达到了瞪人时只见眼白不见眼珠子的境界。为了练好此功，仇大爹瞪不离眼，骂不离口，恨不离心，他请来雕塑家按仇人的模样制作了一尊塑像，日日随身携带，见物如见人，激励自己报仇雪恨的斗志。十年生聚，大功告成，恰巧这时他的仇人也有了下落。

报仇这天，仇大爹一大早就赶到了仇人的住所，将仇人结结实实地堵在门前小道上。仇人相见，分外眼红，仇大爹嗷的一声真想扑过去将他碎尸万段，但一想到这种手段违反了江湖规则，就恨恨地罢了手。君子报仇，行之有道，这与暗箭伤人有何异？于是，仇大爹铁塔似的站在仇人面前，将手一叉，也不说话，开始瞪起眼来。那小子也不愧是瞪林高手，当即应战，也歪着脑袋，将一片白眼对着仇大爹。但不可否认，那小子到底还是技高一筹，他不仅能静瞪，还可以晃着脑袋瞪，换着角度瞪，横着瞪，竖着瞪，皱着眉头瞪，嬉笑怒骂瞪，嘲弄地瞪……而仇大爹只能用一个姿势瞪。从清早对峙到天黑，两人不分胜负，但最后仇大爹受不了了。他的眼睛早已生痛，饥饿和疲劳又使他站立不稳。他咬着牙，突然感到头晕目眩，身子一摇晃，一个跟跄就摔下去，不省人事了。

奄奄一息的仇大爹，临死时拉着儿子仇大少的手，断断续续地说："儿子，记住你爷爷是怎么死的，记住你爹爹是怎么死的。我们与仇人仇深似海、不共戴天。为仇家报仇雪恨的重任，就落到你的身上了……"

死时二目圆睁，久久未合。这仇大少是一位新潮青年，学过法律。他想：妈呀，爹爹花去十年光阴也不能战胜仇人，我还不得花二十年啦。太久了太久了，不适合信息时代的快节奏；为今之计，不如告仇人一状，将他送进监狱，提出精神补偿，既可以达到借刀杀人的目的，也可以捞到一笔外快。于是他便精心构思了一篇论点鲜明、论据充分的诉状，递到当地法院。

法官问："你的被告是那位红头发、黑脸蛋、歪鼻梁的人吗？"

"是他！正是他！"

"你是第十三亿零一个控告他的人。"

"可见他罪恶深重，全国人民共讨之。"

"可我们都拒绝受理。"

"为什么？难道他也敢瞪你们？"

"不然。经我们调查，他只是一个天生的斜眼……"

（载《微型小说选刊》2007 年第 7 期）

神秘的爱心资助人

郑俊甫

大学同学阿伟来访，我和几个朋友一起为他摆宴接风。席间，有人提议，让在市教育部门工作的阿伟讲点儿"行业内幕"，以助酒兴。阿伟迟疑了一下，说："我给你们讲一个我碰到的真实故事吧。

"两年前，为了帮助贫困山区的孩子们读上书，我们的教育部门在市里的一所大学搞了一次'一对一'活动，就是鼓励在校的大学生与贫困山区的孩子们结成对子，在精神和经济上对孩子们实施帮助，让那些失学或是即将失学的孩子重新看到希望的曙光。本来我是抱着试试看的态度去的，没想到方案一公布，报名的学生极其踊跃，短短的一天，就接到了一百多名学生的申请。为了让资助活动落到实处，我们对报名的学生都认真登记，建立了档案，内容包括学生的姓名、班级、家庭状况以及在校的勤工俭学等情况，目的是在资助者与被资助者之间搭起一座沟通的桥梁。

"活动结束后，我们准备离开，还没等上车，一个学生气喘吁吁地跑了过来，一见面就说：'我也要参加这项活动！'我冲他抱歉地笑笑，说：'等下次吧。'他说什么也不肯走，坚持要我们给他一个机会。没办法，我只好递给他一张申请表，没想到他看了一眼，又把表还了回来：'我不想留个人资料。''不留个人资料我们怎么让您跟资助对象联系呢？'我有点儿诧异。'我不需要跟他

联系，他解释说，'您只要把需要资助的学费数目告诉我就行了，我把钱邮给你们，你们代我转交，好吗？'

"这真是一个特别的学生，搞这种活动好几回了，我还是第一次遇到。望着他诚挚的眼神，我不忍心拒绝，只好答应了。可是，回去后，责任心促使我又通过其他的渠道了解了一下这个学生的情况，结果让我大吃一惊。这个学生读大二，老家也在山区，而且相当贫困，大学一年级的学费还是他用助学贷款交上去的。在学校，他一直靠勤工俭学赚取生活费。这样一个连自己都几乎要靠人资助的人，怎么会想到去资助别人？他又拿什么去资助别人？是一时的冲动还是别的什么？我的心情沉重起来，觉得有必要找他谈谈。

"听完我的疑虑，他的脸红了，忸怩得像个女孩子，犹豫了好一阵才说：'不瞒您说，我家里的确很穷，我上高中的学费和生活费都是村里人一元一角凑起来的，正因为这样，念了大学后，我就在心里存着一个愿望，不管多么困难，一定要学会帮助别人，就像那些曾经帮助过我的热心人一样。'

"我被他近乎朴素的念头打动了，甚至再也想不出什么理由去拒绝他。就这样，我充当起了他与一个山区孩子之间的信使，每个学期把他资助的钱邮给孩子，再把孩子的感谢和祝福捎给他，风雨无阻。两年很快过去了，他也该大学毕业了。毕业前，教育系统举行了一次见面会，让两年前参加申请的一百多名大学生和他们资助的对象见次面。在我的极力邀请下，那次见面会，他也去了……

"你们知道，他资助的对象是谁吗？"阿伟打了个埋伏。我们面面相觑，都摇了摇头。

"是他的弟弟！他的亲弟弟！"阿伟的声音突然变得激动起来，"那天，当我把他资助的孩子领到他面前时，他呆了，知道结果后，我们也都呆了！善有善报，佛家的话真是应验了啊！"

阿伟停下来，轻轻地呷茶。我们都不说话，我看见，刚才还兴致勃勃的一桌人，眼里忽然间都有了泪花。

（载《微型小说选刊》2007 年第 7 期）

手 茧

周 波

我回来了，全部搞定。

惊讶啥？瞧你们的眼睛，一个个呆子似的。

你们这帮人真会使坏，居然推出我去处理上访难题，亏你们想得出来。

笑啥？有啥好笑的？

上访者是全部散了呀！不信你们去看。

惊讶啥？

怎么搞定的？简单得很，可我不想告诉你。

拉我衣服做啥？先让我压压惊，喝杯水行不？

你们全围着我干啥？也想上访呀？

别夸我，今天幸亏我有绝招，不然真不知结局如何。

听不懂？

你小子就喜欢刨根问底，给老子点上一支烟。

抽这么好的烟！下回群众上访来可要买差一点儿的。

真想知道我的绝招？呵，告诉你们吧。我用这双手搞定的。

你臭小子别乱摸的手，这双手可是宝贝哟！

手咋了？先不告诉你，你们伸出来让我瞧瞧。

我就说嘛，你看你，白白胖胖的一看就知道喜欢指手画脚。你呢，细皮嫩肉的一看就是坐办公室享清福的。

告诉你们吧，我的手有茧呀。

又惊讶？你们可真没见过世面哟！

刚才可真把我吓了一跳，黑压压的一群人一下子围住了我。我不像你们专做群众工作有经验，说起来滔滔不绝。我真是服了你们，我从来不善言辞，咋会想到把我叫去呢。我不懂有关政策，再说上访群众究竟为啥事上访，我现在还蒙在鼓里呢。

我当然吃了亏，一个小年轻上来就给我一拳，奶奶的，人多没看清。唉，算我倒霉！

又笑，我被人揍有这么好笑吗？真是的！

急啥，我不正想讲下去吗？

我想既然到了这种场合，不讲话是不行的。可还没开口说话，一位老农瞪着眼从人缝中挤进来问我是谁。我说老家在乡下，工作在城里。我咋会当着这么多人的面说这话呢，反正嘴里溜出来的就是这样。那位老农让我摊开手掌给他看，我不想伸手，怕突然挨一刀。老农强行扳开我的手掌，看了好一会儿，我开始也不知道他想做啥。结果他摸着我手上的茧说：也是苦了孩子！

是呀，他没问我，我也没说啥话。

骗你做啥，骗你不是人！我真的一句话也没说。后来听他们说不准备上访了，我就回办公室了。听说上访的人现在全走了。

如果说骗，那只能手茧在骗。

听不懂？真是一帮笨蛋，就知道吃喝拉撒！

你们看我的手。这双手就适合做群众工作。呵呵。

我手里的茧哪来的？这个有必要告诉你吗？

逼我说呀？说就说，谁怕谁呀！反正我这不上不下的年纪想晋升的概率也低了。

一年前咱们不是参加了县里的体检吗？医院诊断说我健康状况很不好，警告我要加强体育锻炼。我吓坏了，回家后，就天天开始坚持早跑晚练。居住的新小区还真不错，像专为我配置似的，各式各样的体育器材不少，以前我是眼不见为净，打从医院出来，我可是把他们当宝贝使用了。每天除了散步，还练打球、单杠、双杠、吊环。锻炼后还真行，再也没得过感冒发热之类的病，现在是神清气爽哟。

这和手茧当然有关系，废话，不锻炼我会有手茧吗？你看我手掌全被磨出了茧，脱过好几次皮了呢。我老婆说，过去我女人一样的手，现在变成农民的手了。

笑啥？难道还是你们这样病态的没手茧的手好？我看你们以后都得去锻炼，现在还来得及。我就是凭这双有茧的手把事情摆平了。

你们可别把这事说出去。下回也许还有大用途呢。

喂，我是。

噢，是局长呀？是的，我刚回来。

好的，我马上来你办公室汇报。

（载《微型小说选刊》2007 年第 8 期）

鱼　眼

　　晚宴开始前，老伍很仔细地又把桌上的菜肴确认了几遍，觉得再也没啥可挑剔时才长长地舒了口气。

　　今天赴宴的都是尊贵的客人。老伍知道局长的心思，就在县里最豪华的大酒店订下最大的包间，还亲自下厨挑选了丰盛的菜肴。脆皮炸龙鱼、芙蓉蟹斗、盐焗基围虾、富贵明虾球、银丝海鲜、海蜇三抱鳓鱼、雪花黄鱼羹等几乎酒店所有的名贵生猛海鲜都被老伍点上桌。客人们啧啧称赞菜肴制作得精美，都说瞧着也眼馋。局长高兴地说："可不要浪费哟。"客人说："这么赏心悦目的菜谁敢下手呀，养眼一下也好。"

　　老伍一口气敬了一圈高度白酒，回到自己位置时，他感觉头突然有点儿晕乎乎的。他睁了睁眼，看见一桌子的人在说说笑笑，虽然每个人的筷子都握在手中，桌子上的菜却没怎么动过。他们咋不吃菜呢？老伍不懂。

　　多好的菜呀！领导们也真怪，何时不可以聊工作，偏偏这时候聊，而且聊起来没完没了。他忽然想起来，每次接待客人时都是这样。就说上回吧，市里来了一帮领导，局长重视得很，一个下午都在找他询问晚宴安排的事，结果啥也没吃，起身时全让服务员倒进木桶里了。

　　老伍晕乎乎地想夹菜爽一下口，然而伸出去的筷子很快又缩回来了。他想，我老伍也是见过世面的人呢。

桌上的那条龙鱼睁着一双迷人的眼睛一直仰着头望着老伍，好像在说，你咋不吃我呀，快吃我呀。老伍一看那鱼眼就浑身不舒服，有几次他真想下筷子把那鱼眼挖了吃。

晚宴结束时，局长说："多好的鱼呀可惜了。""是呀，聊了工作忘了吃菜了，下回吧。"客人们都说。

老伍起身时，看见起先热腾腾的龙鱼已变成一副凉巴巴软绵绵的样子，淌下的浆汁罩住了龙鱼的眼睛，像滴落的泪水。

晚饭时，老婆端出一盆鱼放在老伍面前："早上买的，中午你没回来给你留着。"

老伍怔怔地看着那鱼，突然从嘴巴里蹦出一声"呀"的声音。

"咋了？"老婆吓了一跳。

"你看那鱼眼，好可怕！"老伍脸色铁青地说。

"鱼眼咋了，哪条鱼没鱼眼呀？"老婆被他说得糊里糊涂。

老伍回过意来哈哈大笑："是呀，多好的鱼，多新鲜的鱼呀！"他举着筷子迅速地把整条鱼折成对半，又对半折成四块，和着米饭狼吞虎咽地吃起来。

"别噎着，当心鱼刺。瞧你的馋相，好像外边没的吃一样。"老婆怜惜地看着他。

"是饿的，每天陪领导在外吃饭，我是从来没好好吃过一顿饭哟。"老伍笑着说。

老伍边说边稳稳地坐在椅子上，细细地品着鱼的味道，露出一副幸福的样子。他一直从鱼的尾巴吃到鱼的头部，最后把鱼的眼睛也吃了。从嘴里吐出两粒鱼眼骨时，老婆惊讶地说："你咋把鱼眼也吃了？"

"鱼眼营养好哟，咋不能吃？你活了半辈子居然不知道鱼眼是宝。"老伍眯着眼睛说。

"单位每次请客你们每次也把鱼眼吃了？"老婆一脸惊讶。

"鱼眼……"老伍迷惑地望着老婆。

那天下午，老伍在办公室接到老同学的电话，老同学说出差路过。老伍一阵狂喜，说多少年没见面了呀，晚上我做东。同学爽快一笑：

"行。"

老伍把晚餐安排在了大酒店里，还订了包厢。毕竟是多年没见的同学，他可不能搞得太寒酸。菜是老婆去点的，老伍和同学一直说古论今地长谈着。老伍对老婆说点最好的，他可是我最要好的哥们儿。

老婆点上来的菜不多不少，正好够三个人吃。老伍不高兴了，叫来服务员自己重新点了一遍。

上菜时，老伍呆呆地望着说不出话来。"我点龙鱼了吗？"老伍问服务员。"是的。"服务员微笑着答。

哥们儿问："咋了？"

老伍顿了顿精神说："没事。吃，吃鱼。"

哥们儿于是夹起筷子轻轻地撕鱼，鱼片很快扯开，一股浓重的香味溢得满屋子都是。"多好的鱼呀。"哥们儿说。

老伍长长地舒出了一口气，他第一次感到胸腔里进了太多的氧气。

老伍兴奋地斟满酒开始像局长一样一杯接一杯地敬老同学。

老婆在一边说："吃菜呀，别总顾着喝酒。"老婆又说，"老伍，你不是喜欢吃鱼眼吗？今天干吗不吃了？"

老伍说："胡说啥呀，鱼眼这么脏的东西也能吃？瞧它滑溜溜的样子就让人恶心。"

哥们儿笑着说："老伍说得对，我也从不吃鱼眼的，一般只是挑几块嫩肉吃。

晚饭结束时，桌子上的菜几乎完好无损地堆在一起。离开时，老婆使眼色给老伍让他看桌上的菜，老伍拉着老婆的手狠狠地扫了她一眼。

哥们儿醉眼蒙眬地说："老同学相会，总是酒喝多，连菜也忘了吃了。"

老伍笑着说："下回再来吃，浪费就浪费吧。"出酒店大门时，老伍说憋不住去方便一下。老伍折回身又进了酒店的大门，他没去洗手间，却直接去了餐饮总台。老伍掏出一张名片，对服务员说："打包送回家。"

（载《微型小说选刊》2007 年第 9 期）

"那个人"

朱树元

那个人是我父亲，但我只叫他"那个人"。

20世纪70年代，"那个人"因为偷生产队的东西，还导致一个追赶他的人掉到河里淹死，他成了罪犯，被判了十年有期徒刑。母亲和"那个人"离了婚，带着我独自生活。

小伙伴们常常拍着手齐喊：小树小树，认贼作父！我高声反驳："那个人"不是我父亲。

"那个人"成了我心底永远的伤疤。

"那个人"出狱时，我正上小学五年级。母亲问我：小树，你还要不要"那个人"做你父亲？我摇头，很坚决：不要！"那个人"只好住到废弃多年的老房子里。

后来，我考上了县重点高中，第一个学期就得交四百多块钱的学杂费。母亲去找村支书，求他暂时给我在村灶具厂安排个活儿，好挣点儿钱凑学费。村支书同意了，把我安置在仓库里打杂。我看到"那个人"也在灶具厂做工。我耷拉着眼皮，不正眼瞧他。

20世纪90年代的那场洪灾，让我家陷入极度贫困。念高中那年，母亲又问我：你还要"那个人"做你父亲吗？我警惕起来：不要。母亲啜泣了：实话告诉你，这学期你用的钱，大多是他出的，我一个人就是拼死拼活也供不起你啊。我感到了一阵羞耻：早知道你用那个贼的钱，我就不念高中了。

母亲瞪着眼，吼道：不许叫他贼，要不是他隔三岔五偷点儿粮食，我们娘俩儿早就饿死了。那个时候，大伙儿都饿，都偷……我不由得颤抖了一下，打断母亲的话：这事以后再说，好吗？母亲只得闭了嘴，低下头。

高考后一个多月，我收到了一所师范大学的录取通知书。母亲很高兴，之后就问我：开学得带多少钱？我看看缴费清单，上面显示的金额是 1300 元，就随口说：得千把块钱呢。母亲开始掐指算账，一副忧心忡忡的样子。我狠狠心：大学我不上了，我想进灶具厂上班挣钱。

母亲很气愤：你如果不想让你的后代也读不起书，你就得去读大学。母亲的话令我震撼，我动摇了，可是，我不想再用"那个人"的钱。

在我看来，不管怎么样，那个人是做过贼的，而且还葬送过一条性命。

9 月初，母亲卖了猪和羊，凑了 1200 多块钱。她心情很轻松：1000 块钱你用来交学杂费，两百多块钱作为第一个月的生活费。我张张嘴，但我没有吱声，因为母亲已经很不容易了。

晚上，我动起了脑筋：空缺的钱到哪里去弄呢？我想到了村灶具厂的仓库，我不如先去"借"点灶具救急，等将来赚到钱再想办法将功赎过。说干就干，我溜出了家门。

没想到，收购站的老板对我的"废品"很感兴趣，答应每个给我 10 块钱。我昏了头，红了眼，一发不可收，连续几个晚上出入仓库。

当我的所得达 300 块钱时，我提醒自己该收手了。可是，夜幕降临，我的心又开始发痒。我突然意识到自己初衷的荒谬——我已经嗜偷成瘾，是一个贼了。我像瘾君子一样无力地对自己保证：今晚是最后一次，下不为例。

我轻车熟路，爬进仓库，正要动手，忽然从窗户的缝隙里看到外面陡然冒出许多束光柱，这些光柱显然在向我围拢。不好，肯定是村里发现丢了东西，在这里设下埋伏。完了，我的大学梦完了！

万念俱灰时，黑暗中蹿出一个人，借着朦胧的光，我认出他就是"那个人"。他什么时候跟踪我，是怎么进来的，我丝毫没有察觉。"那个人"举起一件灶具照我脑袋就是一下。我一蒙，瘫倒在地。仓库的门被踢开了，电筒把屋子照得雪白。"那个人"凶巴巴地指着我：兔崽子，竟敢跟踪你亲老子，坏老子的好事！说着，抬脚还想踢我。人们一拥而上，将他摁倒，嚷嚷着：抓到了，抓到了，他还打伤了自己的儿子。

阴差阳错，"那个人"又成了贼，而我，俨然是大义灭亲的少年英雄。我完全清醒时，已躺在自家床上。母亲眼睛又红又肿，手中捏着一沓零碎的钞票，那是我藏在被单下的销赃款。她神情恍惚，反复念叨：你为什么总是那么委屈自己呢？我恍然大悟，是"那个人"拯救了我，拯救了我这个准大学生，拯救了我这个一直不愿叫他父亲的儿子。

只是，我不能理解母亲所说的"总是"的含义。母亲似乎看懂了我的眼神：十几年前，他和另一个人到生产队偷粮食，被夜巡的乡干部发现，就一前一后逃跑，凫水时，另一个人小腿突然抽筋，淹死了。他被抓后交代，死掉的人是为了逮他这个贼才被淹死的。哎，被淹死的人家里比我们穷，为了那一家人能够得到救济活下去，他就撒了谎。现在，我希望你记住，他是个好人，你不是贼的儿子，你不应该干出贼的勾当。

这些年来，我总顽固地认定"那个人"是个坏人！为了不让自己的儿子有一个曾经坐过牢的父亲，他就一个人孤苦伶仃地过着猪狗不如的生活。为了儿子，他不惜一切，再次背负起贼的罪名。我号啕大哭，为"那个人"的痛苦和伟大。

　　"那个人"被判了四年有期徒刑。我想去看他，他托母亲传话给我：你别来，我永远不要你踏进这种地方。

　　转眼间我已经毕业并参加了工作，我取出攒了近半年的工资，敦促母亲：等"那个人"出狱，你们就复婚。母亲笑了，很欣慰。

　　"那个人"出狱那天，我和母亲去接他。我上前帮"那个人"提行李时叫了一声爸，"那个人"顿时老泪纵横……

　　　　　　　　　　　　　（载《微型小说选刊》2007 年第 11 期）

我只要一棵树

苏三皮

　　老八第一百零二次向领导打的住房申请报告最终还是被退了回来。老八终于泄气了，在这座城市申请一套房子就真的这么难？

　　老八愤愤不平地走出领导宽大而豪华的办公室，郁闷地徘徊在公路旁高大的香樟树下。老八瞥眼就看见一只半圆形的巢穴，不消说，那肯定是知更鸟的巢穴。巢穴体积不大，造型十分不讲究，而且总给人邋遢的感觉。老八盯着巢穴瞄了一番，心中突然产生了一个离奇的想法，既然不肯批给我老八房子，我老八就当一只知更鸟，在树上做一只巢穴不就得了吗？还省得打报告，求爹求娘求老爷那么麻烦呢。

　　说到做到，老八当即到书城找到了一本《华夏建筑史》的书籍。这让老八十分激动，《华夏建筑史》上说道："上古穴处，有圣人教之巢居，号大巢氏。"老八又在《博物志》上看到一段话："古者禽兽多而人民少，于是民皆巢居以避之。昼拾橡栗，暮栖木上，故命之曰有巢氏之民。"老八想，这不是明摆着吗？先祖尚有在树上建筑巢穴的先例，何况在这个住房供求紧张的时代呢？

　　于是老八就去了园林局。园林局的局长老牛和老八是老交情了，所以老八直接说明了来意。

　　老牛扶了扶眼镜，瞪大双眼说："老八，你是说你要申请一棵树，而且还要在树上建房子吗？"

老八慌忙地掏出《华夏建筑史》以及《博物志》，指着上面的图案说："你看，这就是我要的房子，而且我只要一棵树。我知道，这对于你来说，是相当容易的事情，我们不是十几年的老同学吗？这事，你一定能办到的，不是吗？"

　　老牛想，老八说得多少也有道理，况且又有先例了，倒不如就做个人情，给他一棵树吧，至于怎样折腾，就由他老八去呗。其实，老牛多少有同情老八的成分。就说吧，老牛和老八可是同年毕业的，他老牛房子可是换过十几套了，什么样豪华的房子他老牛没有见过呢？可是老八，处心积虑存了二十几年的钱了，最终连房子还是不能拥有一间，说起来挺让人同情的呢。

　　于是，老牛让老八自己挑了一棵树。

　　老八就挑了一棵香樟树。老八满足地打量着这棵属于他的树，香樟树通体透黑，大抵已有一百余年的历史了，树冠部分被园丁们打理成了蘑菇形，两米以上的树枝也都被剪了个干净，不过两米以上的五根树干向外伸展的形状，刚好满足了老八的需要。老八买来了一些超轻型的材料作为建筑材料。另外，他还让老牛帮他联系了一些水电部门的朋友，拉齐了电线和水管，由于下水管道就在香樟树的旁边，老八的排污问题也解决了。于是，这么忙活了一个月左右，老八的新居落成了。

　　新居入住这天，香樟树前后被各色人物围得水泄不通。既有老八的领导同事和亲朋好友，又有园林局的老牛及其手下前来捧场，甚至新闻界也一齐出动了。领导对老八的新居给予了很高的评价，啧啧赞扬说："这可是真正的人与自然的和谐统一啊！"老八新居的大幅照片当即占据了当天报纸的头条位置,报纸上甚至大肆颂扬老八是环保第一人呢。

看了报纸，老八苦笑不已。

不置可否，这种房子，不，应该说是知更鸟的巢穴当即以不可抵挡之势在这座城市风行开来。不但即日成立了大巢氏置业公司，街道两旁到处都是有关巢居的横幅海报，老八就觉得，这座城市的人们大抵都快疯了。据老牛说，这座城市拥有50年以上树龄的大树已经全部被预订完了，一些30年树龄的也正在热销中，其中一些优良树种如香樟、榕树特别畅销，大巢氏置业的销售额当然在意料之中了。而他老牛，当然得到了最好的照顾，他理所当然地得到了一棵最为出众的香樟树。

只不过，老八很快就发现，这些人在建巢穴的过程中没有沿袭老八的方法，他们不考虑树的承受力以及风的破坏力，甚至有人把水泥钢筋做了坚硬的骨架，还铺了金砖，让整间巢穴显得富丽堂皇。

老八开始忧心忡忡起来，他研究过很多关于巢穴的资料，清楚在树上建什么房子最合理，可是他没有能力阻止一切。老八知道，倘若刮来一阵超过四级的台风，这些巢穴就会通通被摧毁。

不久台风真的来了。台风过后，除了老八的巢穴外，几乎所有的树都倒了，在树上的那些房子也随之被砸烂，而在树干中间，老八隐约看到了一些血肉模糊的手臂。

老八倒吸了一口气，他老八无非是想在这座城市拥有一棵树罢了。老八真的是无意的，他无论如何也想不到，他所谓的创意给这座城市带来了如此巨大的灾难。

（载《微型小说选刊》2007 年第 13 期）

分析题

安　勇

老师年纪不大，但是位好老师，不光盯着分数不放，还强调素质教育。经常在课堂上开展讨论，猜谜语，讲笑话，出一些脑筋急转弯什么的。用老师自己的话说，既活跃了课堂气氛，还能锻炼学生的思维能力。

老师在书上看到一道分析题，觉得很适合训练学生的发散思维，就把题出给了学生们。分析题下面写着"答案见封底"，但老师自己也没看答案。他也想锻炼一下自己的发散思维，暗中和学生们比一比，老师还是有些童心的。另外，不看答案，游戏会更有意思些。

分析题是这样的：大雨天，一个走在路上的男人，看见前面有一个女人没带雨具，怀里抱着孩子，胳膊上挎着包，就主动把自己的雨伞送给女人，接过孩子抱在怀里。请问，这个男人为什么要这样做？

最先站起来回答的是班长，他是公认的好学生。成绩好，口才好，模样好，没啥不好的地方。班长说："因为这个男人是人贩子，用这种方法抢孩子，他接过孩子，马上就会拔腿而逃。"

老师笑笑，点点头。

第二个站起来的是班里的调皮鬼，他成绩不错，但经常搞一些恶作剧。他不直接回答，反问老师："那个女人长得漂亮吗？"老师愣了愣，没明白他是什么意思，就含糊其词地说："你就当她漂亮吧！"调皮鬼摇头晃脑地说："答案很简单，因为那个女人长得漂亮，那个男人早就看上了她，却一直找不到机会，故意用这个办法套近乎。"

教室里一阵大笑。

数学课代表站起来说："因为这是那个男人的职业，他借伞、帮女人抱孩子都要收费。前几天下大雨，铁路桥下一片汪洋，就有一个男人靠来回背人挣钱，一次收十块，不讲价。我计算了一下，如果天天下那样的雨，他很快就能成为万元户。"

老师点点头："同学们回答得都不错，还有没有其他答案？"

话音刚落，又有一个学生站起来，有些得意地说："你们可能都忽略了女人胳膊上挎着的那个包，我想，那个男人是醉翁之意不在酒，目的是取得女人的信任后，抢东西。"

一个女生站了起来，怯生生地说："老师，那个男人能不能是搞推销的？"老师疑惑不解，用眼神鼓励她说下去。女生接着说："那个男人是卖伞的，女人用了他的伞，就不得不买了。"

老师等了一会儿，见没有人再站起来，笑笑说："我也有一个答案，那个男人之所以这么做，因为他是那个女人的丈夫。你们想想有没有道理？"

同学们哄堂大笑，纷纷说老师的答案最巧妙。但也有几个同学不服气，要求老师公布书上给出的答案。老师不太想公布答案，同学们回答得都很踊跃，锻炼思维能力的目的也就达到了，这类问题本来不应该有什么正确答案。

这时候，老校长走进了教室，他是被教室里的讨论声吸引来的。校长先对同学们说大家的发言都很好，然后又对老师说不妨公布一下答案，我也想听听书上是怎么说的。老师找到答案，大声地念道："不为什么，因为那个男人的名字叫雷锋。他不仅把伞借给女人，最后还把她送回了家。"

教室里一片大乱，同学们纷纷说"这不可能，这不现实"。调皮鬼喊得最响，他大声说："那个女人的丈夫呢？如果一个陌生男人送自己的老婆回家，他会怎么想？"

校长听到答案后一直满脸严肃，最后他抬起手示意同学们静一静，问身边的老师觉得这个答案怎么样。老师低下头，想了想说："说实话，我也觉得这个答案不太现实，于情于理，都说不太通。"

校长点点头说："你们大概都不相信，二十年前，我也做过这样的事。不仅仅是我，那时候，很多人都做过如今我们看来不现实的事情。"

教室里一片寂静，同学们都没有再说话，因为大家看到校长的脸上已经流下了两行泪水。

（载《微型小说选刊》2007年第15期）

握握你的手

　　百余人的工地，清一色的爷们儿，傍晚歇了工，吃过晚饭洗过澡后就没事可做了，聚集在工棚里聊天开玩笑，说得多了，也就索然无味，干脆就用被子包着头装睡去了。离家的日子，夜就拉得悠长悠长。搂紧臭烘烘而又潮湿的被子翻过千百回身，听得远处隐隐约约传来几声鸡鸣，终于才合上了眼，出工的哨声就又响起了。

　　这样的日子真是糟蹋人。

　　骂归骂，一天二十五元的工钱却十分惹眼，所以天天也就边念叨着家人边出工了。

　　前几天栓子的媳妇刚来过，虽然只是来了三两天，却把栓子美得像食了半个月的肥猪肉，满脸红光，连走路后脚跟也抬高了许多。栓子的媳妇来过，他就更想念媳妇了。幸福地想着媳妇，手里的反手钳一松，"砰"的一声砸在地上，工头就黑着脸走了过来，一天的工钱就没有了。幸好没有砸着人，不然一年的工钱还不够赔呢。

　　白白忙活了一天，心里多少有些窝囊。吃过晚饭洗过澡后，他没有像往常一样和工友聚集在工棚里开玩笑，而是一个人去了珠江边。多么美妙的夜景呀，霓虹灯，漂亮的女人，他怎么看也看不够。而最让他自豪的是，那一栋栋辉煌的楼宇可是来自他们兄弟粗糙的双手呀。他在心里盘算着，等攒够了钱，就带着媳妇孩子一起来这里住上十天八天，告诉他们，那是他们建造的楼房，多么气派多么了不起呀。想着，他就笑了。

美美地想了一通媳妇，美美地饱览了珠江的夜景，白天的晦气就一扫而光了。他挺了挺胸腔，脚步轻快地向工地走去。这一夜，他反倒睡得十分踏实。

第二天，工地里来了一位女记者，说是要对他们兄弟的生活做跟踪报道。女记者的到来让他们都十分兴奋，尤其是他，满脸都是孩子过新年时的表情。他想呀，如果家里有电视就好了，这样媳妇就可以看到他了，看到他所生活的城市了，看到珠江的夜景了。

女记者十分亲切，问了他们很多问题，还和他们拉起了家常。女记者带来了糖果，每人都分到了一把。他分到糖果的时候，他又想起了他的媳妇。他们结婚的时候，他的媳妇就是这样一把一把地给邻里的孩子分发糖果。他就嘿嘿地笑了，仿佛眼前的女记者就是他的媳妇。这一刻，他竟觉得自己卑鄙了，人家可是堂堂的女记者呀。这样想着，他就在心里狠狠地骂了一顿自己。

让他想不到的是，女记者竟然走到了他的跟前并让他伸出右手。女记者在给他分发糖果的时候，发现他的右手有一块伤口，正流着鲜血，而他却不在意似的。在工地，难免磕磕碰碰的，一点皮外伤算什么呀？可是女记者十分心疼，几乎要掉眼泪了。女记者掏出随身携带的创可贴，轻轻地将他的伤口贴好了，又细声地叮嘱他，下工后要将伤口洗干净，换上一块干净的创可贴，这样伤口就不会感染了。女记者细腻的手碰及他粗糙的手时，他完全陶醉在了一种莫名的幸福里。当女记者贴好了抽回手的那一刻，他瞬时感到深深的失落。这时候，他才发现，工友都在痴痴地望着他笑。他的脸霎时红到了耳根。

女记者要走了。告别的时候，他不知道从哪里来了勇气，一下蹿到女记者跟前，红着脸说，咱可以握握您的手吗？女记者愣了一下。他慌忙解释说，咱没有恶意，咱只是想好好谢谢您，可是咱又不知道怎么谢您

他的话还没有说完，女记者就紧紧地握住了他的手，十分有力。

（载《微型小说选刊》2007 年第 18 期）

画 脸

　　乔风一不留神就出了名。

　　我和乔风曾住在同一条街，那是一条上了年纪的街，横卧在大桥下，被人们蔑视地称为"城外"，是块没人瞧得起的角落。我和乔风是从小一块玩大的，小时候不觉得，长大后我们才知道，住在这里都是没出息的人，后来，我出息了一点，搬城里去了，乔风还一直住在大桥下面。

　　一天，一封不同寻常的信件寄到了市文化局，乔风的画作在全国得了金奖，原来大桥下那一湾浅水里竟藏着一条大鱼。乔风就是这么成名的。

　　乔风的出名不是偶然的，他从小就喜欢画画，那时他买不起画笔，就用柳枝作笔，用沙滩作纸，像童话故事里的神笔马良，乔风说他的梦想是当一名画家。

　　乔风长大了，画家的愿望还只是一个梦，只是在家门口摆了一个画摊给人画脸为生。我们家乡的人在通常情况下，把画肖像称作画脸，这样说或许更直接，更朴实。

　　是一幅画脸让他一举成名的，画的名字叫《下岗工人》。大桥下别的不多，下岗工人伸手一抓就能抓住一大把，乔风通常也以他们入画，随便逮住一个人都能做他的模特。乔风有一种寻常人不曾有的本领，他不需要模特在他面前久坐，只要瞄上一眼，模特的脸

二

241

便定格在他的脑中。他每天坐在门前，望着过路的街坊，这个人走过去，回来时他便交给人家一张画，那人一看，这不是自己吗，看画人看着自己的画像，竟感动得落下泪来。这事传开了，就有人感到惊奇。有人路过就说："老乔，给我画张脸。"乔风应一声，再回来的时候，这张脸就画好了，神形兼备，那人一激动，就给一些钱，乔风灵机一动就摆一个小摊，天天坐在门口给人家画脸，挣一些生活费。谁想一个给人画脸的画匠，也能像明星一样走红了呢。

乔风得奖了，媒体、电台都找到了他，做了专门采访。上门求画的人也多了。渐渐地，人们求画不仅仅是欣赏，而是想验证自己的内心。人们开始喊他乔大师。

乔风的故事惊动了许多带长坐车的，纷纷登门求画。张君就是典型的一位。张君身居要职，喜欢到处留影签字，听说乔风画脸画得十分传神，就很动心，张君认为自己应该有一张完美传神的脸。

某日张君就坐着小车到了大桥下。乔风从没有给这么大的官画过脸，尤其是眼前这张脸难以揣摩，实难入画，可又不敢推辞，心想，只能如此这般了。

张君来取画，拿到画就怔住了，因为这画没画脸，只画了一个后脑勺。

"知道唐伯虎吧？他最出名的一张仕女图就是那张只有背影的，画中人被评为绝世美女。这画脸的最高境界，也就是不画脸。"乔风如是解释。

张君恍然大悟地"噢"了一声，连说几个好，随手从包里抽出一沓钞票甩给了乔风，满意地离去。

乔风出名了还住在那条街上，他每天还是给人画脸，画张三像张三，画李四像李四，画得依然栩栩如生、神韵具备。但凡有张君之类的人物来求画，就画一个后脑勺给他。

我不解，就问乔风。

乔风答：老百姓的喜怒哀乐写在脸上，好记。当官的神态难琢磨，我在脑子里存不住，当然就只有画一个后脑勺应付啊。

乔风虽这么说，但我觉得完全不是这么回事。我就笑，我的朋友乔风也笑，且一脸的狡黠。

（载《微型小说选刊》2007 年第 19 期）

握　手

奚同发

　　什么活动也不愿意参加的卢晓更，这次不得不去。

　　为了让全班同学聚齐，班长在那个路口等了他五天。还说，本想等七天，一周一个循环，如果等不到才心甘。

　　多年不见，见面总要先握个手，且当年关系越"铁"握的时间就越长、越狠。班长说话间早伸手前来，卢晓更却把手背到身后。班长有些尴尬，伸出的手掌只好向上抬了抬，去拍他的胳膊。班长说，高中毕业后同学大多断了联络，后来都联系上了但没人知道他的电话，多亏谁说曾在这个路口遇到过下班的他。这次聚会，想按毕业照上每人原来的"站位"拍张照片，少一个同学都不好……

　　聚会那天，一群女人还像当初小女生样咋咋呼呼，生怕别人忘了她；男人则夸张地拥抱热闹。同学们发现，唯有卢晓更怪怪的，跟谁都只是点头问候，就是不握手。

　　同学就逗潘莲莲，你去跟他握手，他总不能不给面子吧！——谁都知道，当年，卢晓更对这位外号"潘金莲"的女生很有点儿意思。架不住大家美言，她就大方地走过去，把手举得半高，连声叫卢晓更。不料，对方还是礼貌地点头回话：你好，你好！

　　莲莲的手僵在那儿，脸就有些挂不住。当年"班花"不说，现在还是官太太，何况刚才同学一阵乱捧，拗劲一上来，她坚持道：卢晓更，这么多年不见，咱还是握个手吧！

晓更微笑着说：不握了，想念也不全在握手上，你说是不是？

还是握握吧！潘莲莲的脸已经很红，面子算丢得捡不起来，还是不甘心地想挽回一些。她的眼睛直视着，有些笑里的怒火。

对不起！我，很不习惯握手，十多年来不跟人握手。别的什么都行。抱歉！晓更也在坚持。

败下阵的莲莲禁不住挖苦了一句：你不会还是处男吧？

大家哄笑。没想到，卢晓更坦然地表示，自己一直未婚。大家哑然。

班长打圆场劝大家坐下一边吃一边聊。

席间有同学一再观察卢晓更那双手，没发现什么特别，也没什么毛病，白光光的，细长长的。有同学心里犯嘀咕，没结婚或受过女人伤害，不跟女人握手就罢了，怎么跟男人也有仇似的，握个手能咋？

同桌的几个女人就问：卢晓更，这么多年，就没谈过？是眼光太高了吧！

谈过，没成，先后谈过四个，最后就不谈了。他平静地回答。

你做什么工作？一女人冲着问，大概想到是工作影响了找对象。

晓更轻声说：搬运工。

想问搬运什么，可她的问题才出口半句就被同学打断了：工人咋啦？别瞧不起工人，我也是工人，赶明儿我给你介绍一个……

你太老实了吧！是不是不懂浪漫？比如，给女孩送花什么的。一胖女人笑道。

明显地看到晓更犹豫了一下。他才慢慢地说：干我们这行，不兴送花……

为啥呀？为啥呀？有人装小女生样有点撒娇地追问。

谁说卢晓更不懂浪漫，你们没注意他身上的香水味？很是特别……一男人插话，一群女人夸张地笑。晓更想解释是工作需要，最终没开口。

有同学在刚才班长讲话的舞台上高歌，不断有人加入，一会儿就成了男男女女混合唱。有同学敬酒，大家就互相祝福，就喝酒。晓更本想端杯意思意思，莲莲把酒杯举到他面前：你说的，除了握手，干什么都行，我先干为敬——有点"将军"的味道。官太太历练的酒场，三下五除二卢晓更有些喝高了。

突然同学怂恿莲莲让他去唱歌。说不定什么原因便有谁与他握了手——没人在意，当天与卢晓更握手成了许多同学最想看的一幕。

莲莲问：卢晓更，还喝不？

不……喝了，有些多了……他的舌头有点儿硬。

这样吧，你唱支歌，便不喝了。

晓更说：不会，我……

咋能不会？唱中学的老歌都行。有人起哄。

晓更手脸一起左右摇晃：不行，真的不会……平时只是自己哼哼……

哼哼也行，哼哼也行。同学再次集体起哄。

被推搡上歌台，他的脚下有些发飘，心想，这么多年，自己竟没唱过歌，那就哼呗！

台下起哄，开始，开始！哼啊，哼啊！

卢晓更真的开始"哼"了。

当他"哼"第一句时，全场爆发出激烈的掌声和叫好。

等淹没了"哼哼"声的叫好声渐微，人们听清他"哼"的另一句曲调，很耳熟，是听过的，于是叫好起哄再次盖过他的"哼哼"声。片刻，一切突然稀疏下来。大家的眼睛瞪得有点直，慢慢地，就没了声响。餐厅里聚会的几桌同学都安静下来，听他尽情地"哼"那熟悉的曲调……

包间里劝酒的餐厅老板，以为什么事，出来一看是"唱歌"，冷不丁地跑上去抓住晓更背后那只手，一边摇一边赞叹：唱得好，唱得好……

服务小姐急把老板拉下来说：老板，你没听出他"哼"的是哀乐呀！

大家一下明白了卢晓更为啥十多年来不跟人握手！

十多年啊，是水滴石穿的十多年啊！许多同学的眼里噙上泪花。

突然，几个同学冲上去握住晓更那只拿麦克风的手，使劲摇啊摇！

（载《微型小说选刊》2007 年第 20 期）

被领导抱过的孩子

刘万里

　　一场百年不遇的洪水袭击了这个偏远的苦瓜村，洪水滚滚，房屋倒塌，树连根都被拔了起来，到处是一片狼藉。

　　当县长冒雨赶来时，洪峰还在继续上涨，屋顶上十几个孩子和村民哭叫成一片，县长亲自指挥武警官兵划着皮划艇去营救。武警官兵冒着生命危险终于把这些孩子和村民救了出来。

　　县长对灾民说，大家要相信党和政府，我们会帮你们渡过难关的。这时随同县长的记者用相机和摄影机对准了县长。一个记者来到县长身旁悄悄地说："为了增加真实性，表现县长的平易近人，请县长抱一下刚才被营救的孩子，我们好拍摄镜头。"县长在那群孩子中瞧了一下，他弯下腰不情愿地抱起一个没有鼻涕的孩子。孩子见了陌生人哇哇大哭，县长不知道如何是好，随同县长来的人就逗着孩子说："笑一笑。"孩子就是不笑。村长把孩子母亲叫来，让她哄孩子笑一笑。孩子还是不笑。记者掏出一颗糖在孩子面前一扬，"笑一笑，就给你"。孩子也许饿了，就哈哈大笑起来。记者用镜头对准了县长和孩子，银光闪闪，咔咔一阵拍照。

　　当天晚上县电视台报道了县长冒雨救灾抱孩子的镜头。第二天，县报头版头条刊登了县长抱孩子的照片，孩子笑得很开心。接着市报和市电视台也报道了县长访问灾民的情况，特别是县长抱孩子那个镜头让人难忘，从孩子笑容中，人们看到了灾民的希望。于是人们注意到了这个孩子，县民政局在给灾民发救灾物资时，特地给孩子多发了几套衣服，多发了一袋米；县文教局特地让学校免除了他的学杂费，学校还把他评为"三好学生"；村长还免了他家的农业税……县长抱过的孩子，谁敢怠慢，那个孩子便成了重点保护对象。

几年后，县长调走了，县长成了市长。

新县长依然关注着那个被市长抱过的孩子，那个孩子如今已上初中，享受着同龄孩子没有的各种待遇：他不用交学杂费，年年是"三好学生"……各种好处都让他占着。

三月是学雷锋的季节，新县长提出了向市长学习的号召，学习市长舍己救人、大公无私、心系老百姓的精神。于是当年被市长抱过的孩子被推上了演讲台，演讲词都是新县长让人写好了的，那个孩子在台上照着读就行了。演讲词的大致内容是那天电闪雷鸣，瓢泼大雨，洪水如一头怪兽冲了出来，孩子被困在房顶上，孩子想完了，就号啕大哭。这时市长冒着生命危险冲了过来，他抓住孩子的手，突然一个浪打了过来，船翻了，市长和孩子掉进水里，市长紧紧抱住孩子不松手，这时武警官兵冲了过来营救。市长说："我死了不要紧，孩子是祖国的花朵，要想尽办法把孩子先救起来。"当年被市长抱过的孩子在台上声情并茂，讲到动情处号啕大哭，台下的人也被感染了，纷纷擦泪。

孩子到县上各个学校去演讲，去作报告。

几年后，市长又高升了，当了省长。他把市长的位子留给了那个号召向他学习的县长。

人们对孩子的称呼又升了一级，"省长抱过的孩子"。

同学们私下都叫那个孩子"大熊猫"，大熊猫是国宝，人人都宠着，谁都不敢惹他，谁都不敢得罪他，连那个县长见了他都要尊敬三分。

学雷锋的季节又来了，于是县长组织了一个写作班，把当年省长救灾救孩子的情节重新演绎，把省长塑造成了一个顶天立地、视死如归、不食人间烟火的大英雄。

"被省长抱过的孩子"拿着他们写的演讲稿，四处作报告和演讲。县报和电视台也跟踪报道。

县长说，要把省长精神发扬光大，所以不要走过场，要年年讲、月月讲。"被省长抱过的孩子"就不用上学了，他已被内定为保送的大学生。他开始到全省作报告和演讲。不用考就可上大学，并且是清华大学，学费也是县里出，面对这么好的事，"被省长抱过的孩子"讲得更卖力，声情并茂，泪水涟涟，博得台下掌声一片，哭声一片。

孩子上高三那年，省长出事了。省长因贪污被抓了起来。

报告团立即解散了，孩子保送清华大学的名额也换了别人。

那年，孩子参加高考。孩子整天作报告和演讲，哪有时间学习，可想而知，孩子考砸了，县上最后一名。

孩子无脸见人，悄悄去了南方打工。

后来人们再也没见到他了，偶尔村民提起被领导抱过的孩子，心里就不是滋味。

（载《微型小说选刊》2007 年第 22 期）

关于我死了，其实我还幸福地活着的故事 王琼华

那天，矿长把我叫到他的办公室。我是头一回走进矿长的办公室。刚进去，我便眨巴起眼睛说："老板，我就是有三个蛋，上回那炸药也不是我偷的。"

矿长扑哧一笑："谁偷了矿里的炸药都有可能，就你不会，你是一个挑着灯笼也找不到的老实人。"

我暗暗松了一口气，又问："那老板你找我干吗？"

"跟你商量一件事。刚才说了，你是一个老实人，还是一个让我特别放心的老实人。"矿长的屁股落在沙发上又挪了两下，"我也不拐弯抹角了。这么一回事，跟往年一样，今年上头也给矿里定了责任状，死人不准超过指标数。你也知道，要是超了规定指标数会有怎样的结果。"

"嘿嘿，关门走人。"

"对呀，这矿一关门，你们这帮弟兄到哪里挣钱呢？"

"指标数是三人吧。可今年才走了两个。"

"还不是靠政策好、人努力、天帮忙嘛。不过，我们既不能超过指标数，也不要浪费指标数，要不那太可惜了。今天把你找来，想把这剩下的一个指标给你。"

我一惊："让我去死？我、我这辈子连女人都还没碰过呢。"

"谁让你真的去死呢？你想一想，天有不测风云，要是明年超

过指标数又怎么办？矿里想把这指标先储备下来，这样明年有个什么万一也好熬一些。"

我听明白了："明年要是多走了一个弟兄，就把他算成今年的对吧。"

矿长顿时乐了："你看你看，你的脑子比我的还好使。对了，只要你同意，矿里还给发一百块挂名费。"

我摸摸脑勺子，咧嘴笑道："我听老板的，我听你的。"

到了第二年的 5 月份，矿长又把我找去。

那天，矿长一脸灰色。他肯定不高兴。昨晚四个下煤井的人没再走出来。矿长叹道："唉，这下子你也真死了。"

"我死了？"我一愣，"昨晚没轮到我上班。是阿才狗子他们走了。"

"我是说去年挂名死掉的你这回真的要死掉了。"

"我、我还是没听明白。"

"这回四个，明白吧，超了一个。只好把你挂名的指标用上。要不然这矿马上要被关闭了。"

"噢，这一回事啊。"我愣了愣，又问，"老板，那一百块挂名费这个月还、还发给我吧。"

"发——怎么不发？而且还要一直发下去。"矿长的口气很硬。他看了看我，又说，"不过还有一件事要跟你商量商量。"

我已经很高兴了，笑道："嘿嘿，我还是听老板的。"

"阿才平常说他命大，可这次也没出来。他算是超指标的对象。当然，这事万万不能露馅。想来想去只有一个笨法子，就是让你改名叫阿才。"

"让我换个死鬼的名字。呸呸呸，不吉利。"

"哎呀，你那名字不早就写到死亡名册上了吗？你这死过的名字让阿才拿去用掉，让人家还不知道已经死了的阿才的名字让你用上，啧，你不是又转世活过来了吗？"

矿长这话说得有些拗口，弄得我又眨巴起眼睛。

"一句话，你和阿才的名字对换一下。"

"让我叫阿才，行吗？"

"怎么不行呢？这样才少一点唆事儿冒出来。"矿长走过来拍拍我的肩膀，脸上突然笑了，"阿才去年才找了老婆。啧，那个女人真是一朵花，对不对？"

我也笑了："那女人，嘿嘿，真是女人。"

"要是你也找个这样的老婆……"

"嘿嘿，我没福气。"

"有这福气。怎么没有呢？只要你答应改名叫阿才，那女人就继续当你这个阿才的老婆。我跟那女人说好了，给你们五万块钱，也算矿里的一份贺礼吧。"

"真、真的吗？"我当然不敢相信这是真的。

"就这样说定了。"

我噎了一下。当我见到那个女人时，我才知道矿长说的都是真话。矿长真好，半句话也没骗我。就这样，我改名叫了阿才，还捡了一个老婆。进洞房那天，矿长还来看了我，直夸我是矿里的大恩人。为了把这好日子过下去，矿长背地里叫我带着这个好看的女人跑出去开个小店子算了。

我心里有数，自己还在矿里干活的话说不定哪天真会露馅。我乐呵呵地答应了。因为我进了洞房，就开始活生生地过上幸福的日子了。矿长已经发了毒誓，那挂名费还有那笔补助照样发给我。而且，不用上矿里来领，矿里会直接打到我的存折上。

（载《微型小说选刊》2007 年第 22 期）

检　查

部长明天要来，要来视察机关事务局这个文明单位，还将在中午用餐。

分管副县长大清早就到了，没喝一口水，立即指示局长唐宋："检查厨房！"

一大批人拥着副县长来到厨房，副县长拿起一只碗，伸出一只手，勾起一根手指，狠狠地在碗里挖了一下，然后睁大眼睛，一看，然后喝道："统统重洗10遍！"

副县长撇下还在发呆的唐宋，回到接待室，不喝一口水，问刚赶进来的唐宋："这套碗具花了多少钱？"唐宋回答："一万。"

副县长怒道："重买！"不等唐宋回答，说，"这种碗具能让部长用餐吗？"

唐宋当即派人去买碗具，没有过多久，唐宋向副县长汇报："县长，碗具买来了，景德镇的，最好的，三万一套。"副县长刚露出了笑脸，县长就到了，县长边往里走边接电话，嘴里不时地说："好的，好的，我一定按您的指示精神办！"

县长一放下电话，就沉下了脸，喝道："检查厨房！"

一大批人拥着县长来到厨房，县长拿起一双筷子，伸手要了一张纸巾，轻轻地环绕筷子一圈，忽然捏紧，重重地一抽，打开纸巾，睁大眼睛，一看，怒道："统统重洗10遍！"

县长撇下还在发呆的唐宋，气呼呼地回到接待室，不喝一口水，非常严厉地批评气喘吁吁赶来的唐宋："告诉过你多少遍了，部长要来你这里用餐，这是多么大的荣誉！你懂不懂？你知道不知道？你给我严格检查，必须做到万无一失！"

县长刚走，书记就一脚跨了进来，书记低着头，边接电话，边在嘴里说："是，是，一定，一定，请您放心，感谢您的关心，好，明天见！"

书记一放下电话，大声命令："检查厨房！"

书记带着一批人三步并作两步冲到厨房，抓起一把刀叉，要过一只大碗，倒上清水，把刀又放进去，俯下身子，睁大眼睛，盯住水面，紧紧地盯着，好几秒钟，然后喝道："统统重洗 10 遍！"

书记撇下还在发呆的唐宋，怒气冲冲回到办公室，对赶来的唐宋好一顿训斥："啊？让我怎么说你呢？啊，都准备三天了，三天，知道不知道？ 72 个小时，还是这么脏这么乱！啊，部长见了，能高兴吗？啊！告诉你，部长不高兴，我肯定也不高兴！"

书记训话还在兴头上，门外进来一个人。书记惊叫起来："张副市长，您、您来了。"张副市长的手机响了，一看来电显示，不由自觉地"啪"地来了一个立正，毕恭毕敬地说："首长，您好！是，是，是，谢谢您的关怀，我们一定接待好部长，我向您保证！是，我牢牢记住了。"

张副市长一放下电话，虎着脸，大声命令："检查厨房！"一大批人跟着张副市长涌向厨房，张副市长拿起一把匙子，睁开眼睛，一看，二看，三看，又伸出一根手指，轻轻地擦了一下，低头看手指，又轻轻地擦了一下，低头看手指，再轻轻地擦了一下，低头看手指，看着看着，猛然抬头喝道："统统重洗 10 遍！"

唐宋送走了张副市长，送走了书记，送走了副县长，唐宋回到办公室，端起茶杯，"咕噜、咕噜"喝下三杯冷水，用袖子抹了一把嘴巴，重重嘘出一口气，有气无力地叹息道："嗐，总算检查好了。"话音刚落，就倒在沙发上呼呼睡去了。

　　唐宋做了一个梦，梦里见到部长了，部长用餐时面对如此干净的碗具，非常满意地笑了，还笑眯眯地拍拍他的肩头说："年轻人，干得不错！"部长端起饭碗，正要往嘴里扒饭时，唐宋忽然发现部长碗里有一条虫，从米饭中探出头来，伸了伸懒腰，优哉游哉地爬出来了……

　　唐宋顿时吓得魂都没有了，猛然醒来，眼睛一睁，大声命令："检查厨房！"唐宋带领下属，杀气腾腾地一路冲进厨房，命令厨师们："摊开你们的双手，检查！"

　　唐宋亲自一双手一双手地摸过去，一双手一双手地看过去，看到最后一双手时，唐宋眼前突然一黑，栽倒在地，就在倒地前的片刻，唐宋发出了命令："统统重洗10遍！！"

　　（载《微型小说选刊》2007年第22期）

寻 枪

奚同发

吴一枪的枪丢了。

刚进商厦几步远，他就发现自己的枪套空了。凭知觉，进商场大门时与一群出门的人撞了一下，是唯一丢枪的可能。吴一枪的头"轰"的一响，就炸了。你想想，本来歹徒已在商场安放了炸药，现在又偷了他的枪，后果将不堪设想。

当时出警，是要赶在排爆专家到来之前控制好现场，并对商厦内的尚不知情的顾客进行必要的疏散，不能出现意外，没想到他的枪出了意外。

队长电话里大吃一惊：怎么会这样？同时，撂给他一句话，一定要在最短的时间内把枪追回来，绝不能因此影响了警察的形象。

一个刑警，一个知名的神枪警察，自己的枪都看不住，如果谁用这枪作了案，这事传出去，公安的脸就丢大了。冷静片刻，吴一枪判断，枪，肯定还在商场。突然他眼前有人影一晃，眼熟，是刚才故意碰撞他的青年。那人与他只有一瞬间的对视，便在楼梯人流中像鱼一样穿梭，吴一枪紧跟着，时而五楼，时而一楼。九个回合，再次回到五楼，吴一枪手摸枪套，意外地发现了里面的耳麦。他的嘴角挂上微笑，心说不用捉迷藏了。

戴好耳麦，打开，里面传来一个淡淡的女声：吴先生，别忙活了，照我说的做，枪会还你的。

为什么相信你？吴一枪冷冷地问。你，只能如此，或许是一次赌博。女声是坚定且不容商量的。炸药，也是你们干的？对方迟疑了一下说：现在只谈枪。

你们想怎么着？吴一枪试探地问。他觉得对方就在身边，他的目光锐利地通过商场中间通透六层的天井，向各层可疑的行人扫去。

没什么，你打枪，我也是打枪的。想见识一下你的枪法和胆量。

稍作考虑，吴一枪肯定地回答：没问题。

枪，给你准备好了。留给你的时间不多了……

按照提示，吴一枪坐到五楼凸向中央天井的平台上的长条桌前，那里摆着各种玩具枪，长枪、短枪、手枪、电动枪等等。他很快发现，其中一把是改装过的真枪。耳麦里女声说道：看到一楼大厅那个喷泉了吗？吴一枪刚要起身，对方说：不要起来，就那样坐着。吴一枪半起的身子只好坐回原位。他的眼睛余光扫视到身边五六个可疑的人。

商场一楼宽敞的中央天井大厅，正中是一个喷泉池，内置假山，装点着微型小桥流水、尖塔亭榭，甚至还有一个活动的水车。吴一枪突然看到迎着他的那个圆点，泛着白光，他明白了，对方要让他做什么。

怎么样，看到那枚钱币了吧！打中它，枪就物归原主，否则……

一边听耳麦，一边快速目测，吴一枪发现，如果不站起来只坐着的话，从这个位置射过去的子弹，要经过三楼旋转楼梯那一指宽的铁栏杆。若有行人走过，或是打到栏杆上都可能伤及无辜。他沉默了。

不敢打了？不敢打就算了，游戏取消，等我们想好别的打法，再通知你。

吴一枪说，周围都是行人，伤到他们怎么办？

呵呵，真是一个好警察啊。请注意对面的时钟，离十点还有最后六秒时，钟会自动报时。记住，你只有六秒钟时间。我们的人会在这六秒内，把干扰你射程的人隔离开……枪，想必已看到了吧！祝你好运。对方收线了。

打不打？已没时间向队里汇报。吴一枪手心里起了一层汗。栏杆、距离、旋转横梯，那枚在这个位置望过去恰恰被一盏灯照得反光的钱币，短暂的时间和行人，都对他构成一种前所未有的压力。

几分钟过去，钟声突然响起。吴一枪全身一惊。

当……当……时钟拖着颤音敲响，他一动不动，尽可能让自己全身放松下来。

三声钟响，吴一枪立刻握枪在手。他发现，在那个旋转的楼梯上，有一个腿部残疾的人正在慢腾腾地下楼，他的速度足以挡住后面可能走过来的行人，楼下喷泉周围，似乎也一下子少了许多行人。

持枪对准栏杆的缝隙，目测一眼那枚熠熠生辉的钱币，吴一枪心里起数一、二。

随着整点强有力的钟声最后一响，他扣动了扳机。带着消声器，轻微的枪响被钟声变调的音乐报时盖过了。吴一枪把枪轻轻地放回原位，弯腰捡起落地的弹壳，不经意地向水池一瞥——那枚钱币竟纹丝没动，他倒吸一口凉气。

一切静止了。不久，耳麦传来淡淡的女声：佩服，吴一枪果真是吴一枪！

见笑，我输了……不过，公家的枪，早晚要寻回的。吴一枪说得有些无力。

你……赢了，物归原主吧。哈哈，后会有期……他来不及说什么，对方已挂断。此时，一名女售货员走到他面前说：吴先生吧，你妻子去洗手间了，她让我把她买的鞋给你。

道声谢，吴一枪提着盒子下楼。站在喷泉边，连他自己也吃了一惊。他看到，那枚仿造北周铁制的圆形方孔钱币，上下左右镌着玉箸篆书"永通万国"字样的方孔正中，竟然神奇地嵌着一枚子弹头。

这？太不可思议了吧？吴一枪望望手里的空弹壳，再看看嵌入钱币的弹头。

事后，检验报告证明，弹头与弹壳确实不是同一颗子弹的。

吴一枪嘴里发出"切"的一声，接着骂出了一句他认为最粗的话。

（载《微型小说选刊》2007年第23期）

绿鹦鹉

邵宝健

　　荷城那条衣裳街上，出过几位杰出人物，摆过服装摊的刘思劲就是其中一位。如今他去琼岛闯荡，已有三年没回家了。刘母思儿心切，频频央人代笔写信要儿子回家看看。

　　这天，刘思劲终于抽空回到老家。刘母看到年过三十、略呈富态的儿子，喜极而泣，抱着儿子，说："孩子，你把家忘了吗？把妈也忘了吗？"

　　刘思劲的眼圈也潮湿了，连忙说："妈，看您说的，我怎么能忘了家，怎么能忘了妈呢？"随即把送给母亲的礼物呈上——一只精致的鸟笼，里面养着一只绿鹦鹉。此鸟头部圆，嘴呈钩状，羽毛十分漂亮，像披了一身翡翠。这只绿鹦鹉买来已有数月，刘思劲带在身边悉心调教过了。

　　刘母听儿子说买这只鸟花了 9000 元，便嗔怪儿子不懂得珍惜钱财。"你呀，你赚钱不容易，这么破费，就不妥当了。"刘母又爱又愠地唠叨个没完。

　　刘思劲实话实说："妈，我是这样想的，我正在创办一家公司，很忙，不能抽出太多的时间来看望您，就让这只绿鹦鹉代表孩儿陪陪您老，您可以随时和它拉拉呱儿啊。"

　　刘母说："它怎么陪我，它能代替你吗？你爸去世得早，我都快七十岁了……"

儿子一时语塞，不知该用什么话来抚慰母亲，就调教鹦鹉说话。绿鹦鹉模仿着刘思劲的腔调说："妈妈，您好。妈妈，您好。我是刘思劲，我是刘思劲。"刘母闻声，开心地笑起来："这绿鹦鹉真乖。"

　　在家住了一阵，刘思劲就踏上归程。

　　刘母又形单影只，好在有绿鹦鹉相伴。清晨，她给鹦鹉喂食，它就说："妈妈，您早。我是刘思劲。"中午，她给它喂食，它就说："妈妈，您好，我是刘思劲。"傍晚，她给它喂食，它就说："妈妈，您辛苦了，歇歇吧……"刘母甚感欣慰，寂寞的日子里就像有儿子在身边一样。刘母对它宠爱有加，给它洗羽毛，又怕它凉了，又怕它热了。闲时，也带它到公园逛逛，让它呼吸新鲜空气，见见它的同类们。

　　这样过了一年，刘母在一个清晨溘然病逝。刘思劲千里迢迢赶回家见到的只有慈母的骨灰盒，而他买给慈母的绿鹦鹉也不知去向，空留一只鸟笼挂在阳台上晃荡。

　　刘思劲决定在老宅多住几天，缅怀慈母的养育之恩，聊补自己未能给母亲送终的歉疚。

　　刘思劲在老宅的小居室就寝。床前的五斗柜上摆着慈母的遗像，在望着儿子微笑。刘思劲解衣上床，连日来旅途的劳顿，使得他的眼睑下垂，睡意袭来，便渐渐进入梦乡。在梦中，他见到慈祥的老母在灯下为他缝补西服上掉落的一颗纽扣，他欣喜万分地走近慈母，慈母却转瞬不见了，耳际却有慈母的声音萦绕："孩儿，妈妈好想你。"他一激灵，惊醒过来，耳畔又传来一声问候："孩子，你好啊。"他打开灯，四下里张望，不见有什么人影，他以为是自己思母心切而产生幻觉。

他又睡着了，做了一个梦。梦中，他再次见到慈母，他刚要走近，慈母又转瞬消失，他再次惊醒过来。又有声音传来："孩子，妈妈好想你。"他披衣下床在屋里踱步，踱至客厅，那呼唤他的声音越来越清晰。

　　"孩子，你好啊。"声音是从阳台那边发出的。他的心紧缩起来，悄悄走去。借着明亮的月光，他看见阳台上栖着一只鸟——绿鹦鹉。绿鹦鹉又张嘴说话："孩子，妈妈好想你。"

　　刘思劲的眼眶湿了。那鹦鹉并不怯人，它明显消瘦了，羽毛也很乱。它又叫道："孩子，你要常回家看看，妈妈好想你……"

　　刘思劲泪水滂沱。事后，他了解到，慈母在临终前，把绿鹦鹉放了生，不料这有灵性的绿鹦鹉夜夜飞回刘宅，转达刘母生前对儿子的思念。

（载《微型小说选刊》2007 年第 24 期）

亲吻爹娘

江　岸

　　从城里回来的第二天早晨，刚睁开眼睛，爹就对娘说："小三子亲了俺。"

　　娘狐疑地问："你又梦见小三子啦？老头子，又说瞎话儿了吧？"

　　小三子是爹娘最疼爱的小儿子。小时候，小三子经常钻到爹娘怀里，搂着爹娘的脖子，小鸡啄米似的在爹娘脸上啄。爹娘下田回来，被小三子啄几口，心里甜滋滋的，浑身的疲劳也就烟消云散了。小三子长大后，再也没有亲过爹娘，话也少了很多，和爹娘有了很大的隔阂。但是，爹娘都没有忘记小三子的小嘴啄在脸上那种麻酥酥的感觉。自从小三子离开家乡，娘总做小三子亲她的梦，到底做过多少次，她自己也记不清。爹梦见这样的场面比娘少，所以每梦见一次，都稀罕得不得了。有时候，娘都梦见小三子好几次了，爹还一次没梦见呢，爹就编瞎话儿给娘听。娘每一次听了都直撇嘴。

　　可这一次的情形却与以往不同。爹没好气地说："谁做梦了？谁说瞎话了？俺是说前天进城小三子亲俺了！"

　　娘惊异地瞪大了眼睛："真的？你昨天回来的时候，咋不说？快，快给俺说说，小三子咋就亲了你？"

　　爹看了娘一眼："唉，俺们那小三子啊……"

小三子大学毕业以后，没能马上找到工作单位。直到秋风吹黄了黄泥湾所有的山头，还没有小三子就业的消息。小三子的衣、食、住、行全都成了拧在爹娘心头沉甸甸的疙瘩。爹卖了一千斤稻谷，背着包袱，揣着钱，进城去看小三子，陪小三子住了一夜。第二天一大早，小三子送爹回去。临出门的时候，小三子突然抱住爹的脑袋，在爹的腮帮子上亲了一口。爹愣了，小三子也愣了。小三子松开爹的脑袋，愣愣地看着爹。看着看着，小三子的眼泪流出来了，越流越欢，像家乡门前潺潺的小溪。小三子流着泪，缓缓捧起爹的脸，在左脸上亲了亲，又在右脸上亲了亲。最后，小三子紧紧抱着爹，放声大哭了起来。

　　小三子的泪滴进了俺嘴里，爹咂咂嘴，回味着说："咸津津的。"

　　娘的泪水像门前的小溪汛期来临，哗地流出来。娘哽咽着，喃喃地念叨："小三子，俺可怜的小三子。"

　　不到半天时间，小三子亲他爹老脸的故事就传遍了整个村庄。人们说着说着，笑歪了嘴巴，笑疼了肚皮。

　　自古以来，都是大人和不懂事的娃娃互相亲亲，何曾见过黄泥湾哪个人高马大的小伙子亲吻爹娘的？这个小三子，肯定是在城里待久了，电影看多了，没羞没臊的。小三子的娘更可笑了，这事儿也值得她大喇叭似的到处宣扬吗？

　　秋去冬来，小三子回家过年。过完春节，小三子又要离家了。临走的时候，爹娘把他送到村口。乡亲们簇拥着他的爹娘，一起为他送行。人们都想瞧瞧小三子亲吻爹娘的西洋景儿。可是，小三子挥手再见了，放开脚步走了，也没有亲亲爹娘。

　　突然，人群里有人喊道："诶！三子兄弟，不亲亲你爹你娘再走？"

小三子停下了脚步，慢慢转过身来。

爹郑重地说："是啊，你娘等了这么多天呢？"

小三子脸红了，笑了一下，扔掉行李，大步流星地向爹娘奔过来。他弯下魁梧的身躯，半跪在娘的面前，紧紧抱住娘佝偻的腰身，在娘那被艰难岁月侵蚀得如树皮般粗糙的脸颊上叭地亲了一下。围观的乡亲原先预备开怀大笑，可此时却没有一个人笑得出来。几位大婶还摸出皱巴巴的手帕，擦拭着眼角悄然涌出的泪花。

（载《微型小说选刊》2008 年第 2 期）

拯救有爱心的人

刘永飞

一辆公交车为躲避闯红灯的摩托车，冲断金属护栏，载着一车的绝望尖叫一头扎进四十多米的山沟。随着巨大的撞击声，顷刻间，公交车头就瘪了。大约一分钟后，开始有人击碎后挡风玻璃向外钻。

这时，一位满脸是血的年轻人，背着一个老人爬出来。年轻人把老人交给前来施救的群众，自己又歪歪斜斜地钻进车厢去救其他人。

"车子要爆炸啦！"突然，不知谁的一声喊，让正陆陆续续接近车厢的群众，顿时惊恐地四下逃开。原来，有人发现车尾有火苗蹿出，而汽车的箱体正在哗哗地漏油。

此刻，进入车尾的年轻人，犹豫了一下，瞬间又坚定地快步向车头走去。一分多钟后，那个年轻人，从车尾竭尽全力"滚"出一个胖子来。就在这时，汽车爆炸了。他们有惊无险地死里逃生，而车上的另外十几个生命全部葬身火海。

在医院里，年轻人成了新闻追踪的热点人物。一个记者问："明知车子要爆炸了，还上车救人，你不怕死吗？当时你是怎么想的？"年轻人笑笑说："没怎么想，反正如果要爆炸，就是我跳下车的一刹那也会爆炸的。"

另一个记者激动地问："我采访过在场的目击者，他们说你没有直接在车中央随便救个人出来，而是一直到车头，救出了一个身体肥胖的人，请问这是为什么？你认识那个人吗？"

"不认识。"

"那你为什么偏偏要选择救他呢？"

"这……"年轻人沉吟了片刻继续说，"其实，我那天是带母亲去医院看病的，可上了公交车大家都大眼瞪小眼的没一个人让座。这时，那位坐在最后排的胖师傅，把位子让给我母亲，自己则去了车厢前面站着。我当时很感激他的举动。就在有人喊'爆炸'时，我想，老天爷若要我死，我就是立即跳下去，汽车同时爆炸我也会死。不知为什么，我突然觉得我应该跟死亡赌一把，于是我选择了先救他，因为他值得我用生命去救。"

这时，人群后方一片骚动，人们主动让出一条道，只见一个护士推着一个挂着点滴，绷带裹头的胖病人出来。胖病人几次要挣扎起身，还颤抖着问："恩人呢？我的恩人在哪里？"

紧握住年轻人的手，病床上的胖子眼泪纵横，泣不成声。他说："小兄弟，您可是我的再生父母啊，要不是您舍身相救，我恐怕，恐怕……"中年人哇的一下哭出声来。

年轻人也哭了。他说："大哥，我该谢谢你呀，要不是你把座位让给我母亲，她在出事时有前面的座位挡着，以她这个年纪恐怕早不行了。"

他们为感恩的哭，为幸存的哭，让在场的每一个人黯然。

（载《微型小说选刊》2008 年第 2 期）

是个好人

"不错，是个好人。"不少病人及亲属这样说。

说的是唐医生。

唐医生远远地招呼病人："来来，这边坐，这边坐。"

唐医生眼花了，唐医生招呼人时目光从镜框上边像春风一样飞出去，和蔼可亲。

病人因此很感动，觉得唐医生的话不是话，是暖流。

唐医生的声音也慈祥："哪儿不舒服呢？怎么不舒服的呢？"面带微笑。

病人说："唐医生，我头难受，可能是感冒了。"

唐医生就仔细地询问症状。病人看唐医生如此这般地认真负责，再看看唐医生花白的头发，禁不住中间就插上一句："唐医生真是好医生呀！"

唐医生说："胃口怎样？"

"不好，不想吃饭。"病人说。

唐医生又问了两句什么，然后就不容置疑地说："做个胃镜，我估计你胃里有问题。"

病人一听就很害怕，连连点头："是是。"

其实，唐医生心中清楚这人根本就不需要做胃镜，而是自己需要他做胃镜。

做一个胃镜，唐医生可从中拿8元提成。

病人感激地去了。

唐医生如此这般每月可多挣三千元左右，是工资的两倍。其他医生每月大都在两千元左右。因此就有医生背后说唐医生"狠"。不过，不少医生对唐医生给予理解，说他家困难，老婆没工作，还有三个孩子也没有找到工作，难呀！

万岁！

这天来了一对母子，一看就是乡下人，也能看出那儿子是个大孝子。

唐医生看着，心中欢喜，脸上愉快。

唐医生连忙招呼并扶着老太太坐在自己旁边，母子俩一时激动得不知说啥才好。

唐医生望、闻、问、切。

唐医生心中判断老太太得的是胃病，外加重感冒发烧。

唐医生让病人做胃镜，做了之后又说还需要做脑部CT，又说你头疼，有可能是……

当儿子的一看唐医生面庞严肃，欲言又止，吓坏了，双手忽地就抓起唐医生的手说："唐医生，俺可是奔着您的名字来的呀！求求您，救救俺娘！救救俺娘！"

唐医生说："你放心，我是医生，我不会忘记自己的天职。"

唐医生说了这话，不知怎么心中竟"提溜"一下。

一个脑部CT280元。

病人只有250元了。

唐医生想一个脑部CT可提取80元。唐医生脑子里的算盘只"哗啦"响了一下就算好了账，于是毫不犹豫地从自己口袋里掏出

30元钱，泽及万世地说："拿去吧。"并说，"不用还了。"

唐医生说这话时，目光从母子中间的空隙闪耀而过。

突如其来的雪中送炭，使大孝子不由分说地"扑通"一声跪在了地上，热泪盈眶地说："好人呀！您真是个好人呀！"

男儿膝下有黄金，只待孝敬父母时。

唐医生的心，电打火般地抖动了一下，脸，似乎有点儿热了。

但唐医生很快转过神来，双手拉起大孝子："快去扶着你娘做检查吧，别……"他想说"别耽误了"，但他没有"别"出来。

同时，唐医生的手在那大孝子的手下面抽搐了一下。

母子俩千恩万谢地去了。

唐医生的目光从镜框上方拉出，看着母子俩的背影，心中一时乱糟糟的。

唐医生走神了。

突然，唐医生站起身，对身边那些还在被感动之中的待诊病人说了句"请等一会了"，就走出了门诊室。

待诊病人想唐医生可能是如厕，都在心里说"去吧去吧"，都用目光温暖地送着他。

唐医生很快又回来了。

当他坐下时，他重重地出了口长气，确实有种解除便累的表象。

唐医生又开始问诊了，周围的人比刚才更多。

CT室那边。

当那个大孝子排到自己交费时，他被窗口里面的工作人员的声音给搞蒙了——

"你母亲叫张秀芬？"

"是，是的。"

"你的 CT 费有人给你付过了。"

"是，是谁？"

"那人不让说。"

大孝子看了看窗口，随后木然地转过身子，前走两步。突然，他仰起脸，目光向上，举起双手，狮吼般大叫一声："城里的好人多呀！"

（载《微型小说选刊》2008 年第 6 期）

"局长"该判给谁?

蔡良基

法官遇到了难题,法官任职二十八年来第一次遇到了难题。其实案情并不算复杂,结婚七年的夫妻出现分歧,协议离婚不成后闹上了法庭。

男人说:女人缺少情趣,无端猜疑且没事生事,这日子没法过。

女人说:男人喜新厌旧,一阔脸就变,不醉不回家,这日子过不了。

男人与女人针尖对麦芒,相互指责争得脸红脖子粗。

法官的脾气特别好,直到男人女人说累了说完了这才开始审理案件。法官说:既然你们感情破裂又不愿调解,那就进入财产分割程序。

男人没等法官说完就抢先表态,房屋、存款、家具、衣物、女儿都归女人。还有女儿今后的学习生活等一切费用也由他来负担。

女人说:单单这些还不够!

不够,男人吃惊地睁大眼睛问,你,还有啥要求?

法官也把目光投向了女人,并重复男人的问题:你还有啥要求?

女人沉思片刻说:除了女儿之外,我只要你头上那个"局长"的红翎子。

这回轮到法官吃惊地睁大了眼睛。

女人瞟了他们一眼说：其实我的要求有根有据，而且也合理合法。婚前，男人不求上进，在单位仅是一名普通的员工。结婚后我鼓励男人积极向上，而且全力做好生活后勤工作。甚至女儿出生后也不要男人做一点家务，好让他全身心地投入工作之中去。这些还是其次，男人之所以能从科员、科长，升迁为局长，最关键的是得力于我的精心谋划及运作。我动用了我娘家的关系，花钱托人才好不容易搭上了市长秘书这条线，男人从此官运亨通、春风得意。法官先生，男人的"局长"是婚后才取得才荣升的，依照婚姻法的规定，这"局长"就属于夫妻的共同财产，离婚时我这个妻子当然可以依法分其一半呀！

听了女人这番陈述，法官来了兴趣，他眼珠一转笑着说：按照你刚才的说法，这"局长"有你的一半，但"局长"毕竟不是一件简单的东西，这一半该如何来分呢？

早回过神来的男人忙附和说：是呀，"局长"怎么来分呀？要不，我再另外补偿你五十万。

女人笑着说：区区五十万就想糊弄打发我。你以为我不知这"局长"的价值？嘿，免费入住别墅，免费乘坐轿车，免费吃肉喝酒，免费游山玩水，免费……这还仅是"局长"分内"冰山一角"的合法享受。假如"局长"稍微动用一下手中的职权为他人行个方便，那钱财还不像江河之水滚滚而来吗？还有，还有就你那肥头大耳的模样能"招蜂引蝶"，美女们还不是冲着你头上的那个"局长"。所以不管怎么说，这"局长"我一定会全力相争，决不会放弃的。

法官遇到了难题，法官任职二十八年来第一次遇到了难题。

这"局长"该判给谁呢？

法官不吃不睡忙了三天两夜,仔细查询了十章九篇八节七十六条法律条款细则皆无相关的规定。按情理"局长"该判给女人,但按法律又无依据。这如何是好? 束手无策的法官只好将此情况详细行文向上面呈报。

最高法庭特意召开紧急会议进行讨论审议,法官和专家们分成两大派各执一词地争论开来,持续数月之久仍然谁也说服不了谁,法律文书自然无法形成与颁发。

为此,男人与女人的离婚案只能休庭待判。

有人问,"局长"该判给谁? 法官耸耸肩双手一摊用外交的辞令说,无可奉告。

（载《微型小说选刊》2009 年第 1 期）

寒　冬

　　空中溢满寒风狰狞的微笑。光秃秃的树干冷得瑟瑟发抖，发出凄厉无助的呜咽声。空中铺满铅色的乌云，严密密地压在头顶上。

　　要下雪了。

　　我立在风中，脸被刀子样的风扎得生痛生痛。几个脚指头好像断掉了，已感觉不到痛。

　　"爹，上岸吧，要不然会冻坏的。"

　　父亲不搭理我。父亲仍摸他的鱼。父亲只穿了一条短裤衩。

　　"这些王八羔子都躲到哪儿去了？"父亲下湖快半个时辰了，可乌鱼一条也没摸到。在夏季，乌鱼很好弄。夏季，乌鱼怕热，总浮游在水面上，在鱼钩上放只青蛙或块面粉团，就立马能钓上乌鱼来。可在寒冬，乌鱼怕冷，藏在泥土里一动也不动，很难抓。即使人踩住它，它也动都不动，让人很难感觉到踩住它了。乌鱼鬼精。

　　湖水对湖岸怀着满腔仇恨似的，猛烈而凶狠地撞击着湖岸。我感觉到脚下的地在抖。我听见湖岸痛苦的呻吟。湖水一点也不同情，仍一次比一次凶狠地咬噬着湖岸。

　　父亲被湖浪冲了个趔趄，险些摔倒。

　　"爹，别摸鱼了，回家吧。"

　　"放你妈的屁，不摸到乌鱼，你能当成兵……"

　　父亲的声音在打战。

都是那狗日的村长！

听说在一些富饶的地方当兵很容易，可在我们这个穷山沟，想当兵的挤破头。每年冬季，都是亢奋而慌乱的季节。许多人都为当兵奔波。我们这些没考上大学的，如想挣脱脚下这贫瘠的土地束缚，那只有当兵一条路。在部队考军校比地方上考大学要容易得多。如考不上军校，可学些技术，今后就不愁没饭吃。学不了技术，争取入党也行。入了党，可进村委会当干部，或者进乡办企业，入了党的军人也不愁没饭碗端。

我也往当兵这条狭窄的路上挤。

去年，我考中了，可乡武装部只分给我们村委会四个名额。我没争到。原因是我们想抓住鸡却又舍不得一把米。

今年，我考中后，父亲就忙活开了。

父亲拎了两条"红塔山"、两瓶"茅台"进了村支书的门。村支书见了烟酒，满口答应，又说："只是村委会不是我一个人说了算，还得让村长同意。村长同意了，我没二话。"

父亲又拎着鼓鼓囊囊的包进了村长家。

父亲向村长说明来意。

村长说："这事，我当然会帮忙。只是今年指标太少，只有三个。而村里考中了的却有十几个，能否去得成，我不敢打包票。但我尽力帮忙。"

父亲又把烟酒拿出来，村长不收。父亲说："你不收，就是看不起我，不想帮这个忙。""忙是要帮，但东西不能收。"两人争了很久，最后父亲执拗不过村长，把东西拎回家了。

父亲脸上阴阴的。

父亲说："村长死活不收东西，他不实心实意帮忙。唉！"

父亲心里急。

正巧，村长的女人得了一种妇科病，医生开了药，说要乌鱼做药引子才行。

父亲得知后，立马就下湖了。

父亲的身子开始抖了："妈的，这……王八……躲……哪里……"父亲话都说不利索。

"爹，回家吧。这兵我不当了。"

我的泪掉下来了。

"闭……上……你……臭嘴。"

父亲仍摸他的鱼。

忽然，父亲笑了："哈哈，终于……抓……住……你……"

父亲双手举着一条三四斤重的乌鱼。

父亲上了岸，身子一个劲地抖。父亲的嘴唇已冻得乌黑，身上发紫，可父亲还笑着说："这回没白来。村长见了这鱼，准会动心的。你当兵有望了。"寒冬，乌鱼捕不着，鱼摊上根本见不到乌鱼。

回家的路上，碰见几个汉子。汉子们见我手里抓着乌鱼，都转过头走了。

我知道他们也是为村长抓乌鱼的。

回到家，母亲把一红本本给我，说："通知书刚下来了，过几天就走。"父亲不识字，却端着"入伍通知书"看了许久。

父亲问："这通知书谁送来的？"

"村支书。"

"那你把这乌鱼剖了，红烧，多用香油，要煎得焦黄焦黄，村支书喜欢吃。"父亲对母亲吩咐后，又对我说，"你去买两瓶好酒来。"

"那这乌鱼不送村长了？"母亲问。

"不送。"父亲生硬地说，"娃能当兵，全靠村支书帮的忙。这情我们得谢。"

酒买回来了，父亲就去请村支书。

父亲把脊背上的鱼块一个劲地往村支书碗里夹。村支书说："我自己来。"父亲说："多吃点，这东西冬天里了，补肾。"父亲又端起酒杯，说，"我在这敬你一杯，娃儿能当成兵，全靠你了，在此谢你了。"父亲一仰脖，一杯酒一口干了。

"林子能当成兵，也多亏了村长帮忙，我一个人不行的。乡长在外县有一亲戚，想把户口转到我们村，占我们村一个指标，村长挡着，把这指标给了林子。"

父亲"啊"了一声，笑便僵在脸上，但片刻，又说："来，喝酒。"

父亲的声音一下没了筋骨、软绵绵的。父亲刚才兴奋得发红的脸也犹如门墙下的枯草，蔫蔫的。

外面开始下雪了。

吃完酒，父亲又出去了，母亲和我没在意，都没问父亲到哪里去。到吃晚饭时，我四处喊父亲，却没人应。母亲也慌了。后来，母亲说："他是不是给村长摸乌鱼去了？"我跑到湖边，见岸上放着父亲的衣服，湖上却没父亲的影子。后来在离我们村二十几里的一个山脚下找到了父亲。父亲的身子已变得僵硬。

三天后，我穿着绿军装登上了火车。

雪纷纷扬扬下，满世界一片耀眼的白。

（载《微型小说选刊》2009 年第 4 期）

迷 花

赵悠燕

一连几天，防盗门的手把上都塞满了广告纸，李尔取出来，胡乱地揉成团扔进垃圾桶，他讨厌这种招揽顾客的方式，无非是推销化妆品、补药或某商场换季打折之类的。那天也是闲来无事，取出瞄了一眼，"你想三年就赚一百万吗？"用醒目的黑体字打的。

李尔在上面找了很久，才找到地址：新华街111号。

接待他的是一个身材修长的男人，白净瘦削，气质忧郁："很多人都等不到开花的那一天就放弃了。"男人从昏暗的木房里捧出一只陶瓷花盆，"三年的花期是有点长，这个，你可要想清楚了。"

李尔没回话，只仔细看了看栽在花盆里的植物，其实，它只是光秃秃的一条细枝，淡绿色，李尔都怀疑它是不是还活着，不过养不活也不要钱，权当试一试吧。

李尔捧花出门时，男人在后面说："记住，开花了才能来找我。"

李尔刚刚辞了工作，他有的是时间，于是，他照着男人说的白天把花搬到阳台，晚上再搬进卧室。半年过去了，那条细枝依旧如初，没有长高，也没有抽芽。

耐心，要耐心。睡觉的时候，李尔看着那盆花（他把它姑且称为花）给自己打气。一百万啊，他想。

于是，李尔更加细致地护理着这盆花。"如果想要让它开花，就要倾注你的心血，它是植物，但它也通人性。"男人的话犹在耳边。

李尔每天早晚两次给它放舒缓的音乐，他想既然它通人性，那么它一定也能听得懂音乐，说不定会因此生长得更快呢。到了年底的时候，他发现，细枝悄悄地长高了，现在有他的小手臂那么长。

那期间，有人给李尔介绍过几个工作，但李尔工作不到两天便辞职了，因为，他总是心不在焉，担心那盆花被偷了，或者因为受了自己的冷落而生长得更加缓慢。于是，他又待在家里，他卖掉了房子，在偏僻的郊区租了房，吃饭只叫外卖，过着几乎与世隔绝的生活。

到了第三年，那盆花绽出了新芽，两枚嫩绿的叶子轻轻地靠在一起，如雏翼的羽毛。晚上，李尔睡觉的时候，叶子就发出奇异的绿莹莹的光，房间里就变得阴冷起来。

还有一个月的时间，某天，李尔忍不住去了新华街 111 号。男人看见他，冷冷地说："花开了？"李尔愤愤地说："你骗我，它根本就不会开花！"男人说："以前那些人都这么说，所以，他们得不到一百万。"

听到"一百万"，李尔的头就垂了下来。男人说："三年时间还不到是不是，为什么不再坚持一下？"李尔垂头丧气地出了门。

花依旧如初，李尔每天看着它，看花了眼，也找不出一丝结了蓓蕾的迹象。那晚，他躺在床上，呆呆地注视着那盆花出神，突然，他想起男人的话，"你真的用心血浇灌它了吗？"李尔"腾"的一下跳起来，找了一把刀，在自己的手臂上划了一下，血从伤口上滴下来，渗入泥土中，瞬间就没了。

李尔疲惫地倒在床上，闭上眼睛睡着了，叶子上的绿光仿佛更亮了，房间里阴气森森。

几天后，李尔把花搬到阳台去的时候，赫然发现，绿色的叶片中间结了一颗小小的蓓蕾，他的心按捺不住地狂跳起来。

李尔发现，他往花盆里输的血越多，那颗蓓蕾就结得越大。他几乎不能自控地每天往花盆里输血，到了后来，发展到了每天输血好几次。那晚，他躺在床上，神色恍惚间，见绿油油的叶子中间开出了一朵猩红艳丽的花朵，闪烁着诡异的光芒。李尔轻轻笑了一下，拿起电话拨通了号码，喃喃地说："花开了，一百万……"他的手臂缓缓地垂到了床下，那儿，正汩汩地流下殷红的鲜血，一滴，又一滴。

新华街111号。那个脸色苍白的男人正在打电话："李先生，花开了。是的，他死了。二百万什么时候汇入我账户？……好吧，花我明天拿过来。一手交钱，一手交货。"男人放下电话，看着那盆艳丽得出奇的花，苍白的脸上毫无表情。

A市某幢别墅内，被唤作李先生的男人缓缓地放下电话，一个清瘦的女孩进来问："爸爸，是不是李尔打来电话了？"

"没有，是我的科研所培育的迷花成功开花了，"李先生说，"好了，我已订好机票，明天我们就离开这儿。"

"可是，万一李尔来找我怎么办？爸爸，能不能再宽限几天时间。"女孩神情忧郁地说。

"傻孩子，如果他真心想娶你，不会要你等这么长时间。好了，爸爸已经给了你们三年时间，他不会再来了，可能早带着其他女人远走高飞了呢。记住，这世上除了爸爸是真心爱你的，没有一个是好男人。"李先生安慰着女儿，脸上露出深不可测的笑容。

（载《微型小说选刊》2009 年第 7 期）

躬 爷

纪富强

躬爷姓公，名不详。有此绰号的那年，满打满算，不过三十有三。

躬爷生得身材矮小，腰粗腿短，尤其面相苍老，背部畸弯，从小到大，受尽揶揄和白眼。加之双亲早逝，世态炎凉，躬爷一直孑然一身，求生艰难。

躬爷是何时来医院的，没人知道。

可但凡来过医院的，没有不知道躬爷的。无论是谁，只要用得着，只要不嫌弃，甚至开玩笑胡闹，只在急诊大厅一跺脚，立马就会听到一阵急促的脚步声，眼见一团囊囊的黑影像只鸵鸟似的直奔眼前。

此人就是躬爷。

躬爷专在医院背人。

背啥人？啥人都背。

包扎的，注射的，拍片的，化验的，透视的，输血的，手术的，做 B 超的，拍 CT 的，转院的，换房的，移床的。当然，最主要的还是急救的，伤残的，孤寡的，传染的，死亡的。

有轮椅和担架，躬爷算干吗的？

躬爷啥编制都没有，就是一个等吆喝卖苦力的。可偏偏那些过来人心知肚明：啥先进玩意儿，比起躬爷来，都不好使！

躬爷最初来医院是给自己查病的，可查来查去就怕了。每到一处，医生张口问的不是病情，而是查他裤兜里到底装了多少钱。

躬爷能有啥钱？往回走时，却听到急诊室的护士朝他招手大喊："喂，帮个忙！输血，缺担架！"躬爷二话没说，上去背起患者就走。临了，还不放心，在输液室外来回徘徊。也巧，那天特忙，护士们见他老实，一连指使躬爷背了四五趟人。最后，躬爷的退烧针就是护士给免费打的。

从此，躬爷开始留恋医院。

不为治病，而是可怜那些生病的人。

自然，护士站的护士和躬爷也熟起来。一次，护士小严站在走廊上高喊躬爷："老躬！快点儿过来……"话未讲完，引起一阵爆笑。护士们这才意识到问题。从此，躬爷便称为躬爷。

躬爷的第一笔钱来得很容易。

那时躬爷只想在医院尽义务，突然被一个胖子叫住。"我儿子贪玩叫玻璃扎了脚，你把他背上四楼去，我给你二十块！"

躬爷听了笑笑，身子一蹲，背起孩子噌噌就上了楼去。胖子果真掏出钱来，躬爷不接。胖子把钱摔在躬爷脸上："死驼子！别他娘的装，现在干什么不要钱？"

第二笔，却相反。

是个醉鬼。躬爷正往二楼背着，忽觉背上一阵潮热，臊气冲天，前襟随即被呕进一摊黏稠的秽物，两只铁钳大手突然扼住了他的脖子，紧接着右肩被狠狠咬住！

这次背人，险些丧命。即便如此，躬爷也只拿到了区区两块钱。

躬爷也背老人。每当这时，躬爷先是两脚扎稳，马步半蹲，脊背在原基础上尽量前伸、下塌，脖颈向上挺直，两手环绕细紧，走起来不偏不倚、不摇不晃、不颠不簸、不快不慢，轻抬轻放，煞是用心。

躬爷背老周头和老苏头的时候就是这么背的，可都是人没放下，已没了气息：转眼之间，那些送老人住院的红男绿女，早已不知去向！

也背过女人。那是躬爷来医院的第三个年头。二号病房楼清晨里的一声尖叫刺破长空，一个四十多岁留着披肩长发未婚的女精神病人，像颗流星一样结束了自己的生命。

躬爷背起她的时候，胸口一直热辣辣的，像是鼓足了平生气力去做一件巨大的亏心事，脚步都有些发飘。尤其女人那头纷乱的长发，充满了浓烈的洗发水味道，抚在脸上，让躬爷打了好几次喷嚏，险些栽倒。

女人三伏天里穿的是件红彤彤的厚棉袄，但躬爷感觉背上轻盈、柔软、潮湿，乃至酥麻。从病房楼到停尸间，短短几百米路，躬爷却感到有些虚脱。

还背过警察。

那个年轻人被送来时，躬爷听人说，如果让背上这个人醒来发现自己正坐在轮椅或担架上，那后果将不堪设想。

警察是在排爆时出的意外，被截掉右腿。躬爷没想到只走了二十级台阶他就醒了。然后，他剧烈挣扎，摔到地下，撕心痛号。

所有人都手足无措，只有躬爷吼了一嗓子："是汉子，哭够了，就算了！"

那警察，蓦然愣住。

躬爷在医院待了六年，头发花白了大半，人瘦得皮包骨头，腰背整个塌陷下去，不过脖子还是挺直的，远远望去，像极了一把蹴在暗陬里的竹椅。

后来，医院升级，带电梯的住院大楼拔地而起，120 急救车配备齐全，大批器械和人才也陆续到位，医院里有了更严格的管理规定。

没有人撵躬爷，躬爷的谋生愈发举步维艰。

那是个飘雪的清晨，躬爷高烧不退，想去医院看病。半路上，却背起一个受伤跛脚的年轻人。

这年轻人是个逃犯。警察沿脚印追来的时候，发现他被搁在了八楼的楼梯上，上不去也下不来，而躬爷匍匐在地，身下流出一摊黑血，人早已经去了。

警察疑惑，躬爷显然不知逃犯的身份，可他为什么不乘电梯呢？

（载《微型小说选刊》2009 年第 8 期）

广告位

姚　讲

　　这是一个真假黑白非常分明的世界。真的有一块自己的广告牌，反之则是假的。任何一款新品，都需要事先找好一个广告位把信息贴上去，产品才可以上市。

　　除了墓地。

　　这是一个墓地超级紧缺的世界。N 年前人们为了住房，不断开荒拓地，开发了不少荒芜地区甚至坟墓，为此打了不少官司，政府就出台政策，墓地将永远作为墓地，不允许开发为住房！N 年后的今天，人口开始负增长时，人们不再为住房发愁的时候又开始为自己的未来做打算：百年之后总不能直接扔河里喂鱼吧？

　　基于上述两个原因，世界上就多了两个非常走俏的职业：广告位招租员和墓地销售员。

　　小 K 大学毕业后很幸运地进了史密斯广告位招租公司。原本才毕业的学生是没资格进广告位招租公司的，但是小 K 的父亲大 K 曾经为史密斯广告位招租公司拉了几笔大业务，加上小 K 在大学所学的专业是市场经济贸易与管理，所以他被破格录取了。

　　虽然这是个非常走俏的职业，但是公司的制度非常严格，特别是对于新人。小 K 接到的第一个任务是开辟一个新的广告位，如果他能顺利地在一个月时间内找到一个新广告位，他就可以顺利转正，以后专门负责广告位出租，否则就被解聘。

这是一个狼多肉少的世界，不知有多少单位在等着租广告位，要找个空的广告位谈何容易？

小 K 开始后悔，大学时代为了两顿饭钱就把自己后背的广告位卖了三年时间，还有两年合同才满。那时候，后背的广告位才开始流行，学校的学生集体把自己后背的广告位卖给了史密斯公司，卖来的钱两次聚餐就给吃完了。要是放在今天，两个月饭钱都有多的。更让小 K 后悔的是，在他们集体卖掉后背的广告位之后，又接着把脸上和手臂的广告位卖了。小 K 不知道这笔业务的联系人竟然是他的父亲大 K。

小 K 走在大街上，大街小巷，只要是能挂个牌子能贴块布的地方都贴满了广告，五花八门的。再看看大街上走着的形形色色的行人，脸上、背上、手臂上，空的地方都已经被广告占满了。小 K 每天天没亮就出门，凌晨回家。他花了足足二十九天的时间，找遍了大街小巷、公车公厕、商场饭店、房前屋后、电杆树叶……能去的地方都去了，能找的地方都找了，就是没找到一个空的广告位。

小 K 开始绝望，想着放弃。

最后一天，小 K 睡得很晚才起床，这一个月的时间里，小 K 没有一天是自然醒来的。总是被闹钟无情地吵醒，然后惺忪着双眼开始奔波，结果却全是徒劳。

小 K 决定今天不再刻意去找新的广告位，大不了就被辞退。他要去逛商场，过一天正常人的生活。

小 K 从商场出来，提着大包小包的东西走在马路边上时，突然看到迎面驶来的汽车，汽车前面竟然空着一个广告位！小 K 丢掉手上的东西就向汽车飞奔而去，然后就失去了知觉。

小 K 被奔驰而来的汽车撞到马路边，当场死亡。

大 K 得知小 K 的死亡，哭得死去活来。大 K 拿着小 K 的巨额赔偿金给小 K 买了个公墓，把小 K 的骨灰盒放了进去。

墓碑上，老 K 找人刻字祭奠儿子，突然想起这是个绝好的广告位，于是让人刻上这么几个字：一居室，求合租，面议。

（载《微型小说选刊》2009 年第 10 期）

是谁偷走了我的语言

赵悠燕

我叫龙誉。

3岁。那一年，我娘穿了一件花衣裳，我说："娘，你真好看。"我看见娘看着我高兴得涨红了脸，我又说："像花一样。"这下子，娘的两只不大的眼睛睁得像两颗圆滚滚的桂圆核，她一阵风似的跑了出去，逢人便说："我儿子说我好看得像花一样。他才3岁，他才3岁啊！"没多久，我惊人的语言能力便传遍了全村。

11岁。课堂上，我又被老师点名了。"龙誉，你又讲空话，给我站起来！"

"龙誉，你那么爱讲话，你给我站到讲台上来讲！""龙誉，你怎么像个小麻雀似的叽叽喳喳个没完，你给我站到教室外面去！"没多久，"小麻雀龙誉"的名声传遍了全校。

23岁。我大学毕业到一家公司工作。工作的第三天，我就和经理因为一个设计方案而展开了争论。经理以武断的口气说我的方案是错的，我据理力争，经理被我驳得哑口无言。他瞪着我，说不上话来，大概他还从来没见过一个刚上班就敢顶撞上司的人。一个星期后，我收到了人事部门的辞退书。

25岁。我考到一家行政单位。那天开会，局长让我谈谈工作思路，我受宠若惊，开始发表精心准备了一个晚上的激情洋溢的发言。直到局长不轻不重地把茶杯往桌上一放，大家都用奇怪的目光看着我。事后，同事小关拍拍我的肩，意味深长地说："龙誉，想不到你的口才这么好，真服了你，发言的时间比局长还长。"

30岁。我向相恋了6年的玫求婚。玫说："不是我刺激你，你要房子没房子，要钱没钱，我怎么能够嫁给你呢？"我说："我们先租房子住吧。你放心，我绝不会让你受苦，我赚来的钱全交给你，你说一我不说二，我一定让你做世上最幸福的老婆。"玫叹了一口气："你说得是很动听。可是，没有经济基础的婚姻又谈何幸福呢？"我说："玫呀，毕竟咱们好了6年，我心中一直只有你一个人啊。有了爱的婚姻是幸福的，没有爱的婚姻是可悲的。"玫说："龙誉啊，我真是敬佩你的口才。也许，你该考虑换个工作，比如律师、讲师什么的，那样才赚钱呢。"我无话可说了，我第一次发觉自己的口才在爱情面前显得那么苍白无力。玫还是走了。

35岁。我出差去省城，办完事想起那儿有我大学时的一个好朋友，我打电话让他过来和我一起吃饭。我们喝了一些酒，抽了几包烟，我突然发觉，自己不知该和朋友说些啥。这顿饭吃了不到一个小时我们就散了。回到宾馆，朋友打来电话："龙誉，你这趟来没啥事吧？"我很奇怪："没啥事，就想看看你。"朋友说："真没啥事？……龙誉，你变了，我劝你，凡事想开点啊。""真没啥事，你看出我有啥事吗？""不是，不是，龙誉，以前咱俩可是无话不谈，熄灯了你还缠着我说个没完。我真还以为你受啥刺激了呢！""真——没——啥——事！"我挂了电话，心想，今后我再也不会去找他了。

40岁。老婆说："龙誉，你在外面是不是有人了？"我没说话，摸摸她的额头，老婆"啪"地打掉我的手，"别来这一套，我就知道你不承认。那好，你告诉我，没人为啥一整天不跟我说话？"我懒洋洋地放下书，开口道："刚才不是喊你吃饭了吗？"老婆从书房里拿出一个本子："这是我这个星期记录下来的，你每天跟我说的话不超过五句。你看看，昨天你总共才跟我说了三句话——我走了。有客，不回来吃饭了。哎，遥控器放哪了？一个丈夫一星期对他的妻子连五十句话都说不上，你说，咱们的婚姻是不是出了问题？"我不想说话，扯了一条毯子盖住脸。老婆哭了，她说："我要跟你离婚！"

41 岁。我遇到村里的村支书，他拉着我的手唠个没完，我看着他，笑而不语。临别前，村支书狐疑地看了看我说："你小子，咋变得阴森森的？"

42 岁。同事小关凑在我的耳边悄悄地说着局长的风流事，我默默地点着头，不发一言。他拍了一下我的肩，说："咋的，跟我玩深沉？"

43 岁。局长开会点了我的名："龙誉，你谈谈你的看法。"我点了点头，说："我赞同大家的意见。很好，我没啥可说的。"

44 岁。娘打来电话："誉啊，听说你不爱说话了，要是觉得心里闷，就跟娘来唠唠。"

不知怎的，我鼻子一酸，流下泪来，我说："娘，没啥好说的。真的，我想不起来该说啥。"

（载《微型小说选刊》2009 年第 19 期）

火 焰

　　她的暗恋藏得有些深，他几乎没感觉到。直到有一天晚上，她端着一碗精心熬制的粥小心翼翼地敲他办公室的门时，他才看出了她的一点儿小心思。她知道他爱喝粥。以后的每天晚上，只要看到他办公室十一点还亮着灯，她准要给他送粥。叩门声很轻，不用心还真听不见。

　　他是一个深受老总器重的业务高管，手里掌管着公司两千多人的命运，寡言少语的他外表有些冷漠，让很多人不敢轻易地接近。

　　公司业务正兴隆的时候，老总给他安排了个文秘，22岁，刚刚大学毕业，青涩而执着，遇事爱钻牛角尖。而他纯属一台机器，除了工作上的接触，他和她也没有多少话可说，甚至连一顿快餐也没和她单独吃过。

　　这样一个冷若冰霜的男人怎么能让她爱得一塌糊涂呢？连她自己都有些想不通。

　　爱有时是一个解不开的死结！

　　他知道她动真格了，也没去作回应，而是劝她离开，她不肯。他说：我知道你是一个敬业的女孩子，在哪里都能干出成绩，我帮你找份更好的工作行吗？她也不肯。他犯难了，做进一步让步，说：那我给你钱，怎样？你想要多少？她就哭，掩着脸逃出办公室。她对他的一切给予都不屑一顾，她只想留在他身边。

294

他越拒绝，她就越固执，竟到了痴迷的程度。常常趁清洁工打扫卫生的空儿，偷偷钻进他的卧室，把他留在床上的内衣内裤都拿出来精心洗好晾干，再喷上香水后送回去。他不领情，呵斥她，说：你给我的内裤喷了香水让我怎么穿，你把我看成什么男人了，内裤上还喷香水？她像个做错事的孩子，低着头，看着地板，不吱声。

那段日子里她很憔悴。他越冷漠，她越激烈，简直快要疯了。他回家过春节，她竟然悄悄地跟着他，来到了千里外他居住的小城，然后来到他家。开门的一刹那，他傻了眼，只有妻子表现出了少有的大度，把她迎进屋，端水泡茶，还为她做了一顿家乡过年时才能吃上的蝴蝶鱼。

那一夜他和妻子都没睡好觉。他看着身边假装睡着的妻子，心里很难受。多少年了，他一直在外打拼，一年回不了几次家，妻子也是人呀，也有需要，她的苦他能了解多少呢。这次妻子这么大度，一定是打碎牙齿往肚子里咽。于是他连夜想出了一个恶毒的主意。

在送她回去的路上，他和她住了三个夜晚。那三个夜里，他彻底地疯狂，没有休息，每晚都到天亮，彻底地亢奋，天翻地覆地干。你不是想要这个吗，我就一次给你个够！她开始还像一堆干柴，碰到他像碰见了火，迅速开始燃烧，积极迎合他的疯狂。到了第二天夜晚，她的温度就开始退了下来，第三个夜晚，激情就成了一堆灰烬，而他依然那样地卖力，像个疯狂的动物，每次完毕后都大声地叫，叫得像个驴子，难听得要命。

千里投奔，这么辛苦的爱，换回来的竟是几个夜晚的驴叫，这好像不是她想得到的。而他很愉快，微笑地转身，看她流泪。

当疯狂到顶点后情绪就会低落，就会理性地思考，一旦用理性思考来解决问题，一切都解决了。一个公司的高级主管，天天和人打交道，他把人性摸得很清楚。

他这一招灵验了。他达到目的了。

经历过后，她淡定了许多，不像以前那样钻牛角尖了。

他给她二十万，让她回家好好过日子。她和别的女孩子不一样，她拒绝了，他一再求她都不成。她起身离开了，留给他一抹淡淡的笑！

过完年后，她再没来公司上班，而是去了另一个城市。

这下轮到他了，她把爱的痛苦传染给了他。牵挂和思念一同向他袭来，看来他和她一样都是普通人，普通人都抵挡不住情的诱惑。他几番打听都没有消息，终于有一天，他忍不住了，停下手里的活，去了那个城市。

她已经结婚，和丈夫一起合伙开了个小店，过得很快乐，并且有了孩子，一个男孩，叫少阳，和他同名。

他没有打扰她，而是在她的店外呆呆地站了一个晚上！

（载《微型小说选刊》2009 年第 22 期）

教 父

我是在北方那座俄罗斯式的城市里长大的。

那时候，教堂顶的白雪，尖楼上的钟响，紧裹黑衣的修女……无不诱惑着我对神秘殿堂产生不着边际的遐想。

外公是天主教徒，对耶稣十分虔诚。他不仅自己信教，每周还要领儿孙们去教堂做礼拜和弥撒。他与教堂的老神父交情甚密，神父待人谦恭、和善，小孩子们都喜欢围着他蹦呀跳呀，或听他讲圣经故事。

神父是外公的挚友，也是两个舅舅的教父，闲暇时经常来家里与外公聊天、对饮，一瓶酒，四碟菜，直至深夜。谈得投机便与外公同榻而眠，情同手足。两个舅舅才十八九岁，对教父更是顶礼膜拜，言听计从。

外公的兴趣很广泛，爬山、钓鱼、打猎、打拳、下棋、舞文弄墨……没有他不好的。有一次去雪山打猎，一熬就是半个月，结果还真打死了一头黑熊，一个人把熊用爬犁拉了回来。他在人前最喜欢炫耀的是那件火狐狸蹄皮大衣，据说是件宝物。外公说穿上它就是在雪地里睡上三天三夜也冻不死。这件大衣是用好几百只红狐狸的蹄皮缝制的，我猜，皮大衣一定是很值钱的。

秋去冬来，北方的大地又覆盖了一层白皑皑的冰雪。天气冷得能冻掉行人的下巴，松花江被冰雪封了顶。外公是个不甘寂寞的老人，他不听家人劝阻，拿着渔具到江面上戳出一个冰窟窿，下网捞起鱼来，从清晨到黄昏，家人见他这么久未归，便去寻找。江面的冰上摆着渔具，却不见了外公。

全家人慌慌张张地奔到江边，望着冰窟窿里蒸腾出的寒气哭号不停。人们都说，一定是老头子捞鱼时不慎跌进冰窟窿里了。

由于未捞到尸首，外公的丧事也只好草草举行。尽管这样，还是赶来了许多人，都是他各界的朋友，人们大都受过外公的恩惠，希望能为老人做点什么……忙前忙后，里外张罗得最欢的要数老神父了。分家的时候，他把我大舅拉到了一旁，对他说："告诉你，我昨晚做了个梦，梦见你爹在那边呢……"他用手指了指天空，"他蹲在雪地里，一丝也不挂呀！我看见他身体直打战，好可怜呢！"

第二天，教父伏在二舅耳朵上，神秘地说："孩啊，昨夜你爹又托梦给我，他说那边天冷，他快被冻死了……"

两个舅舅像两只傻鹅，呆呆地望着教父，不知如何是好。

翌日，教父又来到我家，告诉舅舅外公梦中委托他把那件狐皮大衣给捎过去。

舅舅不敢怠慢，急忙取来大衣，让教父拿走了。

做礼拜的时候，教父满脸慈祥地拍了拍大舅的肩，眨着眼睛说："你爹接到大衣穿上了，还夸你是个大孝子呢……"几句话说得大舅轻飘飘的。

可是，没过几天，外公突然活着回来了。四邻震惊，家人欢天喜地。

原来，那日外公在江面网鱼，几网下去，不见半点儿鱼腥，来了脾气。旁边正好有位老渔翁经过，外公便赌气扔下渔具，随老渔翁到江下游用大网捞鱼去了……

从此，教父再也没到家里来过。外公到教堂几次，教父均以抱病在身为由躲避。一连好几年，外公怕教父难为情，也就换了一个教堂做礼拜。

记得外公临终前，还念念不忘这件事。他躺在床上，用微弱的声音对大家说："……唉，真没想到，一件破大衣，竟伤了一位……老朋友。罪过呀！"

（载《微型小说选刊》2009 年第 23 期）

谁知长大了干什么

乔　迁

　　"我长大了当科学家。"

　　"我长大了当军官。"

　　"我长大了当教师。"

　　……

　　我的学生一个个小脸红扑扑的，争先恐后地说着自己的理想。

　　全班六十二名学生，六十一名都已经说了自己长大后要干什么，只有罗小明没说。我把目光投向罗小明，罗小明立刻低下头，脸涨得通红，还是不站起来说出自己的理想。我叫他："罗小明，你的理想是什么，长大后想干什么？"

　　罗小明飞快地望了我一眼，又迅速地把头垂下，而且垂得更低了，下巴几乎抵在课桌上。罗小明是全班学生中最沉默寡言的，他总是安安静静地坐着，看不到他和其他同学说笑和打闹。他学习成绩还是不错的，总是名列前茅。罗小明不可能没有理想，他为什么不说呢？我走到罗小明的跟前，用鼓舞的语气激励罗小明："罗小明，理想不分高低贵贱，把你的理想说出来好吗？"我想罗小明的理想一定不远大，他是怕说出来遭到同学们嘲笑。

　　罗小明缓缓地站了起来，两手揉扯着衣角，蚊子嗡嗡似的说道："我不知长大了要干什么！"

　　教室里静极了。所有的学生都屏住呼吸在等待着罗小明说出自己的理想。罗小明蚊子嗡嗡的说话声还是像雷声一样在教室里炸开。

"轰"的一声，同学们笑了起来。

"安静！"我一声厉喝，哄笑声戛然而止。我望着罗小明更加红了的脸说："怎么可能没有理想呢？自己长大后想做什么都不知道吗，是不是不敢说出来？"

罗小明慢慢地抬起头，望着我，说："老师，我真不知长大了干什么，我没想过，我只想现在读好书。"

"读好书的目的是什么？"我耐心地启发着罗小明。罗小明又垂下了头，小声说道："我爸说别像他一样做个民工。"

这就是罗小明的理想，是罗小明爸爸给予他的理想，也是对他的期望，长大后不做民工。这是什么理想啊！这怎么能行呢？

我决定去罗小明家中家访一次。

我问罗小明他家的地址。罗小明看看我，稍微犹豫了一下，告诉了我。我告诉罗小明星期天去他家看看。罗小明立刻恳求道："老师，能晚上去吗？"

我问："为什么？"

罗小明飞快地扫了一眼同学们，小声地说道："我爸白天要去工地。"

我的心突然痛了一下，罗小明刚才说了长大后不想像他爸爸一样做个民工的。罗小明真是太懂事了。这么懂事的孩子怎么能没有理想呢！怎么能不知自己长大后要干什么呢！

我轻轻拍了拍罗小明的肩膀，说："好，老师晚上去。坐下吧！"

星期天的晚上，我来到了罗小明的家。罗小明的父亲老罗早就在门口候着了，看见我后便远远地跑过来，很欢喜地冲我伸出手，可手伸出一半又猛地缩了回去，在衣服上蹭着，不好意思地说："这手抓了一天砖头瓦块，咋洗也洗不干净。"

我连忙伸手抓住了他的手，用力握了握，他粗粝的手指硌得我手掌都疼。老罗欣喜地抓着我的手，几乎是拖着我向他的家中走去。

罗小明家是租住的一间民房，地方很小，很狭窄，屋里连个书桌都放不下，罗小明正趴在床板上读书写字。见我进来，罗小明慌忙地站起来，冲我笑笑，很高兴的样子。罗小明的笑很让我很欣慰，他对我的家访不反感不抗拒，而且还很高兴，这与许多不希望老师家访的孩子不同。老罗冲罗小明摆摆手说："出去玩吧！"罗小明又冲我笑了笑，出去了。老罗从身后的窗台上拿过来一盘水果，还有一瓶矿泉水，放在桌子上，招呼我说："乔老师，您坐。这地方小了点，也不干净。"

水果还湿着，刚刚洗过，一定是为了迎接我而买的，还有那瓶矿泉水，也是特意买来给我喝的。我突然感觉心里酸酸的。看我坐下，老罗目光试探地望着我说："乔老师，是不是小明不好好读书？"

我笑笑，语气坚定地告诉他："罗小明没有犯错误，真的。而且成绩一直名列前茅，还十分稳定。这孩子懂事，将来一定会有出息的。"

老罗的脸上立刻露出了欣慰的笑，说："都是老师教得好，都是老师教得好。"

我说："可这孩子不知道自己长大后要干什么……"

老罗愣怔了一下，随即说道："乔老师，不怨他，是我不让他想长大后干什么的，我跟他说现在就是好好读书，书读好了，读成了，再想干什么。"

我一下愣住了，怔怔地望着老罗。

老罗说："乔老师，我说句话您别生气，小时候的理想长大后有几人实现了呀！长大了才会发现很多东西都改变了，包括自己的理想。倒不如现在就努力读书，长大了，再确定理想和目标。我小时候就想当一名老师，可今天还不是做了个民工。"

我没想到民工老罗能说出这么一番话来，我紧紧地握住老罗的手，诚恳地说道："谢谢！我小时候特别恨老师，想当警察，可没想到还当了老师呢。"

直到我离开教师岗位，我再也没问过我的学生们长大了想干什么，我只告诉他们，好好读书，读好书，长大了干什么都行。

（载《微型小说选刊》2010 年第 13 期）

头 羊

申 平

那只威风凛凛的头羊一直活在我的记忆中，它的名字叫和平。

和平来自新疆，是一头纯种细毛种公羊。生产队花高价把它买来，为的是让它对落后的本地羊群进行改造。

和平身架高大，浑身的毛长长的，像披着盔甲，特别是它那一对羊角，更是出奇地漂亮：它的两角先向后弯，然后绕一个圈，再从两耳旁向前伸出来，而且两角上还布满奇异的花纹；它的力气出奇地大，队长往回赶它时它不肯走，队长抓住它的角使劲拉它，它四蹄撑地，任队长使出吃奶的劲儿它也纹丝不动。队长最后只好智取，用一把青草将它引了回来。

和平一来，本地种公羊立即黯然失色。尽管瘸羊倌为它创造机会，让它跟和平一较高下，但那家伙一见和平掉头就跑，从此心甘情愿地让出头羊的宝座。过了不久，为保证"改造"的顺利进行，队里便忍痛割爱把种公羊杀掉了。

瘸羊倌哭了一场，他和那头羊感情深哩，说它懂人言人语哩，这些年风里雨里不容易哩。瘸羊倌从此便恨上了和平。

但是和平浑然不觉。它很快进入了角色。作为头羊，和平忠于职守。每天羊群出场，它总是精神抖擞地走在前面；当羊群和别的羊群相会，其他羊群的头羊有挑衅行为时，和平总是奋勇当先，将其击败。作为众多母羊的丈夫，和平工作十分卖力。春天是母羊发情的季节，和平每天都坚持和十来只母羊交配，从不偷懒。待它把母羊们全部"耕种"一遍，自己已是瘦骨嶙峋了。

可是瘸羊倌仍不喜欢它，动不动找碴儿揍它。尤其当冬天来临，一只只毛发卷曲的第一代改良羊羔出生以后，瘸羊倌的火气更大了。

瘸羊倌放了一辈子本地羊，他看本地羊看惯了，怎么看那细毛羊也不顺眼，他说：这是羊吗？这是外国羊，二毛子！瘸羊倌仍然不时地念叨着被杀的那只羊。

那天和平和一条骚扰羊群的狗干起来，勇猛无比的它竟将狗撞翻在地，那狗最后夹着尾巴逃跑了。这本应是受到嘉奖的事，但是瘸羊倌却骂它：光显你能！然后过去赏了它两脚。

谁也没有想到和平会反抗。它突然后退几步，又猛地向前一冲，竟将瘸羊倌撞了个四脚朝天。瘸羊倌大骂着爬起来，去拿他的鞭子，不料和平又从后面把他撞了个嘴啃泥，吓得瘸羊倌钻进羊圈里不敢出来。

从此和平有了撞人的毛病。有人从羊群旁经过，只要它看着不顺眼，它就毫不客气地撞过去。一时间，村人见了和平都很害怕。

瘸羊倌就趁机说：看看，这哪里是羊，这比狼还狼哩！

骂是骂，他再也不敢轻易惹它。

但和平毕竟是一只羊，它到最后还是被瘸羊倌算计了。那些日子干旱，羊群每天要去井上饮水。井台上有个石槽，是专门供牲口饮水用的。瘸羊倌让我打水往槽里倒，他则站在石槽旁，用一根竹竿打那些抢水的羊。和平大约看他老打羊，生气了，忽然一头撞过来，将瘸羊倌从石槽这边撞到了那边，半天没爬起来。但是奇怪的是这回他没有报复。

第二天，瘸羊倌照例站在石槽旁打羊，边打边瞄和平。这回和平气更大了，它往后退，退出好远才像旋风一般冲过来，眼看就要撞上的当儿，却见瘸羊倌嗖地向旁边一闪……

和平就这样死了。它的头颅在石槽上开出了鲜花，两只漂亮的犄角也折断了。这份宝贵的集体财产夭折了。瘸羊倌却振振有词，队里也对他无可奈何。和平死了还背着罪名。

我至今仍然怀念和平。

（载《微型小说选刊》2010 年第 17 期）

吹　鱼

伍中正

吹鱼在城里打工。

天一亮，吹鱼急急地骑着自行车去城里，车架上绑着铁锹和锄头。天黑，他晃悠着，骑车回来，车架上仍绑着铁锹和锄头。

吹鱼要做的事就是挖沟。包工头说了，在没有沟的地方挖沟，在挖了沟的地方再挖深一点的沟。

吹鱼想，挖吧，来城里就是挖沟的，挖了沟就来钱。

有空，吹鱼就坐在树底下想，城里怎么有挖不完的沟？回来的路上，吹鱼还想，城里的沟怎么挖不完？

吹鱼挖着包工头所包的那段沟，却没有来钱。

吹鱼每次回家，回来的只有人，没有钱。女人胖云问，在城里打了半年工，工钱呢？

吹鱼说，再等等吧。

吹鱼继续挖沟。

沟挖完了。吹鱼找包工头要钱。吹鱼没有找到包工头，包工头跑了。吹鱼没有回家。他下了要找到包工头的决心。

很快，吹鱼就在那条沟附近的一家餐馆找到了包工头。餐厅在三楼。包工头在三楼跟一个女人喝酒。吹鱼手拿着那把锹走上了三楼，一点也不紧张地在包工头的旁边坐了下来。吹鱼的那把锹的锹口雪亮雪亮。包工头看见了，女人也看见了。

典藏本
二
307

包工头喊吹鱼喝酒，像喊吹鱼开工一样地喊了他。

吹鱼摇头。吹鱼说，我等着工钱，给了就走，酒留着你自己喝。包工头说，没钱给。

吹鱼说，你要真不给，我就跳楼。

一听要跳楼，包工头没有紧张，说，吹鱼，你跳吧。

一听要跳楼，包工头身边的女人吓了一跳，有点紧张。

吹鱼拿着那把锹走近窗户。吹鱼自己数着，一步两步三步。

一步两步三步，包工头数着。一步两步三步，女人数着。

包工头说，别跳，不就是一点小钱！

女人从包里拿出了钱。

吹鱼拿到了钱。

吹鱼没有急着回家。他在一家小餐馆，一盘两盘地要了一桌菜，喝了半斤白酒。

吃剩的菜，吹鱼叫服务员打包。回到家，吹鱼就听见胖云骂，两天没回，死哪去了，一身酒气才回来。

吹鱼却高兴，把吃剩的菜朝桌上一放，又把那一包钱拿出来。

胖云见了，才没有骂。

胖云大口大口地吃着吹鱼带回来的菜。

吹鱼看着看着，眼里的泪就出来了。

胖云问，吹鱼，好好的，你哭啥？

吹鱼这才擦了眼泪，说，高兴，高兴。

吹鱼想再出去挖沟。他骑着自行车出去，车架上仍绑着锹和锄头。

再要吹鱼挖沟的是陈老板。陈老板有要求，这次挖沟，民工不能随便回家，要住在工地上。

吹鱼也不例外。

住就住。吹鱼就住了下来。

陈老板每天给现钱。起初，陈老板招人挖沟的时候说，这条沟，是市政公司的一个工程项目。市政工程公司有的是钱。他还说，要不嫌烦，每天收工的时候，就领钱。

头几天，吹鱼就跟其他民工一样领了钱。渐渐地，领钱的民工嫌烦了。有民工说，沟挖完了，一次发。陈老板注意到了民工的想法，他就一个一个地问民工，到底怎么发工资？很多人说，一次发。陈老板还特意问吹鱼，吹鱼说，一次性结工钱。

挖开的沟，埋下了管子。慢慢地，沟就填上了。

吹鱼两天没看见陈老板了。

陈老板没来工地。

吹鱼急了，陈老板说挖完沟跟大伙开工钱的，咋没来？

吹鱼想到了去市政公司。在去之前想到了一个点子，他要送两面锦旗给市政公司。

吹鱼一手拿着那把铁锹，一手拿着两面锦旗。一面锦旗上写着：感谢为我提供工作！另一面锦旗上写着：我的工钱，您还记得吗？

吹鱼是上午走进市政公司的。下午，吹鱼拿到了工钱，其他民工也拿到了钱。

吹鱼没有急着回家。他去了一家超市。

吹鱼想：冷天了，胖云脸上干燥，给她买盒化妆品吧。

吹鱼就买了30元钱两盒的"靓丽"早晚霜。他高兴地回到家，就听到胖云的骂声，在外那么久，连个电话也不往家里打，吹鱼你还是人吗？

吹鱼的高兴仍写在脸上。他拿出"靓丽"早晚霜，再拿出一包钱，胖云的骂声就息了。

　　胖云往脸上来回地擦那"靓丽"早晚霜，吹鱼就在一边看，看着看着，眼里就来了泪。胖云没有看见吹鱼眼里的泪。

　　"靓丽"早晚霜在胖云的脸上散发出淡淡的香味。她沉醉在那香味里。很久了，胖云问，吹鱼，还挖不挖沟？

　　吹鱼说，挖。

　　胖云的脸凑近吹鱼的脸，吹鱼明显能闻到早晚霜的香味。胖云说，吹鱼，那天的电视里，一个男人给一个女人买了三千块钱的化妆品，女人还嫌少，就跟男人分手了。

　　吹鱼觉得好笑，就一笑，说，我才给你买了30块钱的，你不嫌少？胖云说，吹鱼，就这样子的早晚霜，我喜欢。

　　吹鱼让胖云说出了眼泪。

　　胖云用手擦了擦吹鱼眼角的泪。

　　吹鱼看着胖云，说，过了年，照样去城里挖沟。

　　话一出口，吹鱼有点后悔，明年，老板要不给工钱，又想个啥点子？

（载《微型小说选刊》2010 年第 17 期）

捕鱼者说

三　石

　　三十七岁那年，江上洲孤身在信江河救了一个轻生女子。次年有了江河，而那女子却在江河的第一声啼哭中合上了眼。

　　从此，江上洲不再似以往那般自由自在，初阳尚未升起，他便驾着一叶轻舟，在信江河湾的波光粼粼中，点一管炸药，一声巨响之后，水面上便漂满泛白的鱼。

　　都说吃鱼的人聪明，江上洲吃鱼，却好像聪明不到哪里去，而江河吃鱼，聪明得让村里的小学容不下他了。满口土腔的小学老师找到江上洲说："别误了孩子，送镇上读书吧。"

　　江上洲两天没有捕鱼，整天抽烟想事，第三天，举家迁往县城，将江河送进了县城的小学。

　　县城依旧在信江河边，江上洲依旧在信江河的波光粼粼中捕捞着希望。而江河真的没有让他失望，小学和中学成绩都是名列前茅，后来便顺理成章地成了一名大学生。

　　江河大学毕业那年，进了县里一个机关，江上洲便不再捕鱼。江上洲跟江河说："老子将你养大了，现在该你养老子了。"

　　在机关做事的江河如在学校念书时一般出色，没几年就成了股长，而且是那种有些小权的股长，经常能拎几瓶好酒挟两条好烟来孝敬江上洲。每当这时，江上洲便炒几个下酒菜，叫上几个老友喝酒行令，赢来老友的啧啧声。

然而世事难料，江河当股长的第三年被撤了职。

　　夜里，江河在信江河边抽着闷烟，江上洲也跟了去。烟火明明灭灭中，江河委屈地说："那些个副局长，哪个不比我捞得多？可查来查去，他们全没事，偏偏我这个小股长有事。"

　　江上洲抽着烟，缓缓地问道："江河，你说这信江河里有大鱼没？"

　　江河疑惑地看着父亲，没好气地答："这么大一条河，怎么可能没有大鱼？"

　　江上洲说："从二十岁起，老子便在这信江河里炸鱼，可这么些年来，你见过老子炸到大鱼吗？"

　　江河想了想，摇了摇头。

　　江上洲接着说："因为大鱼沉在水底，一炮下去，水面上的小鱼小虾在劫难逃，水底的大鱼却不会有事。"

　　江河垂首皱眉，一会儿站起身来说："我也要做一条大鱼。"

　　江上洲拍拍江河的肩膀，笑了。

　　往后的日子里，江河便不似以往那般好烟好酒地往家里拿，江上洲虽然仍喝酒抽烟，却不再是名烟好酒。有一回，一个好事之徒讥笑江上洲说："老江，怎么不请大家喝酒抽烟了？"江上洲沉下脸回敬对方："会有那么一天的，不过到时可没你的份。"

　　那些年，江上洲的日子过得算不上滋润，却是很得意。因为江河极为争气，先是又当上了股长，然后是副局长，再然后是局长，最后是调到市里，当上了市里的局长。

　　江河调到市里的第二年，将江上洲也接了过去，住上了装修华丽的套房。

　　市里也有一条江，便在江上洲家的边上。

江上洲经常带一包花生米独自坐在江边的石堤上，品着五粮液，抽着中华烟，想起当年老友们羡慕的表情，失落的感觉油然而生。

让江上洲颇感自豪的是八十大寿那天，他端坐在豪华酒店酒桌边，面对排着队前来祝寿的客人，俨然一副江老太爷的样子。

这种感觉让江上洲享受了好几天。

然而，也就是几天以后，江河就被宣布免职接受组织调查。

夜里，父子俩如十多年前那次一样，在江边抽着烟。烟火明明灭灭中，江河说："这回，我可能躲不过去了。"

江上洲说："不就是给老子做个寿吗，能有那么严重？"

江河叹口气说："如果就为这事，纪委不可能兴师动众！"

江上洲有些紧张了，问："还能有什么事？"

江河不答，过一会儿才说："我记得那年您曾经说过，大鱼沉在水底，一炮下去，面上的小鱼小虾在劫难逃，水底的大鱼却不会有事。这些年，我经过努力，终于成了大鱼，没想到还是难逃一劫。您说，怎么会这样呢？"

江上洲沉默了一会儿，然后支吾着说："如果，炸药量大一些，大鱼也能炸翻起来。"

江河默然无语……

（载《微型小说选刊》2010 年第 20 期）

洗　手

　　张三总经理爱干净是出了名的，他最大的表现就是洗手。据办公室的人统计，张总经理每天至少洗手三十次，每次至少三分钟。无论到什么地方、在什么场合，张总经理的皮包里一定少不了必需品——肥皂。作为张总经理的秘书，我身边也一定少不得带一块肥皂。"总经理的那一块肥皂未必够用，"我对同事们说，"所以我也得做点儿准备。"

　　对于总经理的这个嗜好，全公司都觉得好奇。大家都想知道总经理为什么这么频繁地洗手。是一种心理强迫症，还是遗传？

　　有好事的人专门到总经理的家乡去打听，打听的结果让大家都非常失望，不仅总经理家没有这个遗传，而且在就任总经理之前，他都没有这个嗜好。也就是说，洗手这个毛病是他当了总经理之后才养成的。

　　想一下也正常，我们公司是一家大型的国有煤矿企业，总经理原先是我们公司基层的一个煤矿工人，以前井下的肮脏或许给他留下了深刻的印象，最终使他养成了疯狂洗手的习惯。想到这里，大家也就释然了，觉得终于破解了这个"未解之谜"。

　　然而不久之后大家又发现，总经理在办公室处理一般工作时洗手的次数相对少一些，时间也比较短暂，在批复采购公文和报销文件的时候洗手则相对频繁，也就是说，只要涉及处理金钱方面的事务，总经理就会频繁洗手。但在领导下来视察的时候，总经理洗手的表现则更为反常。

我们公司是市里的支柱企业，又是纳税大户，因此经常有领导来我们公司考察并指导工作。每次领导过来视察，总经理总是率领全体行政员工在公司大门口迎接，我们注意到，领导一下车，就老远伸出肥厚的大手，这时候，总经理就赶紧迎上前去，紧紧握住领导的大手，说：

"欢迎领导来我公司指导工作。"

等领导参观考察完，我们就发现，总经理在洗手间至少要待上半个小时，直到把那双手搓得发白为止。

这天，我和张总经理去矿井慰问工人，说起来，张总经理已经很久没有去基层了，直到今天才找到机会。

张总经理赶到矿井，发现工人们都站在工地迎接他，他赶紧小跑过去，伸出大手和工人们一个一个握手。我注意到，工人们的手都被煤炭浸染黑了，我想，等下总经理一定又要使劲洗手了，我暗自庆幸自己带了两块肥皂。

和工人们寒暄完，总经理起身告辞。我赶紧到旁边的水井边打了一大桶水，提到总经理身边，我拿出肥皂："总经理，洗手吧！"

张总经理摆摆手，说："不用了，这样挺好，挺好。"

（载《微型小说选刊》2010 年第 21 期）

我的眼角流出一条虫

这天升职失利，我流了好多的泪。泪水流着流着，就从眼角流出一条虫来，刚好掉在纸巾里，有一厘米长，一毫米粗，闪着金光。对了，还仰着头。

我忽然听到一个声音："我是你的虫，也就是你的灵魂，你要听我的。"我大惊，连忙问："这声音真是你发出的吗？"虫说："除了我还有谁？"我惊喜万分，忙把它捧在手心，断然地说道："好，我以后什么都听你的。"

虫，大部分时间躺在我的口袋里或包里。空闲时，我把它掏出来，放在手心上把玩儿。对了，虫只吃我的眼泪和唾液。有了这条虫后，我的工作顺畅多了，做得很有成效，心情自然愉快。虫也在慢慢长大。

不久以后，我就升职了。朋友们要请我喝酒。临行前，虫开口说话了："这么一个小科长还值得祝贺？省省吧。"我辩解道："你要知道升这么一个小科长有多难啊。"虫仰着头又说："你太小看你自己了。"我大喜，连忙表示："那好，我不去了。"无论朋友怎么说，我也没去赴宴。

那时候，我正好喜欢上了一个叫芳菲的漂亮女子，恨不得立即娶她为妻。就在准备求婚时，我想到了虫。于是我问虫："我想跟芳菲结婚，你认为如何？"虫说："这个女人太危险了。你最好远离她！"我很不高兴，冷冷地问："为什么？"虫说："你现在去看一下镜子，镜子里有你和她结婚后的真实记录。"

我冲到镜子前，果然有我和她一起生活的镜头。镜头里的芳菲很懒，什么家务都不做，对保姆吃三喝四的。更可恨的是趁我出差在外，跟她的上司偷情，还把家里的钱送给她的情人。

没办法，我只好忍痛割爱。那天以后，我把精力都放在工作上了。这样一心一意地干了一年。也就在这一年年底，我被升为副处长。当晚，我很高兴，想请朋友们喝酒。虫说："你去吧，去吧，喝一点儿，别喝多了就是。"我牢记虫的话，只喝了一杯红酒就回来了。

虫问我："你是不是特恨我？酒也不让你多喝。"我忙说："哪里啊，你是为我好嘛！我应该感谢你才是。"真的，虫一直在指点着我，也在规范着我的行为。我打心底里感激它。

虫又对我说："你去看看镜子吧，镜子里有一个女子，做你妻子很合适。"我扑到镜子前——镜子里面有一位女子，长相很端正，正对着我微笑呢。

我感觉她不是我喜欢的那种女子。虫说："你会喜欢她的，她会给你带来好运的。"我只好问："她在哪里？"虫说："明天你会见到她的。"

果然，第二天上班，有人来找我，正是这位女子。女子见了我之后，给我一封信，说是她爸让她来找我的。我有些莫名其妙，拆开信看了，才知道，原来她是乡下远亲的女儿，让我给她找份工作。

我听从了虫的话，没有给她找工作，而是让她来我家里。她来我家后，把家里收拾得很干净，还做了一桌好菜。这让我很意外，也很欢喜。经过三个月的接触，我真的发现她很适合做我的妻子。于是，有一天晚上，我向她求婚了，她脸红得不敢看我，当然还是微微地点了头。于是，我一把把她抱在怀里。

一年后，我有了儿子，再一年后，我当上了处长。当上处长的那天，请我吃饭的人很多，我一一回绝了。只是有一位绝色美女要请我吃饭，我没有回绝。我问虫："我很想赴宴，你说我能去吗？"

虫说："这绝色美女是妖女。你如果赴宴的话会出现三种结果：一是你得艾滋病；二是你们夫妻关系破裂；三是损害单位利益。"

我解释说："我从来没跟绝色美女喝过酒吃过饭。"

虫说："我理解你的心情，这些年来管你管得太严了。这样吧，这一次你自己做主，但我必须提醒你，如果赴宴肯定会有一种结果发生，这是逃不掉的。"

我太想跟绝色美女在一起了。于是，我断然说："我决定去！"

虫问我："你准备选择哪一种结果？"

我说："第三种吧。"第一种让我害怕，第二种太可惜，只好牺牲单位了。于是，我去了。

回来后，第三种结果渐渐显现：单位的利益受损。不久，我被停职调查。

虫痛心疾首："我真糊涂啊！怎么能让你自己做主呢？"

虫的身体突然"噗"的一声破裂了，滚出来了一只蚕茧，晶莹剔透，美丽无比。

（载《微型小说选刊》2010 年第 24 期）

菩萨头

徐水法

　　浙中一带农村里，喜欢给人取绰号。头发掉光了，就叫他电灯泡——又光又亮的意思；瘸腿的称为摇大船——左摇右摆走路不稳的意思。好的歹的，不管是谁，都能给你取个或者貌似或者神似的绰号。不过有一点，这样的绰号没有多大恶意，和每个人小时候的小名差不多，调侃、戏谑的成分多一些。

　　取绰号很多是从他外表的一些缺陷信口说来，往好的方面的也有，比如心地善良、忠厚老实、性格随和的人大多被称为"菩萨头"。不论是谁，去寺庙里祈求菩萨也好，心怀不满当面骂菩萨也好，始终能看见笑眯眯端坐不动也从不说话的菩萨。于是，村里人形容某人实诚忠厚、性格随和，就会戏谑：跟菩萨头一样。

　　黄店村的黄土地就属于这类人。他为人忠厚老实、性格温顺，整天见人笑眯眯的，不知从哪天起，和他同辈或比他高一辈的村里村外人，都喜欢叫他菩萨头，他成为团转村里出了名的菩萨头！

　　"菩萨头，你过来。"黄土地正走在村道上，本家兄弟黄土洋叫住了他。

　　"什么事？"黄土地停住脚。"菩萨头，这里有几斤桃子，你拿回家去给小孩吃吧！"黄土洋拎出一大袋桃子来，黄土地一怔：不会有这么好心吧！莫非……

　　黄土洋和黄土地年纪差不多，又都是同一辈的，属于本家兄弟。可两人的性格迥然不一,一个忠厚,一个狡黠;一个讷言寡语,一个油腔滑调,平时黄土洋总是以揩黄土地的油为快。今天难道日头从西边出来了?

黄土地想起有一天傍晚,土洋让本家兄弟土明叫上土地去他家呷老酒,菜很丰盛,腊肉炒大蒜、韭菜炒鸡蛋等,几个人喝了个天昏地暗。土地原本想都是本家兄弟,平时自家本房兄弟有事没事也是这样叫拢大伙儿聊聊天、呷呷老酒的。老酒喝到半夜,土地高一脚低一脚回到家里,刚进门就被老婆一声断喝,顿时清醒了。老婆秋月告诉他:挂在檐下的腊肉少了一块,足有5斤重啊!土地一咂味,难怪刚才自己吃腊肉时就感觉和自家的味道差不多!难道……土地不敢乱猜,只好说,没亲眼看到谁拿的也不好凭空说谁,只好自认倒霉了。

第二天黄土地一早去地里,自家菜园子里本来一片郁翠的大蒜、韭菜也被人割了一大畦,土地明白了。他回到家,还没来得及去土洋家证实,老婆就一把揪住他的耳朵,说,你请客做好人也就算了,不承认不算,还把东西拿到人家家里去,名气是人家的,东西是我家的,你笨不笨啊!原来黄土洋已经来和老婆说了,腊肉是土地拿去的,大蒜韭菜也是土地割去请客的。土地这下说不清了,花了好几天时间才把老婆这边安抚好。

又有一天,土地拿着黄土洋递过来的袋子往家走。还没到家,就听见老婆尖锐的声音从屋里传出来,老婆正愤愤地和人在说话,嚷嚷着说昨晚不知谁又恶作剧,把土地和相邻几家的桃子摘掉了许多,地上还掉了许多,真是作孽啊!土地心里顿时恍然了,又是土洋这帮人。站在门口的黄土地,进也不是,退也不是。手里拎着桃子,老婆这边还好说,别人怎么看!不是一起去摘的,怎么会拎着一大袋桃子呢!

约了一个日子,黄土地把土洋、土明几个平时喜欢捉弄人的都叫到家里,鸡蛋、腌肉、地里自种的蔬菜,加上自酿的米酒,让老婆弄了一桌子菜。那些人一看桌子上摆好的丰盛菜肴,心里"咯噔"一下,这些菜怎么都和自己地里要收割的菜一样,有人借故忘拿东西,回家让家里人去村边菜地一看,各家地里青葱一片啊!回来后一个个敞开肚子吃开了,平时酒量不太好的土地也一改平日菩萨头的绵软样,起劲劝酒,结果大家全醉了。看着一个个趴在桌上或躺在沙发上的本家弟兄,最先醉倒的土地一改醉态,立即叫上老婆把几家地里的时令蔬菜全割个精光,卖给早就约好候在村口的菜贩子。

夫妻俩回到家,见大家仍然睡得很香。黄土地看着手里的一大沓钱,总觉得有点儿不是滋味。想了想,他把老婆叫到楼上。

一会儿,土地夫妇下了楼,叫醒了还在熟睡的那帮本家兄弟,递给每人一个红包。弄得本来睡眼蒙眬的兄弟们,一个个睁大了铜铃似的双眼。黄土地说别问为什么,拿着就是,回家就知道了。

看着一个个本家兄弟百思不得其解地拿着红包回家,黄土地对老婆说,这样我的心里才觉得舒服多了。

次日,晚上喝酒的几个都发现自家地里少了许多时令蔬菜,大家聚在一起,一算就有了惊人的发现——那些被人割去的蔬菜,价值正和菩萨头给他们那个红包里的钱差不多。这些人全明白了,从此也再没有人找机会戏弄黄土地了。

(载《微型小说选刊》2010 年第 24 期)

绝壁上的青羊

申 平

　　老葛发现绝壁上的那只青羊已经好几天了，但是那只青羊一点儿也不知道。它每天照例在绝壁上时隐时现，在凸凸凹凹的石缝荆棘中找草吃。

　　这天青羊又出现了。它如履平地一般在峭壁悬崖上穿行，一点儿也没察觉出今天和往常有什么不同。当它跃上一个平台，欣喜地吃着上面的嫩草时，它忽然觉得有点儿不对了，它嗅到了一股味道，对，是那种比老虎豺狼更恐怖的味道。它惊恐地抬头四望，却什么也没有发现。它犹豫徘徊，猛地感到一条后腿被什么给缠住了。它低头一看，知道大事不好。套子！它被猎人下的套子套住了。青羊拼命挣扎，但越是挣扎，套子就勒得越紧。青羊只好不动，静待那最危险时刻的到来。

　　不知过了多久，青羊听见绝壁上面有响动，接着，一个人拽着绳子下来了。这个人就是老葛。老葛一看套住了青羊，不由得喜出望外。他喊了一声：太好了，这回我儿子有救了！

　　青羊听见老葛的喊声，立刻回应了一声绝望的哀叫。它使出平生的力气猛地一挣，未果；随后就把自己的身体弯成一张弓，把两只犄角变成两把利剑，杀气腾腾直对着老葛，做好准备给他以致命一击。老葛一看青羊这副架势，就有点儿害怕。他的脚不敢踏上平台，就那么悬在壁上想办法。说起来老葛并不算是个猎人，只是小时候跟他爹上过几次山罢了。后来他爹死了，也禁猎了，他除了偷偷摸摸地套过几只野兔解馋外，根本就没猎过什么大牲口，更没有猎过青羊。要知道，绝壁上的青羊那可是神物，凡是能挂住雪花的地方它都能上去，你说它神不神？可是为了给儿子治病，他不得不铤而走险了。

老葛打量着青羊，他活到40多岁还第一次看到活的青羊。这家伙除了毛是青黑色的，其他和常见的山羊好像也没多大区别。但是据说青羊浑身都是宝，它的骨肉治跌打损伤有奇效。老葛记得小时候他扭了腰，只喝了一盅滴入青羊血的酒，立马就好了。他的儿子瘫在床上好几年都治不好，现在青羊给他带来了希望。可是怎样把青羊从绝壁上弄下去却是个问题。又不敢去喊人，怎么办呢？

老葛开始跟青羊说话。他说：青羊啊，你不要怪我，我真的是被逼无奈啊！你知道吧，我家原来也是村上的富户哩，可是自从我儿子摔坏了腰，我的好日子就到头了。这年头咱农民真是生不起病啊，对咱态度好坏咱都能忍，关键是那药贵得吓死人啊，万把块钱三两下就没了。我花了十几万，把家底都折腾光了也没给他治好。现在我是一贫如洗啊！孩子说爸爸，咱别治了，就这样吧。你说我这当爹的能忍心吗？这不，我就来找你了……

老葛说到这里眼睛有点发潮，奇怪的是青羊好像是听懂了他的话，因为它那弓着的身子逐渐放松了，头也抬了起来。它瞪着一双灰黄色的眼睛开始打量老葛。它似乎在说：你这个人啊！你儿子有病就来害我的性命，你也太不仗义了吧。你难，那我们青羊容易吗？为了躲避猛兽和你们人类的杀戮，没办法我们都躲到这绝壁上来了，可你们还是不依不饶，非要把我们赶尽杀绝，你们好狠毒啊！

老葛看着青羊的眼睛，他很快就明白了它的意思，脸上不由得一阵发烧。他又说：我的好青羊哩，我知道你恨我，那你就恨吧，不行下辈子我变成青羊救你。你乖乖的，我用绳子把你捆住拉上去，你还能多活一会儿，不然的话，我只能在这里把你杀死，唉，我可从来没有动过刀啊，你千万别逼我啊！

　　老葛说着，一只脚已经踏上了平台，现在他和青羊只有几步之遥，彼此能清楚地听见对方的呼吸甚至心跳声。老葛忽然看见青羊的眼睛里流出泪来，它随后又叉开后腿，哗哗地撒了一泡尿。青羊一撒尿，老葛看清楚了，这是一只怀了孕的母羊，后腿间的两只奶子都已经鼓起来了。老葛的心就咯噔了一下。他想怎么会这么巧呢，怎么偏偏就是一只母羊呢！如果我为儿子杀了它，那就等于害了两三条性命啊。哎呀呀，那样可是造了大孽、缺了大德哟！

　　老葛软软地坐下来，他忽然想哭，但是嘿嘿了几声却哭不出眼泪来。他说：我怎么这么倒霉啊，冒着摔死和坐牢的危险捉到了一只青羊，却偏偏是只母的，老天爷这不是成心跟我过不去吗！老葛猛地跳了起来，喊了一声"还他娘的管那么多！"就从怀里掏出了一把刀子，他龇牙咧嘴一步步走向青羊，又喊了一声"你活该、活该！"刀子就闪着寒光刺了出去……

　　待老葛再次睁开眼睛，他发现平台上早已不见了青羊，只剩下被挑断的套子躺在那里。老葛点了点头，对自己伸出了一个大拇指。他吐了口痰，抓住绳子开始往绝壁上爬。才爬了几步，他就觉得自己浑身一点儿力气也没有了。他把绳子在腰间缠了几道，就那么挂在绝壁上大口大口地喘气。蒙眬中，他似乎听见耳畔有青羊的叫声，随后青羊的叫声又幻化成了村长的声音，他在喊：老葛你个狗日的，你的胆子也忒大了，你还敢来绝壁上捉青羊，你这是犯罪、找死，你懂不懂！你家的事你不要急嘛，现在又开始搞合作医疗了，还有村里乡里也一定会帮你想办法的……老葛往上看，却没有看到人，也不知那声音是真是假。

老葛就继续挂在绝壁上。他穿着青色的衣服，远远看去，活脱脱一只青羊。

（载《微型小说选刊》2011年第5期）